suhrkamp nova

Perihan Mağden

Wovor wir fliehen

Roman

Aus dem Türkischen von
Johannes Neuner

✧

Suhrkamp

Titel der türkischen Originalausgabe:
Biz kimden kaçıyorduk Anne?

Die Übersetzung wurde gefördert vom
Türkischen Ministerium für Kultur.

Die Zitate aus
Felix Salten, *Bambi. Eine Lebensgeschichte aus dem Walde*
sind der Ausgabe im Fischer Taschenbuch Verlag (2003) entnommen.

Umschlagfoto: David Zimmerman

suhrkamp taschenbuch 4148
Deutsche Erstausgabe
Erste Auflage 2010

Druck: CPI – Ebner & Spiegel, Ulm
Printed in Germany
Umschlag: Göllner, Michels, Zegarzewski
ISBN 978-3-518-46148-8

1 2 3 4 5 6 – 15 14 13 12 11 10

Wovor wir fliehen

Für Tülay Tuna:
Alle Bücher immer dir.

»Most writers, probably the writers who are most in tune with our time, write about places that have no texture because this is where most of us live.«
Alice Munro

✧

BAMBI

Jahre ist es her, dass meine Mutter mir zuletzt daraus vorgelesen hat.
Ich habe es nicht vergessen. Ich werde es nie vergessen.
Immer werde ich sie in der Stimme meiner Mutter im Ohr haben.
Die Zeilen aus *Bambi*. Bis in alle Ewigkeit.
In der rauchigen Stimme meiner Mutter. In ihrer Stimme,
die der keines anderen Menschen gleicht.

✧

Nichts an meiner Mutter gleicht schließlich anderen Menschen. Allerdings kann ich auch nicht behaupten, die anderen zu kennen.

»Die anderen sind nur Bilder, die vor unseren Augen an uns vorüberziehen. Wir brauchen uns dabei an keinerlei Einzelheiten zu erinnern. Wir werden es auch nicht tun«, sagt meine Mutter.

Wir werden uns nur an das erinnern, was wir zusammen erlebt haben, Mama. An all die schönen Dinge. An die Nächte, in denen du mir aus *Bambi* vorgelesen hast.

In einem Hotel haben wir uns in unserem Doppelbett die Kissen in den Rücken geschoben und uns zugedeckt. Wir sitzen im Schein der Nachttischlampen. Du liest mir aus *Bambi* vor. *Bambi* ist nicht irgendein Buch. Es ist wichtig für uns.

»Es ist gespickt mit Zeichen«, sagt meine Mutter über *Bambi*. »Ein Zeichenfeuerwerk.«

In *Bambi* gibt es zwei wichtige Personen. Besser gesagt zwei Lebewesen: Bambi und seine Mutter.

Meine Mutter ist sehr wütend auf Bambis Mutter. Wenn wir Bambis Mutter kennenlernten, wenn wir ihr in einem der Hotels begegneten, dann würde sie ihr womöglich eine Tracht Prügel verpassen. Ihr eine Lektion erteilen. So sauer ist sie auf Bambis Mutter.

»Wenn Bambis Mutter nicht so dumm und so unvorsichtig gewesen wäre, dann wäre Bambi nicht allein im Wald zurückgeblieben. Wenn du Bambis Mutter bist, musst du am Leben bleiben. Du darfst Bambi nicht allein lassen.«

Ich verstehe, was meine Mutter damit sagen will.

Meine Mutter wird sich nicht dumm und unvorsichtig verhalten und mich allein lassen. Niemals.

Mutterseelenallein im Wald.

Jede Nacht hat mir meine Mutter stundenlang vorgelesen. Bis ich selbst lesen gelernt habe, hat sie mir immer wieder vorgelesen.

»Auf der ganzen Welt gibt es kein englisches oder türkisches Kinderbuch mehr, das ich dir noch nicht vorgelesen habe.«

Aber *Bambi* ist anders. Es ist unser BUCH DER ZEICHEN. Manchmal schlagen wir sogar irgendeine Seite auf, schauen uns eine der Zeilen an, die wir in uns bewahren, und erkennen, ob unsere Zeit gekommen ist. Zeit, den ALT GEWORDENEN ORT zu verlassen.

Die Gefahren in *Bambi* gleichen denjenigen, denen wir ausgesetzt sind: Jede von ihnen ist ein Zeichen.

Mein Kopf liegt auf der Schulter meiner Mutter oder – wenn ich sehr müde bin – in ihrem Schoß; nie werde ich die ersten Seiten von *Bambi* vergessen. Gebannt lausche ich meiner Mutter. Meine Mutter liest mit ihrer kratzigen Stimme vor. Zwischendurch wird sie innehalten und etwas Wasser trinken. Manchmal wird sie sich auch eine Pastille in den Mund stecken, um ihre Kehle geschmeidig zu machen.

Meine Mutter raucht seit ihrer Kindheit. Ihre Kehle und ihre Lunge seien am Ende, sagt sie.

»Ich hatte keine andere Wahl. Als ich angefangen habe zu rauchen, war ich noch sehr jung. Ich habe mich den Zigaretten ergeben. Sie sollten mich trösten, mich ablenken.«

Aber weshalb hatte meine Mutter keine Wahl? Was hat sie erlebt? Wer ist ihre Mutter, meine Großmutter?

Meine Mutter liest. Noch heute habe ich ihre Stimme im Ohr.

»Er kam mitten im Dickicht zur Welt, in einer jener kleinen, verborgenen Stuben des Waldes, die scheinbar nach allen Sei-

ten offen stehen, die aber doch von allen Seiten umschirmt sind.

Es war denn auch nur wenig Platz da, knapp genug für ihn und seine Mutter.

Hier stand er nun, schwankte bedenklich auf seinen dünnen Beinen, blickte mit trüben Augen, die nichts sahen, blöd vor sich hin, ließ den Kopf hängen, zitterte sehr und war noch ganz betäubt.

›Was für ein schönes Kind!‹, rief die Elster.«

Hier wird meine Mutter stets innehalten, mir ins Gesicht schauen und sagen: »Genau das haben die Ärzte und Schwestern gerufen, als sie dich sahen.«

Jedes Mal wird sie das sagen.

Waren wir denn sogar im Krankenhaus allein, Mama? War niemand bei uns? Waren wir immer schon allein? Von Anfang an?

Ich werde nicht fragen.

Meine Mutter erträgt solche Fragen nicht.

»Bitte, mein Baby, zwing mich nicht zum Rückzug. Bitte.«

So etwas habe ich vielleicht gemacht, als ich noch klein war. Falsche Fragen gestellt. Meine Mutter nicht richtig verstanden.

Es gibt eben solche Sachen. Fragen, die man unter keinen Umständen stellen darf. Themen, die man nicht ansprechen darf.

Einmal haben wir in der Zeitung das Bild eines Fuchswelpen gesehen, den seine Mutter verlassen hatte.

Er hatte seine kleinen Augen aufgesperrt und schaute. Ob es nicht vielleicht irgendjemanden gäbe, dem er vertrauen könnte. Er war darauf angewiesen.

Meine Mutter kam tagelang nicht von dem Foto los. Sie schnitt es aus und steckte es an eine Ecke des Spiegels.

»Seine Mutter hat ihn verlassen. Jetzt kümmern sich Menschen um den Fuchs. Und er gewöhnt sich an sie. Wie bitter!«

Meistens kaufen wir ohnehin keine Zeitung. Darum und aus anderen Gründen.

Meine Mutter möchte keinerlei Nachrichten über ihre Bekannten lesen. Sie muss ziemlich prominent gewesen sein, meine Mutter. Oder zumindest ihre Familie. Warum sollte sie sonst befürchten, dass sie ihr in der Zeitung über den Weg laufen könnten?

Aber meine Mutter hat mir beigebracht, keine unnötigen Fragen zu stellen.

Eigentlich mag meine Mutter es, wenn ich frage. Nur Fragen, die sie zum Rückzug zwingen, darf ich nicht stellen.

Nach einem Rückzug ist meine Mutter immer sehr geschwächt. Sie kann uns nicht mehr verteidigen. Den anderen keine Lektion mehr erteilen.

Dann können sie uns jagen.

»Ich bin mir sicher, dass sie noch immer wie die Spürhunde hinter uns her sind«, sagt meine Mutter.

Gerade wenn es so scheint, als wären wir sie los, als hätten sie uns vergessen …

»Sie vergessen niemals. Deshalb darf auch ich nicht vergessen.«

Wir können uns nicht auf ihre Vergesslichkeit verlassen. So wie wir ihnen auch sonst in keinerlei Hinsicht vertrauen können.

Bei einem Rückzug müssen wir, um nicht gejagt und gefasst zu werden, stets auf der Hut sein, vorsichtig und argwöhnisch.

Und sosehr ich mich auch vorsehe – meine Mutter kann vollkommen unverhofft den Rückzug antreten. Vor meinen Augen zieht sie sich in ihr Inneres zurück.

Wenn meine Mutter sich tief in sich zurückgezogen hat, müssen wir uns verstecken und versuchen, keinerlei Aufmerksamkeit zu erregen.

Denn in JENEN MOMENTEN ist meine Mutter nicht in der Lage, uns zu verteidigen.

Ich brauche nichts zu tun.

Im Gegenteil, ich darf nichts tun, nichts sehen, nichts hören.

»Ich darf dich mit alldem nicht belasten«, sagt meine Mutter.

Sie will so sehr, dass ich nicht wie sie werde; ich begreife es einfach nicht.

Warum nur soll ich nicht wie sie werden? Meine Mutter ist so schön. Sie ist vollkommen.

Aber ich habe nicht das Recht, wie sie zu werden.

»Es ist alles wegen meiner Vergangenheit.«

Meine Mutter hat eine unaussprechliche, furchtbare Vergangenheit. Sehr, sehr furchtbar.

Meine ist anders.

Meine Vergangenheit ist rein und glänzend. Genau wie meine Zukunft.

Meine Mutter sagt das. In meiner Vergangenheit gibt es niemanden außer ihr.

Genau wie in meiner Zukunft.

Deshalb bin ich glücklich.

Meine Mutter wird nicht erlegt werden wie Bambis Mutter. Und ich werde niemals allein sein.

Ich bin nicht Bambi, auch wenn meine Mutter manchmal »Mein Bambi« zu mir sagt.

Im Wald ist meine Mutter immer bei mir. Wie schön!

✧ 14 ✧

Die Zeit im Hotel

Im Hotel vergeht die Zeit schnell.

»Im Hotel vergeht die Zeit schnell. Schneller, als sie anderswo vergeht«, sagt meine Mutter.

Manchmal ist es auch genau umgekehrt.

Da will die Zeit im Hotel einfach nicht vergehen.

Dann ersticken wir fast vor Langeweile. Weil die Zeit im Hotel nicht vergeht.

In so einem Moment wissen wir, dass wir fliehen müssen.

Weg aus dem Hotel, in dem wir wohnen. Weg von jenem NEUEN ORT, der von nun an zum ALTEN ORT geworden ist.

Als wir kamen, war er noch neu, war noch der NEUE ORT.

Selbst wenn wir vorher schon einmal dort waren.

Manchmal machen wir das. Kommen an einen Ort zurück, an dem wir uns bereits mehr oder weniger lang aufgehalten hatten und mit dem wir eigentlich fertig waren.

Als kämen wir zum ersten Mal.

»Hier waren wir noch nie. Wir sind das erste Mal hier. Jedes Mal, wenn wir irgendwo hinkommen, ist es das erste Mal. Immer ist es ein Ort, an den wir zum ersten Mal kommen«, sagt meine Mutter.

Bis wir mit ihm fertig sind und fortgehen.

Meine Mutter sagt: »Bis wir ihn aufgezehrt haben. Wir haben diesen Ort aufgezehrt.«

Dann verlassen wir diesen Ort. Einerlei, wie viel Uhr es gerade ist.

Wir können am Busbahnhof warten, am Bahnhof, an der Schiffsanlegestelle oder am Flughafen: auf den Morgen und auf das, was uns so schnell wie möglich von dem Ort wegbringt, den wir aufgezehrt haben.

Wenn es an der Zeit ist, das Hotel zu verlassen – meine Mutter hat dafür eine INNERE UHR –, müssen wir alles stehen und liegen lassen.

Auf Uhrzeiten, Fahrkarten und Fahrpläne können wir keine Rücksicht nehmen.

In solchen Momenten sagt meine Mutter: »Die Uhr tickt.« Es sei genau wie das Ticken einer Zeitbombe. Die jeden Moment explodieren und in Stücke gerissen werden könne, und jedes Stück werde an eine andere Stelle geschleudert.

Weil meine Mutter so fühlt und spricht, fühle ich auch so. Gemeinsam mit ihr.

Meine Mutter und ich sind allein. Wir haben sonst niemanden.

Hatten wir nie und werden wir nie haben.

Meine Mutter mag dieses Wort nicht und möchte nicht, dass ich es verwende.

»Wir sind nicht allein«, sagt sie. »Hör bloß auf, mit diesem hässlichen Wort zu liebäugeln. Du und ich, wir sind eine Einheit.«

So sagt es meine Mutter eigentlich nicht.

Sie sagt es auf Englisch: »We are a unit. We are the MOON UNIT.«

MONDEINHEIT nennt sie uns.

Das ist witzig.

Aber wenn meine Mutter englisch spricht, ist das nicht so witzig. Manchmal spricht meine Mutter englisch. Oder mischt Englisch in ihr Türkisch.

Wenn sie sich aufregt und dem MÄDCHEN AN DER REZEPTION, dem AUSHILFSKELLNER, dem POOLBOY, dem HOTELDIREKTOR oder dem REISEBÜRO eine Lektion erteilen muss.

Da sich unser Leben in Hotels abspielt, muss sie sich manchmal mit den HOTELMENSCHEN oder den REISEMENSCHEN streiten. Ihnen eine Lektion erteilen.

Sie zwingen sie dazu. Denn sie tun sehr hässliche Dinge.

Sehr, sehr hässliche Dinge. Wirklich.

Und dann muss meine Mutter uns eben verteidigen.

»Es muss sein«, sagt meine Mutter. »Wenn sie mich doch nur nicht dazu zwingen würden, ihnen eine Lektion zu erteilen.«

»Mach deine Augen und Ohren ganz fest zu, mein Baby, so wie ich es dir beigebracht habe. Ich muss uns jetzt verteidigen.«

Ich kann meine Augen und Ohren sogar dann verschließen, wenn sie eigentlich offen stehen. Weil meine Mutter es so will und es sein muss.

Das habe ich gelernt.

Wenn meine Mutter dann zum VERTEIDIGUNGSFLUG ansetzt, bzw. währenddessen, und ich meine Knöpfe noch nicht alle zumachen konnte, höre ich sie zu einer verbalen Attacke ausholen, wobei sie englische Wörter in ihr Türkisch mischt.

Das bringt den GEGNER meist völlig aus dem Konzept. Denn dann wird das, was meine Mutter sagt, vollkommen konfus. Vollkommen unverständlich.

»Bei einer Attacke mobilisiere ich alle Möglichkeiten beider Sprachen«, sagt meine Mutter.

Trotzdem möchte ich nicht, dass meine Mutter beim Sprechen so viele englische Wörter untermischt. Wenn wir hier sind, soll sie nur türkisch sprechen.

Ohnehin sind wir ja in letzter Zeit immer in der Türkei. Und Türken sind wir außerdem. Aber meine Mutter sagt »die Türken« anstelle von »die anderen«.

»So sind die Türken eben«, sagt sie und kneift die Augen zusammen.

Wenn ich dann sage: »Ja, und wir, Mama?« – denn meine

Mutter und ich, wir sind doch auch Türken, nicht wahr? –, dann will meine Mutter mir keine Antwort geben. Sie erwartet, dass ich es verstehe.

Und ich verstehe es.

Wir sind eine Einheit: die MONDEINHEIT.

Auch den anderen Menschen gibt meine Mutter Namen, wie es ihr gefällt. »Die Türken« nennt sie sie. »Die miese Meute. Die falschen Fünfziger, die Spießbürger.«

In Hotels vergeht die Zeit schnell.

Meine Mutter wollte von Anfang an, dass ich daran glaube: daran, dass die Zeit in Hotels schnell vergeht.

Daran, dass es am besten, am schönsten, dass es richtig ist, in Hotels zu leben.

»So ist es am besten«, sagt meine Mutter oft. »Es ist richtig. Dass ich mit dir in Hotels lebe, ist genau das Richtige.«

Manchmal fließt die Zeit träge dahin.

Verwandelt sich in eine klebrige Masse.

Klebt an unseren Seelen, schlägt ihre Klauen hinein.

Ich merke das an meiner Mutter. In JENEN MOMENTEN geht es ihr sehr schlecht. Sie hat Mühe zu atmen.

Stundenlang spricht sie kein Wort. Tagelang.

Ihr Gesicht wird ganz schwarz vor Traurigkeit. Oder gelblich. Gelbschwarz.

»Ich bin schwarz vor Nervosität«, sagt meine Mutter. »Vor Traurigkeit, vor Verzweiflung. Aber das geht vorbei. Mach dir keine Sorgen, mein Bambi.«

Mühsam bringt sie das hervor. Erwartet, dass ich es verstehe.

Und ich verstehe es ja auch.

In meinem Leben gibt es niemanden außer meiner Mutter. Wenn ich das nicht verstehe, was sonst sollte ich verstehen? Und was sonst sollte ich tun?

Ich lese, ich schreibe und ich verstehe meine Mutter. Und dann gibt es da noch das Schwimmen, in dem ich perfekt sein muss.

Aber sogar wenn die Zeit im Hotel sich träge und klebrig dahinzieht und uns fast erstickt, möchte meine Mutter manchmal, dass wir noch bleiben.

Dort, wo wir sind.

In dem Hotel, in dem wir wohnen.

Sie muss ihre INNERE UHR bezwingen. Sonst könne ihre INNERE UHR sie bezwingen.

»Eine Art Erziehungsmaßnahme.«

Wenn meine Mutter ihre INNERE UHR nicht erziehen würde – ihre INNERE UHR sei ein schwerer Fall –, dann könne sie meine Mutter zugrunde richten. Das heißt uns.

Meine Mutter hat große Angst, zugrunde zu gehen. Nur davor fürchtet sie sich: davor, zugrunde zu gehen.

Und wenn meine Mutter zugrunde geht, wer kümmert sich dann um mich?

Wer beschützt mich und steht mir bei? Wer plant unsere Flucht? Als MONDEINHEIT müssen wir doch immerzu fliehen.

Aufeinander aufpassen. Einander beschützen.

Wenn ich stets auf meine Mutter aufpasse und sie beschütze, wenn ich sie jederzeit verstehe, dann können wir am Leben bleiben.

»Niemand kann uns dann etwas anhaben. Niemand bekommt uns zu fassen«, sagt meine Mutter.

Von außen betrachtet, mag unser Leben seltsam erscheinen. Aber das ist es nicht.

Denn wir stecken darin.

Außerdem haben wir keine andere Wahl. Nur wir wissen, dass wir keine andere Wahl haben.

Zwar haben wir keine andere Wahl, aber das ist nicht schlimm.

Es geht uns gut.

Der immer gleiche Traum

Meine Mutter erwacht manchmal mit SCHWEREM HERZEN.

Wenn sie schlecht geträumt hat.

Oder aber es braucht gar keine Träume und diese SCHWERMUTPHASE, die so schwer zu ertragen sei, ist einfach da.

»Es tut mir leid, mein Baby«, sagt sie oft. »Heute kann ich nicht in den Tag starten.«

In solchen Momenten kann meine Mutter nicht in den Tag starten, kann ihn nicht fortsetzen, will, dass der Tag einfach verschwindet.

Sie lässt mich die Vorhänge nicht öffnen.

Sie will, dass ich allein frühstücke, schwimme, laufe. Will, dass ich das, was wir an jenem Tag tun müssen, allein mache und dann zurück in unser Zimmer komme.

An solchen Tagen isst meine Mutter nichts. Sie trinkt nicht einmal genug Wasser. Ihr stecken Dornen in der Kehle, sagt sie. Asphalt in der Brust.

»Lass uns nicht reden, mein Baby. Lass uns den heutigen Tag still hinter uns bringen, sodass er schnell vorbeigeht. Morgen, das verspreche ich dir, wird es nicht mehr so sein. Morgen wird es mir gut gehen. Ich werde den ganzen Tag von Anfang bis Ende mit dir durchstehen. Mein Herz wird mich nicht hinunterziehen. Mich nicht im Erdboden versinken lassen.«

Doch sie muss das alles gar nicht sagen.

In den SCHWERMUTPHASEN ist das alles schon gesagt worden. Hat sich angesammelt, aufgehäuft. Ich kann es komplett auswendig.

Sie bekommt nur mühsam einen Teil davon heraus. Die Worte stechen ihr in die Kehle. Ihre Augen füllen sich mit Tränen.

Doch eigentlich sind sie leer, ihre Augen.

Matt und feucht wie schwarze Murmeln. Wie die Augen der Stofftiere, die sie mir kauft.

Mit ihren Stofftieraugen schaut sie mich an. Andauernd entschuldigen sich ihre Augen, sagen: Ich kann einfach nichts dagegen tun.

Bitte entschuldige dich nicht bei mir, Mama. Bitte.

Es gibt da einen Traum. Eigentlich gibt es ein paar Träume, aber besonders einen.

Da ist meine Mutter an einem Ort, der sie an London erinnert. Es kann auch New York sein. Eine große Stadt. Sie weiß nicht genau, wo, jedenfalls nicht in der Türkei. In ihrem Traum sieht sie das Schild einer Cafeteria, in der sie sich befindet. Die Cafeteria hat einen schönen, ausgefallenen Namen. Sie kann sich nie an ihn erinnern.

Aber jedes Mal erinnert sie sich daran, dass er schön und ausgefallen ist.

»Ein Ort wie ein Korridor«, sagt meine Mutter. »Schmal und lang. Drinnen stehen kleine, viereckige Resopaltische.«

Ich weiß, dass meine Mutter die alten Resopaltische mag, sich mit ihnen verbunden fühlt.

Einmal haben wir bei einem Trödler einen orangeroten Resopaltisch gekauft und in unser Hotelzimmer gebracht. Wir haben ihn auf den Balkon gestellt und lauter Kieselsteine daraufgelegt. Ich wollte, dass dieser Tisch immer uns gehört. Immer bei uns bleibt.

Wenn wir ein Haus hätten, also falls wir eines Tages eines haben, dann werden wir drei oder vier Resopaltische besitzen. Wir werden sie bei Trödlern auftreiben. Einen nach dem anderen.

Meine Mutter mag Resopal. Und ich auch.

Aber das ist ein unerfüllbarer Wunsch.

Ich weiß, dass wir immer in Hotels leben müssen.

Dass wir immer fliehen müssen.

Ab und zu rutscht mir so ein Wunsch heraus.

Meine Mutter tut dann nicht so, als hätte sie nichts gehört – sie tut so, als hätte ich einen sonderbaren, unverständlichen Zungenbrecher ausgesprochen und mit diesem Zungenbrecher den Augenblick verdorben, so als wäre er völlig fehl am Platze gewesen.

Meine Mutter hasst Zungenbrecher, Sprichwörter oder Witze.

»Lass so was die bösen Menschen sagen. Die falschen Fünfziger, die Gefühle vortäuschen, aber in Wirklichkeit gar nicht fühlen können.«

Wir müssen in Hotels leben.

»Es geht doch nichts über Hotelvorhänge«, sagt meine Mutter. »Selbst im bestgeführten Haushalt lassen die Vorhänge immer noch Licht herein.«

In ihren SCHWERMUTPHASEN möchte meine Mutter nicht, dass Licht durch die Fenster hereinfällt. Wenn sie keinem Licht ausgesetzt werde, könne sie den Tag schneller überstehen. Schmerzloser.

In ihrem Traum ist meine Mutter in dieser schmalen, lang gezogenen Cafeteria, auf deren Namen sie einfach nicht kommt, und spricht zwischen Tür und Angel mit irgendjemandem über irgendetwas. Im Stehen, denn sie will diesem Jemand nur schnell etwas sagen und dann wieder gehen.

Deshalb geschieht alles unmittelbar in ihrer Nähe. Direkt vor ihrer Nase. Zu ihren Füßen.

In ihrem Traum kommt ein langbeiniger weißer Straßenhund herein und bricht auf dem Boden zusammen. Er stößt unglaublich schmerzerfüllte Laute aus.

»Wie das Weinen eines Babys. Aber es dauert nur ganz

kurz. Ein herzzerreißendes Jaulen, als wolle er sagen: Rettet mich. Dann kein Laut mehr.«

Der Hund ringt am Boden um sein Leben. Was sie gehört hat, war sein letztes Flehen. Seine letzten Laute.

Wie sie so voller Entsetzen zu Boden schaut, sieht meine Mutter, dass man ihm mit einer Glasscherbe die Kehle durchgeschnitten hat. Sie sieht die Scherbe direkt dort liegen. Blut strömt aus der Kehle des Hundes.

Meine Mutter fängt an zu schreien: »Hilfe! Der Hund stirbt! Er stirbt! Schnell! Schnell!« Damit jemand etwas tut – erstickt vor Verzweiflung und Entsetzen.

Ein Schrei im Traum: ungehört.

Auch die anderen sind in Panik. Auch sie wissen nicht, was sie tun sollen. Der Hund ringt am Boden um sein Leben. Aber für meine Mutter ist es, als erlebte sie das Entsetzen aller anderen mit. Für jeden in ihrem Traum stockt ihr der Atem. Sie erstickt gleich mehrfach. Mehrfach.

»Wer bringt es nur zustande, einem Straßenhund mit einer Glasscherbe die Kehle durchzuschneiden? Wie kann man so grausam sein?«

Es ist ein Traum, Mama. Ein Albtraum, der dich seit Jahren verfolgt. Komm, wir nähen dem Hund die Kehle zu. Er soll aufstehen. Los, lass uns das denken. Es uns vorstellen. Bitte.

Meine Mutter erträgt den Anblick von Hunden nicht, vor allem nicht den von weißen Hunden.

Weil sie ihr in ihren Träumen so wehgetan haben, will sie keine Hunde mehr sehen. Vor allem keine weißen Hunde.

»Außerdem«, sagt sie an einem ihrer guten Tage, wenn ihr Herz leicht und am rechten Fleck ist, »was wird dieser weiße Hund schon bedeuten; der mit der durchgeschnittenen Kehle, der am Boden um sein Leben ringt? Es ist ja nicht so, dass ich das nicht wüsste.«

Es gibt nichts, was meine Mutter nicht weiß.

Nur wenn es ihr schlecht geht, weiß sie nicht, wie sie wieder hochkommen soll, das ist alles.

»Deshalb darf es dir nie schlecht gehen. Bei mir selbst bin ich es ja gewohnt. Aber zu sehen, dass es dir schlecht geht, das ertrage ich nicht. Zu sehen, wie dich ein schweres Herz nach unten zieht.«

Mir wird es nie schlecht gehen, Mama.

Es gibt doch gar keinen Grund, dass es mir schlecht gehen sollte.

Du triffst immer alle Vorkehrungen. Du erträgst es nicht einmal, wenn ich Schnupfen habe.

»Wenn nötig, lecke ich dir alle Krankheiten von deiner Seele und von deinem Körper. Schamanenmutter!«

Meine Mutterschamanin. Meine schöne Mutter. Meine Mama.

Aber ich habe solche Angst davor, dass meine Mutter meinetwegen Kummer haben könnte.

Mehr als vor allem anderen.

Ständig lebe ich mit dieser Angst.

Nicht einmal Schnupfen kann ich haben. Darf es nicht.

»Du hast keine einzige Kinderkrankheit bekommen.«

Meine Mutter sagt das, als wäre ich mit übernatürlichen Kräften ausgestattet.

Aber ich werde aus Angst nicht krank, Mutter.

Ich habe solche Angst, dass du meinetwegen Kummer hast.

Eines Tages wird mir das Herz stehen bleiben vor Angst.

Auch davor habe ich Angst.

Ansonsten ist mein Herz wie ein Vogel. Es war nie schwer.

Es wird nie schwer sein.

Aus Liebe zu dir hat es ein Paar Flügel.

Mach dir keine Sorgen. Mir wird nichts zustoßen, damit du keinen Kummer hast.

Niemals.

Das Mädchen an der Rezeption

Natürlich sind sie mir aufgefallen.

Sie können einem unmöglich *nicht* auffallen.

Eine Mutter und ihre Tochter. Sie sind ja auch lang geblieben.

Weil sie nämlich so lang geblieben sind, haben sie gegen Ende sogar schon angefangen, uns nicht mehr aufzufallen.

Da hatten wir uns an sie gewöhnt.

Als es dann zu diesem Vorfall kam und sie Hals über Kopf gegangen sind, also abgehauen, haben wir uns alle gesagt: »Es war ja klar, dass was passieren würde.«

So denkt man doch immer, im Nachhinein. Also wenn was ganz Unerwartetes passiert. Dann denkt man doch, das hätte man von Anfang an gewusst oder erwartet.

Vor allem, dass die beiden so gar nicht zueinander gepasst haben, dass sie so ungleich waren, dass da eben was nicht stimmte …

Was weiß ich, wenn man sie zum ersten Mal sieht, denkt man das einfach.

Okay, bloß weil sie Mutter und Tochter sind, muss ja nicht gleich die eine die kleinere, kindliche Form von der anderen sein. Eine Mutter und eine Tochter können sich auch überhaupt nicht ähnlich sehen.

Aber diese zwei, also diese Mutter und diese Tochter … ich glaube, der Poolboy hat das gesagt. Ich erinnere mich nicht mehr, wer genau das gesagt hat. Ich weiß nur noch, dass unter uns darüber gesprochen wurde, als sie das erste Mal hier waren.

Einer hat gesagt: »Die Frau da soll dieses Mädchen gemacht haben?« Der Poolboy, ja. Der hat das gesagt.

Gemacht, das Wort benutzt man halt so.

Später haben wir uns wohl an sie gewöhnt. Da haben wir weniger von ihnen geredet. Nur wenn wir was Komisches gesehen haben, haben wir darüber gesprochen.

Getan haben die eigentlich gar nichts Komisches. Die waren ja so schon komisch genug.

Wie soll ich sagen: Die schienen sich ziemlich anzustrengen, keine Aufmerksamkeit zu erregen. Übermäßig anzustrengen.

Also besonders die Mutter.

Immer so, als würde sie sich verstecken. Sich vor allen verkriechen.

Das Mädchen konnte sowieso unmöglich nicht auffallen.

Ich sag's mal so: Sie war das schönste Mädchen, das ich je gesehen habe.

Sie war wirklich das schönste Mädchen, das ich je gesehen habe, inklusive der Mädchen aus den Filmen und so.

Dieses Mädchen nicht anzusehen, wenn sie da war, wenn sie zum Pool ging oder zurück, wenn sie zum Frühstück oder zum Essen runterkamen, wenn sie vom Spaziergang zurückkamen, eben immer, wenn sie an uns vorbeigekommen sind …

Weil die Rezeption direkt gegenüber der Eingangstür liegt – das ist ja in allen Hotels so –, sehen wir die Gäste am häufigsten.

Ob wir wollen oder nicht.

Manchmal habe ich das Gefühl, dass ich zu viele Menschen sehe, zu viel Kommen und Gehen, zu viel Rein und Raus.

Dann sage ich mir: »Ich möchte überhaupt niemanden mehr sehen.«

Aber so einen Luxus gibt's hier natürlich nicht! Man sieht

alles, registriert alles. Wer reinkommt, wer rausgeht, wer sich umgezogen hat, wer sich die Kante gegeben hat, wer einen durchgestellten Anruf nicht verkraftet, wer es nicht rechtzeitig zum Frühstück schafft und garantiert später mit weinerlicher Stimme ein Continental Breakfast bestellen wird, wer ungeduldig auf seine Hemden wartet, die in der Reinigung sind, und seinen Ärger darüber an dir auslässt und auch gleich noch den Ärger über ganz anderes Zeug.

Puh!

Sooft du es auch abschaltest, dein Aufnahmegerät registriert alles. Die Blackbox der Rezeptionisten sage ich dazu, wenn ich mit meinen Freunden spreche.

Es war unmöglich, dieses Mädchen nicht zu bemerken. Das schönste, besterzogene, strahlendste Kind der Welt. Das war nicht mehr normal. Zu viel Schönheit. Zu viel Irgendwas.

Vielleicht, wenn diese Frau nicht ihre Mutter gewesen wäre, diese vor Kummer und Sorge ausgemergelte, abgemagerte, dunkelhaarige Alte …

Alterslose, besser gesagt.

Man konnte unmöglich sagen, wie alt sie ist.

Denn ab und zu – aber wirklich nur ab und zu – hat sie sich plötzlich einen Pferdeschwanz gebunden, was Neues angezogen, ein einigermaßen freundliches Gesicht aufgesetzt und Sachen gesagt wie: Guten Morgen, wie geht es Ihnen, danke schön. Normale Sachen eben.

In solchen Momenten … also, die sind ein paar Monate hiergeblieben, da habe ich sie vielleicht vier- oder fünfmal so gesehen. Aber jetzt sage ich mir halt, dass es auch Momente gab, in denen es ihr gut ging. Sie war eben nicht immer krank, die Mutter.

In diesen Momenten sah sie zehn, fünfzehn Jahre jünger

aus. Wie die ältere Schwester von dem Mädchen oder so. Eine, die ihr nicht ähnlich sieht, eine dunkle, schöne ältere Schwester.

Das war überhaupt eine ganz Dünne. Nur Haut und Knochen, wie man so sagt. Einmal hatte sie eine Jeans und ein gestreiftes Hemd an. Ich erinnere mich gut daran: ein blauweiß gestreiftes, etwas zu langes Hemd. Ihre Haare hatte sie im Nacken zusammengebunden. Sie sind von draußen reingekommen. Vom Spaziergang. Die Haare hingen ihr um das dünne, lange Gesicht.

Ich kann gar nicht beschreiben, wie schön sie an dem Tag war.

Sie war wie eine andere: wie eine andere Frau. »*Das* muss die Mutter von diesem schönen Kind sein.« Ich erinnere mich, wie mir das durch den Kopf ging. Ansonsten haben die beiden einfach nicht zusammengepasst.

Man fühlte sich richtig unwohl.

Diese dürren, sehnigen Hände, dieses nach innen gekehrte Gesicht. Das einen nicht ansah, selbst wenn es einem zugewandt war. Man hat auch nicht in ihr Gesicht geschaut, sondern auf ihre Hände, wenn man mit ihr gesprochen hat. Es war, als wollte sie es so, als würde sie einen dazu bringen. Solche Macht hatte sie über die Menschen.

Eines Tages habe ich hinter ihrem Rücken gesagt: »Hat die Frau dieses schöne Mädchen irgendjemandem geklaut?« Das werde ich nie vergessen. Das war gemein.

Aber sie hatte so eine mürrische, abfällige Art, die einen aufgeregt hat. Etwas an ihr hat einen dazu gebracht, irgendwas Fieses zu tun oder zu sagen.

Später haben wir noch oft aus Jux gesagt: »Hat sie dieses wunderschöne Mädchen geklaut?«

Wenn das Mädchen an einem vorbeigegangen ist, dann wollte man seinen Blick gar nicht mehr von ihr lösen.

Was hat sie wohl heute an? Wie wird sie einen begrüßen? Wie hat sie ihre Haare? Hat sie einen dieser komischen Hüte auf? Was wird sie sagen, wenn sie die Schlüssel abgibt, sie abholt, an mir vorbeigeht?

Wenn man einen Prominenten sieht, einen Star aus dem Fernsehen, da kann man doch auch gar nicht mehr weggucken. Da ist doch alles, was der macht, etwas Besonderes.

Aber sie war ein Mädchen. Ein Mädchen, das mit seiner verschrumpelten Mutter in dem Hotel gewohnt hat, in dem ich arbeite. Wieso sollte man so fixiert auf die sein?

Sie wird so dreizehn oder vierzehn gewesen sein. Vielleicht auch fünfzehn, sah aber jünger aus. Sie trug immer Babyfarben. Und seltsame Klamotten. Speziell ausgewählt, um sie jünger erscheinen zu lassen.

So ziehen sich Kinder doch nicht mehr an. Sie sprechen auch nicht mehr so. Ich bin mir gar nicht mal sicher, ob Kinder überhaupt mal so waren.

Sie war eben anders. Aus einer anderen Welt. Aus einem Film. Von irgendeinem unbekannten, fremden Ort.

Okay, schön war sie auf jeden Fall. Sehr, sehr schön. Die langen Wimpern, die Augen, das winzige Näschen und so. Und sie war auch so höflich, so einnehmend. Man ist dahingeschmolzen.

Wir haben untereinander einen Wettbewerb veranstaltet, wer sie am häufigsten sieht. So, als wäre unser Tag umso besser, je öfter wir sie sahen.

»Ich habe sie sechsmal gesehen. Sechsmal schon heute!« So ein Wettbewerb eben. Ein blödes Spiel.

Natürlich hatte unsere Fixiertheit auch damit zu tun, dass die beiden so komisch und immer allein waren.

Wir waren halt vollkommen fixiert auf die und haben zum Beispiel gesagt: »Hast du sie heute schon gesehen?« – »Ich hab sie nirgendwo gesehen. Sie ist nicht mal runter zum Pool gekommen. Ich hatte sowieso einen schlechten Tag. Und der Direktor war auch widerlich. Der hat einem heute keine Gemeinheit erspart.«

Zu so einem Glücksbringer, so einem Talisman war sie für uns geworden.

Wie soll ich sagen? Wir haben sie benutzt.

Als wäre sie kein Kind aus Fleisch und Blut, sondern eine Illusion, ein Traum, ein Engel.

Sie zu sehen tat uns gut. Aber wie es *ihr* dabei ging?

Wenn ich daran denke, was passiert ist, schäme ich mich.

Wir hätten versuchen können, ihr zu helfen. Sie zu retten.

Ich weiß nicht, ob wir das geschafft hätten. Ob wir sie hätten retten können.

Wir haben ja nichts geahnt.

Nicht im Traum hätten wir daran gedacht.

Was der Mensch nicht sehen will, das sehen seine Augen nicht. Auch sein Herz sieht es nicht.

Kieselsteine

Normalerweise sind wir irgendwo an der Küste.

Wir wohnen in Zimmern mit Blick aufs Meer. In Laufweite zum Meer.

Kleine, verlassene Küstenorte. Unentdeckte oder gemiedene Städtchen. In Jahreszeiten, die die Massen nicht mögen. Wenn sie kommen, gehen wir.

Meine Mutter hat Angst vor überlaufenen Orten. Vor Treffpunkten der Schickeria.

»Auf dieser Welt ist nichts und niemand so widerwärtig wie die Türken der Oberschicht.«

Wir seien schichtlos, sagt meine Mutter. Wir hätten zwar Geld, aber wir gehörten keiner Schicht an.

Wir wohnen immer in den besten Hotels der Städte, in die wir fahren. In den größten Zimmern mit dem besten Blick.

Aber früher sind wir in teurere Hotels gegangen. Da sind wir auch öfter ins Ausland gefahren.

Jetzt sind wir immer in menschenleeren oder angestaubten Hotels in Küstenstädtchen, in die die meisten nicht fahren wollen.

Wir machen einen Spaziergang am Strand. Manchmal sammeln wir den ganzen Tag Kieselsteine. Und natürlich Muscheln.

Mit unseren Stofftaschen gehen wir runter an den Strand. Sind sämtliche Taschen prall gefüllt, kehren wir in unser Zimmer zurück.

Manchmal kommt es vor, dass wir an einem Tag drei- oder sogar viermal an den Strand gehen. Meine Mutter bekommt nicht genug davon, Kieselsteine zu sammeln.

»Die Kieselsteine zeigen, dass auf dieser Welt wenigstens

manche Dinge vollkommen sein können. Sie haben eine eigene Sprache; jeder Einzelne ist schön und besonders. Und wir verstehen ihre Sprache. Jeder sagt uns etwas.«

Im Waschbecken unseres Bades waschen wir sie alle einzeln ab. Manchmal verstopft der Sand, der an ihnen haftet, den Abfluss. Dann müssen wir die Rezeption anrufen und uns eine Lüge ausdenken, damit sie jemanden schicken.

»Wir können ja nicht sagen, der Sand von den Kieselsteinen und den Muscheln hat den Abfluss verstopft«, sagt meine Mutter. »Denk dir einfach irgendwas Glaubwürdiges aus, mein Bambi.«

Wir reihen die Kieselsteine nebeneinander auf. Wenn sie ihre zweite Hälfte nicht verloren haben, sehen die Muschelschalen aus wie Schmetterlinge. Sie kommen auf Tische, Beistelltischchen, Kommoden.

Wenn wir lange irgendwo bleiben, greifen sie manchmal sogar auf eines der Betten über.

Später sagt meine Mutter: »Such dir zwei, drei von ihnen aus. Mehr können wir nicht in deine Tasche packen.«

Als ich noch klein war, habe ich immer geweint, während ich mir die drei Steine aussuchte. Gebettelt habe ich: Mama, bitte, lass mich mehr mitnehmen.

Aber für meine Mutter liegt gerade darin die Schönheit der Kieselsteine: dass sie einen nicht zwingen, eine Bindung einzugehen.

»Sie liegen einfach so an der Küste. Überall auf der Welt liegen Kieselsteine und Muscheln von unglaublicher Schönheit einfach so an der Küste und warten auf dich. Sie hoffen, dass du kommst und sie findest. Hoffen, ohne zu hoffen.«

Ich suche mir drei Steine aus, und meine Mutter manchmal einen.

Die restlichen tragen wir in Taschen zurück. Am letzten Tag. In der letzten Nacht. An den Strand: wo sie hingehören.

Aber manchmal, wenn wir sehr plötzlich aufbrechen müssen, lassen wir sie alle im Zimmer zurück.

Dann ist mir wieder zum Weinen zumute. Wir haben sie ihren Müttern, ihren Freunden, ihrem Zuhause entrissen; und jetzt lassen wir sie in einem Zimmer liegen und fliehen.

»Kieselsteine haben doch keine Mütter, mein Bambi«, sagt meine Mutter. »Aber mach dir keine Sorgen, ich hinterlasse eine Nachricht.«

Meine Mutter schreibt denen im Hotel eine Nachricht. Sie bittet sie, die Kieselsteine an den Strand zu bringen, und legt Geld dazu.

»Wenn man Geld dazulegt, machen sie es, keine Sorge.«

Auch unsere Kleider.

Die meisten unserer Kleider und auch Schuhe, Hüte, Schlappen, Bücher, Spielzeug, Kissen, Lampen. Alles, was wir während unseres Aufenthalts gekauft haben, lassen wir zurück.

Es darf nicht mehr sein als ein kleiner Rucksack, wir dürfen nie irgendwelches Gepäck aufgeben.

Reisende ohne Gepäck: das sind wir.

»Wenn wir uns zu schwer belasten, erwischen sie uns, mein Baby. Wir müssen immer mit leichtem Gepäck unterwegs sein. Es gibt sowieso überall alles.«

Meine Mutter zieht immer das Gleiche an. Schwarze oder weiße Hemden, T-Shirts, Kapuzenjacken, Jeans, Stiefel mit dicken Sohlen.

Wenn etwas abgetragen ist, kauft sie das Gleiche noch mal. Wenn sie das Gleiche nicht finden kann, wird sie sauer.

Aber für mich wird ständig eingekauft. Hellrosa, Babyblau, Indigo, Blassgelb. Solche Farben müssten Blondinen anziehen, sagt meine Mutter. Sie stünden mir, diese Farben.

Aber das sind Babyfarben! Ich möchte auch Schwarz tragen. Kapuzenjacken, weite Jeans, dunkle Hemden. Ich möchte mich anziehen wie meine Mutter.

»Mein Baby, bist du etwa nicht glücklich? Ist es das, was du mir sagen willst?«

Wie ein Kind solle ich mich anziehen. Aber sie zieht mich an wie ein Baby. Wie eine Puppe. Wir haben Mühe, Kleider in den Farben zu finden, die sie will. Ich bin größer geworden mittlerweile.

Bist du denn nicht glücklich, Mama? Bist du denn immer unglücklich?

Meine Mutter hat ihre Traurigkeit nie geleugnet.

»Ich weiß nicht, ob man je wieder glücklich sein kann, wenn man einmal so traurig war.«

Meine Mutter sagt, sie könnte vor Traurigkeit sterben. Sie könnte sterben und sei auch fast gestorben. Dann habe sie erfahren, dass sie mit mir schwanger sei. Sie habe es sehr spät erfahren. Kurz bevor sie beinahe gestorben wäre.

»Ich bin für dich am Leben geblieben. Durch das Glück, das du mir gebracht hast, habe ich es geschafft, hierzubleiben.«

Aber weder das Glück, das ich bringe, noch die Ruhe, die unsere Ordnung bringt, können die große Traurigkeit meiner Mutter lindern.

Wenn die Wellen der Traurigkeit meine Mutter unter sich begraben, wenn sie unser Leben niederreißen, in JENEN MOMENTEN möchte ich mehr denn je etwas über die Vergangenheit meiner Mutter erfahren. Über unsere Vergangenheit.

Wer ist mein Vater? Ist er es, vor dem wir ständig fliehen? Wollte mein Vater nicht, dass ich geboren werde? Und möchte er jetzt nicht, dass wir leben? Oder liegt alles an den Eltern meiner Mutter? Sind sie hinter uns her? Was wollen sie von uns? Was könnten sie uns tun? Wollen sie uns töten, meine Mutter und mich? Aber warum? Vor wem fliehen wir, Mama?

Meine Mutter lässt mich diese Fragen nicht stellen.

Wenn ich sie stelle, wird sie traurig und krank, also kann ich sie nicht stellen.

Eines Tages werde sie mir alles erklären.

»Eines Tages wirst du alles erfahren, bitte hab Geduld, mein Baby. Wenn du größer bist. Wenn ich wieder ganz gesund bin. Dann werde ich dir alles erklären. Und du wirst verstehen. Du wirst mir recht geben. Alles, was wir tun, hat seinen Grund. Wir müssen fliehen. Sie sind hinter uns her.«

Du hast recht, Mama. Ich darf dich nicht in JENE MOMENTE versetzen. Was, wenn du nicht mehr aus JENEN MOMENTEN herauskommst? Was, wenn dir etwas zustößt? Was, wenn du nie wieder zurückfindest in unser tägliches Leben?

Alles, was wir gesammelt haben, was wir gekauft haben, was wir behutsam Stück für Stück ausgewählt haben, bleibt in den Hotelzimmern zurück. Wir ziehen die Tür hinter uns zu und gehen.

Wenn meine Mutter das Muster der Hotelvorhänge oder den Synthetikstoff der Bettdecken nicht erträgt, wenn sie sich an irgendetwas stört – dann gehen wir und kaufen unsere eigene Bettwäsche. Mit Nadeln befestigen wir unsere eigenen Vorhänge an denen des Hotels. Wir kaufen und benutzen unsere eigenen grauen, violetten oder bordeauxroten Handtücher. Über die Sessel breiten wir unsere eigenen, selbst gekauften Stoffe.

Und dann müssen wir alles zurücklassen und fliehen. An einen neuen Ort. In ein neues Hotel.

»Trauere keiner Sache nach, mein Bambi«, sagt meine

Mutter. »Binde dich an nichts. Uns reicht unsere Verbundenheit miteinander. Etwas anderes brauchen wir nicht.«

Ich binde mich an nichts, Mama.

Einmal habe ich mich ein kleines bisschen an Embryo gebunden, das ist alles.

Die Verbundenheit mit dir reicht mir.

Deine Verbundenheit mit mir reicht mir.

Ich weiß, wie wir leben müssen. Wir dürfen uns nicht belasten, damit wir leichter fliehen können. Damit sie uns nicht kriegen.

Das muss sein, damit wir am Leben bleiben.

Damit du nicht vor Traurigkeit stirbst.

So wie du für mich auf dieser Welt geblieben bist, muss auch ich für dich da sein. So wie du es willst und sagst.

»Wir haben keine andere Wahl.«

Ich weiß.

Ein zu kleiner Tisch

»Es interessiert uns nicht, worüber sie reden und was sie denken. Versuche, nicht mit ihnen zu sprechen, nicht zu hören, was sie sagen. Sonst befinden wir uns schon mittendrin in ihren Banalitäten. Mitten in ihrer Welt.«

Meiner Mutter ist das sehr wichtig.

Ich darf nicht zuhören, wenn andere reden.

Wir dürfen nicht hören, was andere sagen.

Wir haben eine Welt nur für uns allein. Wir sind eine MONDEINHEIT.

»We are the Moon Unit«, sagt meine Mutter. Lass bloß nicht zu, dass sie ihren Dreck bei uns abladen.«

Sie sprechen immer über ganz banale Dinge.

Über ganz primitive Themen.

Über Dinge, die uns kein bisschen interessieren, nicht interessieren dürfen.

Sie haben Handys; und als seien ihre Handys ein Schild, der sie unsichtbar und unhörbar macht, krakeelen sie in einem fort herum.

Sie sprechen über ihre Familien.

Sie sprechen über ihre Geliebten. Aber am meisten über Geldgeschäfte.

Sosehr meine Mutter mich auch warnt, manchmal halte ich es nicht aus. Dann höre ich etwas. Höre zu.

Unser Geld wird weniger.

Meine Mutter hatte viel Geld, als ich geboren wurde. Das weiß ich.

Aber da wir ja seit meiner Geburt fliehen müssen, in Hotels leben müssen …

Wir fahren jetzt viel seltener in ferne Länder.

Wir können jetzt nicht mehr so oft das Land wechseln.

Wenn uns das Geld mal ausgeht, läuft meine Mutter zur Bank und hebt neues ab.

Aber ich spüre, dass unser Geld weniger wird.

Trotzdem dürfen wir nicht über Geld sprechen. Wir dürfen uns nicht auf das Niveau ihrer Themen herablassen.

Wir dürfen unter keinen Umständen zulassen, dass ihre Themen sich in unsere Seelen schleichen und uns vergiften.

Aber irgendwie kommen sie doch zu uns – »über uns«, wie meine Mutter sagt – und vergiften unsere Seelen.

Die anderen sind ungerecht. Und furchtbar grob. Das treibt meine Mutter in den Wahnsinn. Es verletzt sie, und es macht sie wütend.

»Sie versuchen, uns wie etwas Minderwertiges zu behandeln«, sagt meine Mutter. »Uns irgendwie dafür zu bestrafen, dass wir nicht in ihr angelerntes Klischee passen. Das ist so hässlich, so gemein!«

Im Speisesaal des Hotels ist für jedes Zimmer ein Tisch reserviert.

So ist das in diesem Hotel. Für jedes Zimmer ist für die Dauer des Aufenthalts ein ganz bestimmter Tisch reserviert.

Als wir herunterkommen, sehen wir auf einem der Tische das Dreieck aus Metall, auf dem unsere Zimmernummer steht. Das ist also der Tisch, an dem wir sitzen müssen.

»Das ist also der Tisch, an dem wir sitzen müssen?«, fragt meine Mutter und zieht ihre Augenbrauen hoch.

Es ist ein sehr kleiner Tisch für eine, höchstens zwei Personen, der zwischen zwei andere, viel größere Tische gezwängt wurde. Ein sehr, sehr kleiner Tisch.

Meine Mutter schaut sich um.

Ich schaue mit. Ich weiß, was sie sucht, wonach sie schaut.

Im ganzen Speisesaal gibt es keinen anderen Tisch, der so

klein ist wie der, den man für uns reserviert hat. Und schon gar keinen, der zwischen zwei so riesige andere Tische gezwängt wurde.

Unser Tisch steht so, dass wir aufstehen und Platz machen müssen, wenn die, die an den zwei riesigen Tischen sitzen, zu ihren Plätzen wollen. Ständig aufstehen und wieder hinsetzen.

Der kleinste Tisch. Der eingezwängteste. Und der unbequemste. Ständig müssen wir aufstehen und uns wieder hinsetzen, wenn sie aufstehen, um ihre Teller zu füllen. Büfett.

Als wir mit dem Essen fertig sind, ruft meine Mutter den OBERKELLNER. »Mal sehen, was der Typ mit dem Kürbisgesicht dazu zu sagen hat.«

Das KÜRBISGESICHT kommt an unseren Tisch.

Er zwängt sich zu uns durch. Schlängelt sich hindurch.

Meine Mutter zeigt auf eine Reihe von Paaren: »Würden Sie sich diesen Tisch mal bitte anschauen? Oder diesen da? Den in der Ecke da drüben?«

Sie zeigt auf einige Paare: Eheleute, Verliebte, Paare, die aus einem Mann und einer Frau bestehen.

Sie sitzen an Vierertischen. An Tischen von normaler Größe an einem normalen Standort, nicht zwischen zwei anderen Tischen eingeklemmt.

Meine Mutter zeigt auf jeden einzelnen dieser Tische.

Das KÜRBISGESICHT tut so, als hätte er nicht verstanden. »Ja bitte, die Dame?«, sagt er zu meiner Mutter. »Was wünschen Sie denn?«

»Nichts«, sagt meine Mutter. »Ich wünsche gar nichts. In diesem Speisesaal gibt es, abgesehen von dem, an den man uns gesetzt hat, keinen anderen Tisch von dieser Größe, ist Ihnen das schon mal aufgefallen?«

Der OBERKELLNER setzt einen gequälten Blick auf, als

hätte er es eilig und müsste gleich wieder weg, und rückt mit der Hand die Karaffe auf unserem Tisch zurecht. Sobald er den richtigen Satz gefunden hat, wird er ihn aussprechen und sich aus dem Staub machen. Er atmet tief durch. Vielleicht hat meine Mutter ja ein Einsehen mit ihm und lässt ihn gehen.

»Dass die Karaffe überhaupt noch neben die beiden Teller passt, ist schon ein Wunder auf diesem Tisch, nicht wahr? Eigentlich wäre das Wort ›Beistelltischchen‹ wohl die treffendere Bezeichnung. Ein Beistelltischchen, das man zwischen zwei riesige Tafeln gezwängt hat.«

»Was wollen Sie damit sagen?«, fragt der OBERKELLNER. Er hat begriffen, dass er meiner Mutter mit Herumjammern nicht beikommen kann. Doch noch versucht er, sich nicht anmerken zu lassen, dass er allmählich ärgerlich wird.

»Ich will Folgendes sagen«, antwortet meine Mutter. »Dieser Tisch … Verzeihung, dieses Beistelltischchen, das Sie keinem der heiligen Pärchen in diesem Saal zumuten würden, ist uns doch bloß zugewiesen worden, weil wir nur Mutter und Tochter sind. Und Sie tun so, als wäre Ihnen das gar nicht bewusst. Tun so, als hätten Sie nicht gesehen, unter welchen Bedingungen zwei Ihrer Gäste zu essen gezwungen sind. Ja, genau das ist es, was Sie hier gerade versuchen.«

»Es gab keinen anderen Tisch«, sagt der OBERKELLNER. Er fängt allmählich an, panisch zu werden. Die kratzige Stimme meiner Mutter ist so schön.

»Sie muten uns diesen Tisch zu«, sagt meine Mutter, »diesen Tisch, an den Sie einen Mann und eine Frau nie setzen würden, denn schließlich sind wir nur zwei Frauen: eine Mutter mit ihrer Tochter, das ist eben etwas Sonderbares, etwas Unnormales. Da ist es doch klar, dass Sie uns diesen unbequemen Tisch anbieten, oder etwa nicht?«

»Wir werden ihn sofort austauschen«, sagt der OBERKELLNER. Inzwischen atmet er schwer. Einerseits ist er verärgert, andererseits weiß er, dass es am besten ist, seine Niederlage einzugestehen. »Zeigen Sie mir, wo Sie sitzen möchten. Ich werde den Platz für morgen früh herrichten lassen.«

»An irgendeinem anderen Tisch, nur nicht an diesem«, sagt meine Mutter. »An einem der Vierertische, an denen auch die übrigen heiligen Paare sitzen. Und natürlich nicht eingeklemmt zwischen zwei anderen Tischen. Genau so, wie Sie es den anderen zugestehen, den Paaren, die aus einer Frau und einem Mann bestehen. Außerdem wünsche ich, dass diese Unverschämtheit Ihrerseits nicht ungestraft bleibt. Sie sind sowohl unverschämt als auch rücksichtslos, und noch dazu haben Sie versucht, so zu tun, als gäbe es kein Problem, anstatt sich zu entschuldigen und sich um eine Lösung zu bemühen.«

»Jetzt gehen Sie aber zu weit«, sagt der OBERKELLNER. Mit vor Wut erstickter Stimme.

Als meine Mutter vom Tisch aufsteht, kippt ihr Stuhl um. Mittlerweile haben alle sich umgedreht und schauen in unsere Richtung. Wer die Stimme meiner Mutter noch nicht gehört hat, der ist spätestens beim Fallen des Stuhls aufgeschreckt.

Sie nimmt mich an der Hand und setzt sich in Bewegung.

»Ich gehe nicht zu weit, und Sie wissen, dass ich noch viel, viel weiter gehen kann, wenn ich will.«

Wir verlassen den Speisesaal.

Meine Mutter beschließt, dass dieses Hotel Gift für uns ist. Wir gehen hoch in unser Zimmer und packen unsere Sachen zusammen.

Wir haben sowieso nicht viel. Wir reisen immer mit leichtem Gepäck. Wir wollen diesen unguten Ort, an dem uns ein solches Tischchen zugemutet wird, so schnell wie möglich verlassen.

Bevor wir noch mehr gekränkt, noch mehr beleidigt und verletzt werden und etwas passiert.

Lass uns jetzt sofort fliehen, Mama.

Sie sollen dir hier keinen Kummer machen. Lass uns sofort gehen, bevor du ihnen eine Lektion erteilst.

Der Schneesturm

»›Werden wir auch einmal eine Maus töten?‹

›Nein‹, erwiderte die Mutter.

›Nie?‹, fragte Bambi.

›Niemals‹, war die Antwort.

›Warum nicht?‹, fragte Bambi erleichtert.

›Weil wir niemanden töten‹, sagte die Mutter einfach.

Bambi wurde wieder heiter.«

Die rauchige Stimme meiner Mutter umfängt mich ganz und gar. Ganz und gar. Sie deckt mich zu, ihre Stimme. Wie eine Decke.

Ich bin noch klein. In dem Alter, in dem meine Mutter mir noch aus *Bambi* vorgelesen hat. Mein Kopf liegt auf ihrem Schoß. In den Sitzreihen für jeweils fünf Personen sitzt niemand außer uns. Das Flugzeug ist leer. Vollkommen leer.

»Streck auch deine Füße aus, mein Bambi«, sagt meine Mutter.

Ich werde bis New York durchschlafen.

Wir fliegen von London nach New York. Nachts konnten wir nicht fliegen. Wir haben stundenlang am Londoner Flughafen gewartet.

Meine Mutter hat mich in einen Raum gebracht, wo man die Lautsprecherdurchsagen nicht hört. Seit Stunden warten wir dort, lesen und sehen fern. Meine Mutter will, dass ich schlafe. Aber ich kann nicht schlafen.

Ab und zu verlässt meine Mutter den Raum, schaut auf den Bildschirm im Korridor, kommt zurück und sagt: »Delayed. Schon wieder.«

Das Warten macht mich so unruhig, dass ich nicht schlafen kann. Meine Mutter strahlt eine seltsame Zufriedenheit aus. Als würde sie sich darüber freuen, dass unser Flugzeug aufgrund eines Schneesturms nicht starten kann.

»Schon wieder delayed«, sagt sie begeistert. »Wir sollen die Nacht in einem der Hotels in der Nähe verbringen. Auf Kosten von British Airways! Selbst wenn das Flugzeug starten könnte, würde es wegen des Schneesturms womöglich nicht landen können.«

Ich weiß inzwischen, dass meine Mutter die Angewohnheit hat, sich zu freuen, wenn sie eine Katastrophe erlebt, die sie mit anderen teilt.

Vielleicht, weil wir nicht allein sind. Weil es keine Last ist, die nur sie und ich tragen müssen, sondern etwas, das allen passiert oder passieren kann.

Meine Mutter freut sich also darüber, dass wir die Nacht in einem Flughafenhotel verbringen müssen. Ich weiß nicht, warum ich mich an diese Einzelheiten erinnere. Aber einige Szenen dieser stürmischen Nacht sind mir noch glasklar im Gedächtnis.

Nicht vollständig. Nicht alles. An manches von dem, was wir in dem Hotel am Union Square erlebt haben, erinnere ich mich überhaupt nicht.

Aber an den Union Square erinnere ich mich: daran, dass das Hotel, in dem wir versucht haben unterzukommen, am Union Square lag.

»Union Square«, hat meine Mutter gesagt, als wir ins Taxi gestiegen sind. So hat sie es dem Fahrer gesagt. Ich habe ihre Stimme noch im Ohr.

Am nächsten Tag, nach einer Reihe weiterer Verzögerungen, ist unser Flugzeug endlich gestartet.

Dann, tief in der Nacht, warten wir im Schneesturm auf ein Taxi.

Vor dem Flughafen in New York.

Man sieht die Hand vor Augen nicht. »In this fucking blizzard«, sagt meine Mutter, weil wir uns draußen in die Schlange stellen und auf ein Taxi warten müssen.

Innerhalb von zehn, fünfzehn Minuten kommt nur ein einziges Taxi. Die Schlange ist lang, und wir stehen ganz hinten.

»Nur wegen unseres Koffers«, sagt meine Mutter. Lange warten wir in der schneidenden Kälte. Sehr lange.

»Frierst du, mein Baby?«, fragt meine Mutter immer wieder. Sie reibt meine behandschuhten Hände mit ihren behandschuhten Händen. Sie bindet die Ohrenschützer meiner Mütze neu. Zieht meinen Schal fester zu.

»Bitte frier nicht, mein Bambi. Werde ja nicht krank. Werde nicht krank, nur weil ich so nachlässig bin. Es war eine Scheißidee, mit Koffer zu reisen. Wir hätten alles Nötige in New York kaufen können.«

Ich bin noch nie krank geworden. Um meiner Mutter keinen Kummer zu machen. Auch in jener Nacht, während wir auf das Taxi warteten, habe ich nicht gefroren. Ich friere nie, Mama. Es geht mir gut.

Glasklar erinnere ich mich daran, dass meine Mutter »To Union Square« gesagt hat, als wir ins Taxi gestiegen sind. Die abgehackte, karierte Stimme meiner Mutter.

Ich erinnere mich daran, wie wir mit Mühe und Not in dem kleinen Hotel angekommen sind. Wie meine Mutter unseren Koffer auf dem vereisten Bürgersteig hinter sich hergeschleift hat.

Wir sind im Hotel, in diesem winzigen, überheizten Hotel.

Es ist wie ein Albtraum, ich erinnere mich so deutlich an manche Details dort. Das, woran ich mich nicht erinnere, und das, woran ich mich deutlich erinnere, bilden ein seltsames Durcheinander. Wie es bei Albträumen ist, wenn man morgens aufwacht.

Der Mann an der Rezeption ist ein Hüne. Ein riesiger Kerl. Wirklich. Er trägt eine Baseballmütze und ein graues Sweatshirt. Und er hat einen Bart. Einen knallroten, wallenden Bart. Blutrot.

Immer wenn er mit der Hand auf den Tresen schlägt, wackelt seine Elvispuppe mit dem Kopf. Die Gitarre der Puppe schlenkert hin und her, und ihr Kopf wackelt. Auf dem grauen Sweatshirt des Mannes steht in riesigen grünen Buchstaben TENNESSEE.

Der Mann an der Rezeption muss sehr sauer sein auf meine Mutter. Bei jedem Schlag wackeln Elvis' Kopf und seine Gitarre. Er schwankt so bedenklich hin und her, dass ich Angst habe, er fällt gleich vornüber auf den hölzernen Tresen. Ohne meinen Blick abzuwenden, starre ich die Elvispuppe an. Bete darum, dass sie nicht umfällt.

»Was denn? Wie können Sie so spät in der Nacht keine Kreditkarten akzeptieren?«, sagt meine Mutter. »So viel Geld habe ich nicht bei mir. Ich hebe gleich morgen früh welches ab und bringe es Ihnen.«

Meine Mutter solle es gefälligst sofort abheben und herbringen. Wozu gebe es denn zwei Blocks weiter einen Automaten? Hier werde nach seiner Pfeife getanzt. Er sei nicht verpflichtet, uns so spät in der Nacht noch aufzunehmen. Sowohl Elvis' Kopf als auch seine Gitarre wackeln wie verrückt.

»Cash!«, brüllt er. »If I say cash, you pay cash!«

»In this fucking blizzard?«, fragt meine Mutter. »With my child?«

Der Riese an der Rezeption gibt eine Antwort, in der es von »Fucks« nur so wimmelt.

Die »Fucks« wirbeln nur so durch die Luft. »Fucking«, »fuck«, »fucked«.

Ich höre, wie meine Mutter »You fucking fascist, racist redneck!« zu ihm sagt. »It's because of our passport, isn't it?«

Mein Blick ruht auf Elvis, während meine Mutter das sagt. Auf Elvis, der gleich vornüber auf den Tresen kippen wird. Der Riese wird noch eine letzte Sache zu meiner Mutter sagen. Noch eine letzte Sache, bevor ihm die Stimme versagt.

Meine Mutter wird nach etwas greifen, was dort herumliegt, und sagen: »It's because of our passport, isn't it, redneck?«

Es sieht seltsam aus, wie sich der Bart des Riesen dunkelrot färbt. Doch das tut er tatsächlich, vor meinen Augen.

Meine Mutter wischt sich mit Erfrischungstüchern aus ihrer Handtasche die Hände ab.

»Los, mein Bambi, wir gehen.«

Ich friere jetzt sehr. Sehr. Ich erfriere, Mama. Ich habe das Frieren unterdrückt, um dir keinen Kummer zu machen. Habe es für mich behalten und zu ignorieren versucht.

Aber jetzt friere ich sehr.

»Los, mein Baby!«, sagt meine Mutter. Sie sagt es mit einer so bösen Stimme, dass ich zu weinen beginne.

Wir gehen den Bürgersteig entlang. Meine Mutter zerrt unseren Koffer hinter sich her.

Meine vom Weinen feuchten Wangen schmerzen. Wenn ich sie mit meinen Handschuhen abwische, schmerzen sie noch mehr.

Meine Nase brennt. Meine Wangen auch. Niemand sollte im Schneesturm weinen.

Auf dem vereisten Gehsteig zerrt meine Mutter mit einer Hand an unserem Koffer, mit der anderen an mir. Manchmal bleibt sie stehen und versetzt dem Koffer einen wütenden

Tritt. »Wenn wir ihn hierlassen, bekommen sie später durch seinen Inhalt heraus, wer wir sind.«

Wir wechseln auf den gegenüberliegenden Bürgersteig. »Wir müssen weit weg von diesem Hotel«, sagt meine Mutter. »Halt noch durch bis zu der Kreuzung da, mein Baby.«

Wir haben auch die Kreuzung überquert. Meine Mutter gibt dem Koffer, der es sich in den Kopf gesetzt hat, uns Probleme zu bereiten, einen weiteren Tritt.

»Schick uns schnell ein Taxi.« Das sagt meine Mutter und blickt gen Himmel.

»Mama, guck, da kommt ein Taxi!«, rufe ich. Im Schneesturm, zu dieser nachtschlafenen Zeit, kommt ein Taxi und bleibt vor uns stehen.

»Sofort zum Flughafen«, sagt meine Mutter. *»Wir müssen unseren Flug noch erreichen.«*

Wir haben doch gar keinen Flug und auch kein Ticket. Wir werden stundenlang am Flughafen warten.

Mit dem ersten Flugzeug, das wir kriegen können, werden wir nach London zurückkehren. In diese Stadt hier werden wir keinen Fuß mehr setzen.

Vielleicht erinnere ich mich deshalb an den Schneesturm. Vielleicht auch, weil ich solche Schmerzen hatte vor Kälte.

Nach New York werden wir keinen Koffer mehr besitzen. Nur noch in kleinen Rucksäcken dürfen wir alles unterbringen. Das hat seine guten und seine schlechten Seiten. New York nie wiederzusehen ebenso.

Der Poolboy

Morgens is' dieses Mädchen immer 'ne Stunde geschwommen und dann nachmittags noch mal anderthalb oder zwei.

Jeden Tag. Jeden gottgegebenen Tag.

Wird der nicht langweilig?, hab ich immer gedacht. Wird die nie müde?

Hängt der das nie zum Hals raus? Und immer nur mit ihrer Mutter.

Morgens kamen die immer als Erste. Und abends sind sie dann als Letzte gegangen. Ich hab immer das Licht ausgemacht und abgeschlossen, da waren die gerade fertig. Als Allerletzte eben.

Die Mutter hat immer genau die Zeiten abgepasst, in denen keiner da war.

Hat sie ja sogar gesagt. »Solange keiner da ist, kannst du ungestört trainieren«, hat sie gesagt.

Das Mädchen hat nämlich Schwimmen trainiert. Also die Hexe hat sie trainieren lassen.

Aber ihr hat das anscheinend gar nichts ausgemacht. Die hat immer so wunderschön gelächelt. Hatte immer 'ne ganz süße Stimme, wenn sie was wollte oder was gefragt hat.

Einmal hat sie gefragt: »Könnten Sie für morgen die Temperatur ein bisschen höher stellen?« Draußen war's echt kalt. Sie hat wohl gefroren beim Training.

Mir war vor Aufregung ganz anders. Wie die mir so in die Augen geguckt und mit ihrem kleinen Stimmchen geredet hat …

Und dabei hatte ich mich da schon an sie gewöhnt. Mir fiel also nicht mehr gleich die Kinnlade runter.

Als ich die das erste Mal gesehen hab – so eine hatte ich

vorher noch nie gesehen. Die war sogar schöner als die Mädels in den Serien oder in den Videoclips.

Eigentlich war sie jünger als die. Noch ein richtiges Mädchen. Bestimmt fünf, sechs Jahre jünger als ich. Da bin ich mir sicher.

Aber schlank war sie. Und groß. Da konnte man das Alter nicht so genau einschätzen. Und sie hat mit so 'ner schnurrenden Mädchenstimme gesprochen. Es kam einem vor, als würden die beiden versuchen, sie jünger zu machen, ihr Alter irgendwie zu kaschieren.

Immer war ihre Mutter um sie rum. Wirklich immer.

Die war mit nichts anderem beschäftigt, als ihre Tochter von allen fernzuhalten. Keiner durfte der zu nahe kommen. Mit keinem durfte sie sich anfreunden. Keiner durfte sie sehen oder auch nur mit 'nem Blick streifen.

Die hat aufgepasst wie ein Luchs. Das haste echt gespürt.

Darum war das Mädchen auch wie so 'ne Aufziehpuppe. Und wenn sie so puppenhaft gesprochen hat, hatte man echt Angst.

Irgendwie war die unecht. Wie 'ne Roboterin. Zu schön, zu höflich, zu nett. Zu viel des Guten eben.

Man konnte auch nicht entspannt auf die zugehen. Keine zwei Wörter hat man da rausgebracht.

Aber das war's ja auch, was ihre Hexenmutter wollte: das schöne Mädchen ganz für sich haben.

Nur sie durfte es in ihrem Leben geben. Wie 'ne Aufpasserin. Wie so 'ne Wärterin, 'ne Geiselnehmerin.

Das trifft's wohl am ehesten: Das Mädchen war 'ne Geisel in den Händen von dieser Frau. Die hat sie als Geisel genommen, wie im Film.

Und die sahen sich auch gar nicht ähnlich. Kein bisschen! Ey, wie kann man seiner Mutter nur so unähnlich sehen?

Ich meine, woher willste eigentlich so genau wissen, dass diese Frau wirklich die Mutter von dem Mädchen war? Das sieht man doch ständig in den Nachrichten. Dass gestörte Frauen Babys aus'm Krankenhaus entführen und so.

Vielleicht war diese Hexe auch Krankenschwester. Hat sie geklaut, als sie noch ganz klein war. Als Baby entführt halt.

Stell dir so 'ne Peitsche vor. 'nen Ledergürtel. 'nen vertrockneten Ast. So sah die Frau aus. Finster und ausgemergelt. Die war so was von brutal, Junge. Ich hatte andauernd Schiss, dass die ihren Mund aufmacht und irgendwas sagt.

Aber viel geredet hat die nicht. Hat eigentlich überhaupt nicht geredet.

Sogar mit ihrer Tochter nur ganz wenig. Wahrscheinlich, weil ich dabei war. Man hat gespürt, dass die beiden sonst viel miteinander reden und sich gut verstehen.

Die haben zum Beispiel die Zeit gestoppt, das Mädchen ist fünfzig Meter gekrault, hat ihrer Mutter glücklich in die Augen geschaut, und die hat dann gesagt: »27 Sekunden und ein paar Hundertstel. Das ist in deiner Altersklasse fast Weltrekord, mein Baby.«

Die hat immer »mein Baby« zu dem Mädchen gesagt oder »mein Bambi«. Also wahrscheinlich dieses Bambi aus dem Kinderfilm. Wo sie die Mutter von diesem Springbock erschießen. Von diesem Reh. Was auch immer.

Die Frau hat sich meistens auf einen von den Liegestühlen am Beckenrand gelegt und gelesen. Und gequalmt wie ein Schlot. Manchmal ist sie auch geschwommen. Aber sehr manchmal.

Dafür, dass die so viel geraucht hat, ist sie aber echt gut geschwommen. Richtig so mit Stil und Technik, voll beeindruckend!

»Im Brustschwimmen war ich gut, als ich so alt war wie

du. Aber im Kraulen war ich nie so gut wie du«, hat sie immer zu dem Mädchen gesagt.

Die haben andauernd das Gleiche geredet. Ich kann's schon auswendig vom ständigen Zuhören.

Die Frau is' also auch geschwommen, war auch 'ne Schwimmerin, als sie so alt war wie das Mädchen. Die kannste dir in dem Alter doch gar nicht mehr vorstellen.

Also wenn die die Zeit gestoppt hatten und sich über das Ergebnis gefreut haben, dann haben die sich immer mit so strahlenden Augen angeguckt …

Da hatte man echt das Gefühl, das Mädchen liebt diese Hexe. Da war zwischen den beiden so 'ne extrem große Zuneigung, voll außergewöhnlich …

Das war echt sichtbar. Hat man richtig gemerkt. Aber man selber hat sich dann geschämt.

So nach dem Motto »Was geht dich das an!«. Das sind eben Mutter und Tochter. Wenn die wollen, können die den ganzen Tag Schwimmtraining machen. Das ist ja wohl deren Sache. Also was geht dich das an!

Aber irgendwas stimmte nicht mit denen. Dass die so allein waren. Dass die so lange im Hotel gewohnt haben. Was weiß ich, die waren total isoliert von allen anderen.

Einmal sind sie im Schwimmbad mit unserem Hoteldirektor ineinandergerasselt. Der meinte, er müsste sich aufspielen. Da ist er aber genau bei der Richtigen gelandet. »Los«, hat er zu mir gesagt, »geh hin und sag, dass Rauchen am Beckenrand verboten ist.«

Die hat den Direktor vielleicht zur Sau gemacht!

Die anderen dicken Weiber reden dann immer erst ma' mit mir. Aber die Hexe ist direkt auf den Direktor los!

Es wäre überhaupt nicht verboten, da zu rauchen. Da würden doch Aschenbecher rumstehen und so. Normalerweise, also wenn jemand Normales das gesagt hätte, auf normale Art und Weise, dann hätte die ja gar nicht mal so unrecht gehabt. Das hätte man sich ja noch gefallen lassen.

Aber die hat den Direktor so was von zur Sau gemacht, Junge. Nicht nur, was die gesagt hat. Okay, das war schon knallhart. Das lässte dir nicht so einfach gefallen. Aber die hatte 'ne Art zu sprechen. Ey, so viel Hass in so ein paar Wörtern.

Als hätte der Typ im Wald ihr Junges abgeschossen. Oder ihr Haus niedergebrannt. Voll der extreme Hass. Da war so 'ne Wut, die konnte man sehen und mit Händen greifen. Wie 'ne Waffe.

So was hab ich im Leben noch nicht gesehen. Gott behüte, ey.

In dem Moment ging die mir echt auf den Sack. Es war ja eh klar, dass die nicht normal waren, dass mit denen irgendwas nicht stimmte.

Da denkste doch, dass da irgendwas dahintersteckt und dass das irgendwann rauskommt. Ich schwöre, an dem Tag, wo die den Direktor so zur Sau gemacht hat, hab ich das gedacht.

Klar, als das dann passiert ist und ich denen im Hotel gesagt hab, das hätte ich schon vorher geahnt – da haben die sich voll über mich lustig gemacht. Wenn ich so ein Detektiv wär, so ein schlauer, neunmalkluger, warum hätte ich dann nicht alle gewarnt? Warum hätte ich die nicht aus dem Hotel werfen lassen? Warum wäre ich nicht zur Polizei? Wo ich doch so viel wüsste. Und so weiter. Gelaber eben.

Das dämmert einem halt erst, wenn alles schon gelaufen ist, Junge. Das ist doch auch bei anderen Sachen so.

Die Frau hatte echt ein Rad ab, aber da war ja auch noch das Mädchen. Egal, was passiert, der will man ja auch nicht schaden. Sogar wenn du da was ahnst, das kannste dem Mädchen doch nicht antun.

Wenn ich da jetzt noch mal drüber nachdenke, war das Mädchen so was wie ’ne Fassade. Man glotzt die an, weil sie so süß und schön ist – und die Mutter dreht inzwischen krumme Dinger, wenn nötig.

Aber die Sache ist komplizierter. Wenn die Frau nicht so ’ne schöne Tochter hätte, würde sie vielleicht auch nicht wie bescheuert auf die aufpassen. Oder wenn die nicht so alleine wären, was weiß ich.

Was die da ganz am Ende gesagt hat, hat einen echt fertiggemacht. Ist ’ne schwierige Geschichte. Da würdste nicht mal mehr durchblicken, wenn du die selbst konstruiert hättest.

Aber ich hab’s gespürt. Ich hab’s geahnt, als sie den Direktor verbal in Stücke gerissen hat. Wer so was mit Worten kann, hab ich mir gesagt, reißt mit seinen Händen noch ganz andere Sachen in Stücke.

Die würde so was bringen, hab ich mir gesagt. Hab ich mir echt gesagt.

Stofftiergesichter

Meine Mutter findet überall Spielzeug, »das es wert ist, gekauft zu werden«. Spielzeug, das auf uns wartet. »Das Sinn hat.«

Überall.

Ganz unverhofft in Busbahnhöfen, Strandkiosks, Flughafengeschäften, Schreibwarenhandlungen, Kurzwarenläden oder Apotheken.

»Wenn du aufmerksam hinschaust, wirst du sehen, dass an allen möglichen Orten auch Spielzeug verkauft wird. Die Ladenbesitzer können es anders nicht ertragen, sie kaufen immer zumindest ein paar Spielsachen und verstecken sie hier und da. Eigentlich wollen sie nicht, dass sie gekauft werden. Sie wollen einfach nur ein bisschen Spielzeug um sich haben.«

Wenn wir nichts finden, kein Spielzeug also, dann kaufen wir Zeug zum Aufblasen für den Strand und füllen unser Hotelzimmer damit. Eine Schildkrötenluftmatratze, ein Schwimmring mit großem Hundekopf, ein Micky-Maus-Planschbecken, Schwimmflügel mit Entenköpfen, ein Haifischschlauchboot.

Kieselsteine und Spielsachen. Von beidem können wir gar nicht genug bekommen. Sie machen die Hotelzimmer zu unseren Zimmern, nicht wahr, Mama? Zu unserem Zuhause.

Ich liebe es, meiner Mutter dabei zuzusehen, wie sie ein Stofftier aus dem Regal nimmt und es dreht und wendet. Dann leuchten ihre Augen, und ihr Mund wird breiter. Entspannt sich vor Glück.

Sie legt das Stofftier, das sie als Erstes in die Hand genommen hat, beiseite und nimmt sich ein anderes, aber von der gleichen Sorte. Dann noch eins und noch eins. Sie schaut ihnen lange in die Gesichter. Denn nur eines ist dazu bestimmt, von uns gekauft zu werden. Nur eines wartet auf uns.

»Schau den Stofftieren ins Gesicht, mein Baby. Wenn es auch Stofftiere sind, die von den Chinesen zu Zehntausenden oder sogar Hunderttausenden hergestellt werden, wenn sie auch schlimmste Massenware sind, so hat doch jedes ein anderes Gesicht. Bei einem ist der Mund mehr geschlossen, bei einem ist ein Auge nach unten verrutscht, bei einem liegen die Haare auf der Seite. Wie unverwechselbar, wie einzigartig doch eigentlich jedes Stofftier für das geübte Auge ist.«

Für mich bist du einzigartig, Mama. Für mich bist du unverwechselbar.

Früher, als wir noch in großen Städten wohnten, haben wir viel mehr Stofftiere gekauft. Beladen mit Stofftierpaketen, sind wir jeden Tag in unser Hotel zurückgekehrt.

Am Ende sah es aus, als hätten wir uns heimlich in einen Stofftierladen geschlichen oder als würden wir in einem leben. Die Putzfrauen haben vielleicht Augen gemacht, als unser Zimmer immer voller wurde.

Aber genau wie die Kieselsteine mussten wir auch sie plötzlich alle liegen lassen und gehen.

Als meine Mutter eine Gefahr witterte, eine Bedrohung, als sie spürte, dass sie uns auf die Spur kommen könnten an diesem ALTEN ORT, haben wir sie alle zurückgelassen und sind gegangen.

Ich habe mich daran gewöhnt, immer alles im Hotelzimmer zurückzulassen. Wir müssen immer schnell nach unseren Taschen greifen und gehen. Gehen können.

REISENDE OHNE GEPÄCK: Reisende ohne Gepäck sind wir. Reisende, die fliehen müssen, die ihre Spuren verwischen müssen.

Ich bin noch klein, fünf oder sechs Jahre alt, da kaufen wir in London ein riesiges Bambi für mich. Riesig! So groß wie ich.

Manchmal steige ich darauf. Setze mich darauf wie auf ein Kissen. Ich nehme es in den Arm und schlafe ein. Wie weich und schön es ist. Wie Bambi. Bambi!

Als wir spazieren gehen, möchte ich es mitnehmen. Ich möchte es im Arm tragen.

»Dieses Bambi ist größer als du, mein Bambi«, sagt meine Mutter. »Es soll in unserem Zimmer bleiben und dich begrüßen, wenn wir zurückkommen.«

»Dem Bambi ist auch langweilig«, sage ich. »Es soll mitgehen.« Ich bin noch klein. Ich quengele. Bin vorlaut.

»Sei nicht so frech, mein Baby«, sagt meine Mutter. »Bitte mach es mir nicht so schwer. Schau, deine Mutter ist erschöpft.«

Meine Mutter ist immer erschöpft. Ich darf sie nicht noch mehr anstrengen. Sonst kann sie nicht mehr fliehen. Mich nicht in Sicherheit bringen. Dann erwischen sie uns.

Unser Hotelzimmer in London hinterlassen wir voller Stofftiere. Gerammelt voll. Randvoll.

»Eins darfst du mitnehmen, mein Baby«, sagt meine Mutter.

Ich wähle Bambi aus. Meinen Bruder.

»Das ist zu groß«, sagt meine Mutter. »Nimm lieber ein anderes. Eins, das du auch tragen kannst.«

»M-m«, sage ich. »M-m. M-m.« Oft, ganz oft sage ich das.

»Guck, nimm den, der ist doch süß«, sagt meine Mutter. »Pimpel von den Sieben Zwergen. Guck, auf seiner Schürze steht sogar sein Name. Er hat einen so schönen Gesichtsausdruck, wie er zu einem hochschaut. Er ist genauso schüchtern wie du.«

Ich bestehe auf Bambi. Bambi, Bambi!

»Na gut«, sagt meine Mutter schließlich.

Ich habe sie müde gemacht. Sie ist sowieso schon erschöpft. Noch dazu müssen wir so schnell wie möglich weg von hier.

Ich bin damals noch sehr klein. Verstehe nicht, in welcher Lage wir uns befinden.

»Du musst verstehen, in welcher Lage wir uns befinden, mein Baby. Sonst nehmen sie dich mir weg. Das würde deine Mutter nicht überleben.«

Am Flughafen bleiben wir vor einer Toilette stehen.

»Geh rein und mach Pipi, bevor wir ins Flugzeug steigen«, sagt meine Mutter. »Ich warte hier auf dich.«

»Komm mit, abwischen.«

»Wisch dich selber ab«, sagt sie. »Wisch dich gut ab. Du bist doch schon groß. Und lass Bambi irgendwo da stehen. Dann wasch dir die Hände, und komm wieder. Unser Flugzeug hebt gleich ab.«

»Neiiiin! Mama, neiiiin! Mama, nein nein nein! Dieses Bambi ist mein Bruder. Er soll mit uns nach Istanbul. Er soll mitkommen. Mitkommen! Mitkommen!«

Mit Bambi im Arm werfe ich mich auf den Boden und fange an zu heulen. Ich schlage mit Händen und Füßen um mich.

Meine Mutter hockt sich hin und hält meine beiden Hände fest.

»Schau mir in die Augen«, sagt sie. »Schau mir in die Augen, aber ganz schnell.«

Ängstlich schaue ich ihr in die Augen.

»Willst du, dass ich mir jetzt eines von diesen Augen rausschneide, um dich zur Vernunft zu bringen?«

Sie zieht etwas aus ihrer Gesäßtasche. Sie klappt es auf: Es ist sehr scharf. Es hat eine sehr scharfe Klinge. Die springt hervor, als sie es aufklappt.

»Ich schneide mir jetzt mein Auge raus. Wenn du nicht hören willst, wenn du nicht lernen willst zu gehorchen, dann kommst du vielleicht zur Vernunft, wenn ich mir mein Auge auskratze. Wenn du Blut fließen siehst – erinnerst du dich an das fließende Blut?«

Nein, nein! Ich erinnere mich nicht an das fließende Blut. Ich erinnere mich nicht. Es ist nie Blut geflossen. Ich weiß nicht, wie das ist, wenn Blut fließt.

Schneid dir nicht das Auge raus, Mutter. Schneid es dir nicht raus, Mama. Mama, bitte kratz dir nicht das Auge aus. Verlier nicht meinetwegen deine Augen. Werde nicht hässlich, Mama. Mach dich nicht hässlich und zum Krüppel.

Weinend klappe ich den Klodeckel herunter und setze Bambi darauf. Ich umarme und küsse ihn.

Mach's gut, Bambi. Mein Bruder.

Als ich Hand in Hand mit meiner Mutter zum Gate laufe, mache ich mir in die Hose.

Ich habe so viel geweint, dass ich mir eben in die Hose mache.

Im Flugzeug macht meine Mutter mich sauber und trocknet mich ab. Sie zieht mir eine saubere Unterhose an. Meine nasse Unterhose und meinen Rock stopft sie in den Abfalleimer der Flugzeugtoilette.

»Schau, ich hatte so viele Spielsachen. Ich hatte ein Zimmer extra für meine Spielsachen. Ich hatte auch ein Zimmer für meine Kleider. Und jetzt habe ich gar nichts mehr. Aber das hat überhaupt nichts zu bedeuten, mein Baby. Deine Mutter war so unglücklich. Sie haben ihr so schlimme Dinge angetan. Ich vermisse nichts, ich erinnere mich an nichts, und ich möchte mich auch nicht erinnern. Du dagegen wirst dich an alle deine Sachen mit Freude erinnern. Du kannst sie bloß nicht mitnehmen, das ist alles. Deine Mutter wird dir nichts Schlimmes antun. Das verspreche ich dir.«

»Mama. Mama!« Ich vergrabe mein Gesicht am Hals meiner Mutter, sauge ihren Geruch in mich auf und fange wieder an zu weinen.

»Du musst dich nur daran gewöhnen, immer alles zurückzulassen und zu fliehen. Sonst verlieren wir unsere Kraft. Dann zieht es uns nach unten. Dann jagen und schnappen sie uns. Verstehst du mich, mein Baby? Hörst du mir gut zu?«

Ich habe mich daran gewöhnt, Mama. Irgendwann später habe ich mich daran gewöhnt, alles zurückzulassen. Ich habe mich auch daran gewöhnt, mich nicht zu erinnern.

Aber damals war ich noch sehr klein und habe viel um Bambi geweint.

Jedes Kind findet sich in einem Stofftier wieder. Findet sein Geschwisterchen. Sein Lieblingsgeschwisterchen. Dann verliert man es. Bleibt ohne es im Wald zurück.

Aber man ist nicht ganz alleine, sondern bleibt bei seiner Mutter.

Das ist ja auch das Wichtigste. Kinder, die Glück haben, verlieren ihre Mütter nicht. Sie bleiben immer bei ihnen. Immer nur bei ihren Müttern.

Das schmutzige Thermalhotel

Ich habe keine Ahnung, warum wir in diesem Hotel sind.

So wenig Geld haben wir nun auch wieder nicht.

Selbst später, viel später, in Zeiten, wo ich bemerken werde, dass unser Geld immer weniger wird, sosehr meine Mutter auch versucht, es mich nicht spüren zu lassen, werden wir nie in einem so miesen Hotel wohnen.

In einem Hotel, das uns so unangenehm, so widerwärtig ist. Schlechter als schlecht. Abstoßend dreckig. Zum Krankwerden.

Später werden wir notgedrungen in noch schlimmeren wohnen.

Aber sogar die noch schlimmeren sind eben nicht so versifft. Dieses Hotel ist anders schmutzig. Anders schlecht.

Es liegt nicht an der Küste, nicht einmal in der Nähe des Meeres. Es ist ein THERMALHOTEL irgendwo im Landesinneren.

In seinem Pool kann man gar nicht richtig schwimmen. Ich schwimme zwar, aber er ist viel zu klein. In sechs, sieben Zügen bin ich einmal durch. Wende und wieder zurück. Und noch einmal. So übe ich eine Wende nach der anderen.

»Das ist auch gut«, sagt meine Mutter. »Durch das Training in diesem fürchterlichen kleinen Becken ist deine Wende viel schneller geworden. Ich selber habe die Wende nie richtig hinbekommen.«

Eigentlich hasst meine Mutter dieses Hotel seit dem Moment, in dem wir aus dem Taxi gestiegen sind und die hässliche, ramponierte Statue in der Lobby gesehen haben. Sie ist angewidert.

»Eine Statue, die man in eine Hotellobby stellt, restauriert man doch«, sagt sie voller Abscheu. »Eine grässliche Statue, und noch dazu völlig ramponiert. Gleich beides auf einmal: Wie kann man so was direkt in die Lobby stellen?«

Meine Mutter hatte Angst, als sie entschied, dass wir in dieses THERMALHOTEL gehen würden in einer gewöhnlichen Stadt irgendwo im Landesinneren.

»Hier können sie uns nicht finden, mein Baby. Hier kommen sie uns nicht auf die Spur. Es würde ihnen im Traum nicht einfallen, hier zu suchen.« In einem fort sagt sie das, während sie die Handtücher und andere Sachen in unserem Zimmer zusammenklaubt.

Sogar die Klobürste gibt sie dem Jungen, den sie hat rufen lassen. »Nehmen Sie das bitte. Wir kaufen heute alles neu.«

Der PICKELIGE JUNGE versteht nicht, was die Hotelutensilien, die meine Mutter vor der Tür auf einen Haufen geworfen hat, zu bedeuten haben. Aber er sagt keinen Ton. Was sollte er auch sagen?

Meine Mutter kauft noch am selben Tag neue Handtücher, Bademäntel, Decken und Vorhänge. Sie stellt die Läden im Zentrum dieser gewöhnlichen kleinen Stadt auf den Kopf.

Aber sie findet, was sie sucht. Meine Mutter findet überall, was sie sucht. Sie kauft sogar eine neue Klobürste.

»Damit kommen wir wenigstens einigermaßen hin, mein Baby. Das schlägt uns nicht aufs Gemüt.«

Kaum sind wir zurück, schickt sie die Handtücher, Decken und Bettbezüge, die wir gekauft haben, in die Hotelwäscherei. Nicht in die chemische Reinigung. In der chemischen Reinigung wird nichts richtig sauber. Es wird nur dreckige Luft draufgepustet.

Das ist ein ziemlich großes Problem für uns. Wenn es in der Nähe des Hotels, in dem wir wohnen, keine richtige Reinigung gibt, besteht meine Mutter darauf, dass wir die Hotelwäscherei benutzen dürfen. Dort fordert man uns auf, den chemischen Reinigungsservice in Anspruch zu nehmen. Dabei weiß meine Mutter doch, dass bei der chemischen Reinigung nichts wirklich sauber wird.

Das muss sie auch denen beibringen. »Sollen sie doch diese dreckige Luft auf ihre eigenen Kleider pusten lassen.«

Für meine Mutter ist das Leben sehr schwer, sehr anstrengend. Meine Mutter tut mir so leid. Mit was sie sich alles herumschlagen muss. Und was sie andauernd irgendjemandem beibringen muss.

Aber das THERMALHOTEL ist sehr dreckig und sehr versifft, und meine Mutter putzt eigenhändig das Bad mit den Schwämmchen und den Reinigungsmitteln, die wir in der Stadt gekauft haben. Ganz lange. Bis ihre Hände wund gescheuert sind. Jede Ecke und jeden Winkel.

Ich weiß, wie anstrengend das für sie ist. Denn wenn meine Mutter etwas tut, was sie nicht tun will, zerlegt sie ihre Bewegungen in ganz kleine Einheiten. Und jede dieser Einheiten belastet meine Mutter, noch bevor sie sie angeht. Bohrt sich in sie hinein. Sie leidet große Schmerzen, wenn sie etwas tut, was sie nicht tun will.

»Setz dich hin, und lies dein Buch, mein Bambi. Diese Qualen muss ich allein ertragen.«

Es macht mich so traurig, zu wissen, dass meine Mutter diese Qualen allein erträgt.

Durch meine Tränen hindurch verschwimmen die Zeilen vor meinen Augen. Aber mit dem Buch in der Hand sitze ich auf dem Sessel, über den meine Mutter ein neu gekauftes violettes Leintuch gebreitet hat, und stelle mich lesend.

Mache keinen Mucks. Denn meine Mutter zerlegt jede ihrer Bewegungen in Dutzende, in Hunderte von Einheiten. Sie zerteilt sie in Gedanken weiter und weiter. Jede Einheit wird zu einem Splitter. Zu einer Schnittverletzung. Meine Mutter hat Schmerzen.

Während sie das Bad, das Waschbecken, das Klo, die Kacheln, die Bodenfliesen und den Spiegel dieses SCHMUTZIGEN THERMALHOTELS putzt, weint sie leise vor Wut und Traurigkeit.

Ich auch. Ich weine auch. Dieses Hotel bekommt uns sehr schlecht, Mama.

»Können wir nicht hier weg?«

»Nein, mein Baby. Hier können sie uns nicht finden. Wir sind dem ALTEN ORT gerade noch entkommen, glaub mir. Sie sind hinter uns her, sie sitzen uns schon im Nacken. Ich spüre ihre Wut und ihren Geifer. Hab ein klein wenig Geduld, und mach deiner Mutter keinen Kummer, mein Bambi.«

Endlich haben wir das Zimmer zu unserem gemacht. Man hat uns die neu gekauften Bettdecken, Laken, Kopfkissenbezüge, Vorhänge, Handtücher und Bademäntel gebracht, die in der Wäscherei gewaschen und gebügelt worden sind. Meine Mutter hat sie mit reichlich Lavendelwasser besprengt. Hat alles ganz sauber gemacht.

Meine Mutter wird das Gefühl nicht los, dass sogar die Thermen schmutzig sind. Sogar dieses heiße Wasser könnte verunreinigt sein. Das aus dem Erdinneren kommende Wasser.

Wir leben in Angst in dem SCHMUTZIGEN THERMALHOTEL. Wir sind unzufrieden. Alles, was wir anfassen, ist uns zuwider. Meine Mutter hat sogar eigenes Besteck und Geschirr für uns gekauft. Das nehmen wir mit in den Speisesaal des Hotels.

»Den Pool nutzt niemand außer dir. Heute habe ich sie aufgefordert, das Wasser zu wechseln.«

In den Fluren, im Aufzug, im Speisesaal sind wir immer auf der Hut. Dass wir nichts anfassen. Wir empfinden Angst und Ekel. Wir tun uns so schwer, dort zu bleiben.

Noch dazu gibt es in der Umgebung fast nichts: nichts, wo wir spazieren gehen könnten, Zuflucht suchen könnten vor diesem SCHMUTZIGEN THERMALHOTEL.

Nur einen Garten gibt es. Das Hotel hat einen Garten voller Rosen, voller unterschiedlichster Pflanzen und Blumen, deren Namen ich nicht kenne.

Meiner Mutter geht es immer auf die Nerven, wenn ich nach den Namen irgendwelcher Blumen, Bäume, Fische und so weiter frage. »In meinem Kopf gibt es kein Tochter-aus-gutem-Hause-Wissen. Ich kaufe dir ein neues Lexikon, darin erfährst du alles, wenn du willst. Ich erinnere mich an fast nichts mehr aus der Zeit damals, glaub mir. Ich wollte vergessen, und ich habe alles vergessen.«

Wenn wir nicht in unserem Zimmer sind, breiten wir Handtücher auf der Erde aus und setzen uns in den Garten. Außerdem ist normalerweise außer uns niemand im Garten des Hotels.

An diesem Tag bemerkt meine Mutter, dass die Tür des Lagerhauses am anderen Ende des Gartens offen steht. Während wir dasitzen und unser Buch lesen, fällt ihr auf, dass die graue Metalltür nur angelehnt ist.

»Ich werfe mal einen Blick in das Lagerhaus.«

Warum, Mama? Aber auch eine offen stehende Tür ist ein Schandfleck, ein Riss, ein Makel für meine Mutter. Solange sie nicht hingegangen ist und die Tür geschlossen hat, kann sie nicht dasitzen und ihr Buch lesen. Das weiß ich.

Meine Mutter kommt mit einer Axt in der Hand aus dem Lagerhaus. Wie auf Sammetpfoten geht sie in Richtung Hotellobby.

Jemand tritt aus der Tür. Meine Mutter hat die Axt hinter dem Rücken versteckt. Sie setzt ein falsches Lächeln auf.

Die Leute sind in ihr Auto gestiegen und weggefahren.

Hasserfüllt fängt meine Mutter an, mit der Axt die Statue in Stücke zu schlagen. Voller Wut auf dieses Hotel, das uns tagelang so zugesetzt hat, das uns mit seinem Dreck, seiner Hässlichkeit und seinen Unzulänglichkeiten so die Laune verdorben hat. Voller Rachsucht.

Die unvollkommene, ramponierte, hässliche Statue liegt jetzt zerstückelt am Boden. Meine Mutter lächelt ihr wunderschönes echtes Lächeln.

Auf der Straße ist ein Taxi stehen geblieben. Meine Mutter wirft die Axt zu Boden und rennt auf mich zu. Die Leute, die aus dem Taxi steigen, schauen ihr verwundert hinterher.

»Schnell ins Zimmer«, sagt meine Mutter.

Unsere Rucksäcke sind sowieso winzig. Da werden wir gleich fertig sein, Mama.

Als wir das Zimmer verlassen, klingelt das Telefon.

»Lass uns die Treppe nehmen«, sagt meine Mutter. Als wir die Treppe hinunterrennen, hören wir das Geschrei derer, die auf unserem Stockwerk aus dem Aufzug steigen.

»Der werd ich's zeigen, dieser durchgeknallten Schlampe! Meine Statue, verdammt! Die war mein Glücksbringer!«

Meine Mutter hält mich fest an der Hand. »Hör nicht hin, mein Baby. Mach deine Ohren schön zu.«

Gerade als wir zur Tür hinauslaufen, steigen eine aufgetakelte Frau mit toupierten Haaren und ein Mann mit Schnurrbart, Brille und Plastikmaskengesicht aus einem Taxi. Wir steigen sofort ein. »Schnell zum Busbahnhof«, sagt meine Mutter. »Unser Bus fährt in fünfzehn Minuten.«

Und wirklich erreichen wir noch einen Bus, der fünfzehn Minuten später losfährt.

»Diese Statue war widerlich«, sagt meine Mutter. »Außerdem war sie ohnehin schon ramponiert. Keiner wird uns kriegen, mein Baby. Deine Mutter ist nicht so dumm wie die Mutter von Bambi. Die geht denen nicht auf den Leim.«

Falsche Fünfziger

In das Hotel in dem kleinen Küstenstädtchen kommen wir im Frühherbst.

Das Meer ist unruhig, und das Ufer fällt steil ab. Deshalb schafft es dieses schöne Küstenstädtchen einfach nicht, die Haupttouristenströme anzuziehen.

Außerdem hat die Schule wieder angefangen. Da leeren sich die Strände.

»Wir haben ihn für uns«, sagt meine Mutter. »Wir haben den ganzen Strand für uns. Wir müssen niemanden ertragen. Weder den Lärm noch den Anblick von irgendjemandem. Diesen hässlichen Anblick, der einem so zusetzt.«

Dann versinkt meine Mutter plötzlich. Ihre Traurigkeit und ihre Niedergeschlagenheit überschwemmen sie. Selbst wenn sie auftauchen wollte, sie könnte es nicht. Ich weiß, es ist ihre SCHWERMUTPHASE.

»Es ist, als wäre ein Asphaltbrocken in mir festgebunden. Ich kann einfach nicht auftauchen und Atem holen.«

Die Vorhänge unseres Zimmers sind ständig zugezogen. Meine Mutter verlässt kaum noch das Bett. Sie ist dauernd verheult. Deshalb spricht sie auch ganz wenig, weil sie mich nicht traurig machen will.

»Mein Herz zieht mich ganz tief nach unten, mein Baby. Hab Geduld, das vergeht. Tu im Augenblick einfach so, als würdest du mich nicht sehen. Hab Geduld, und verzeih deiner Mutter.«

Ich schwimme jeden Tag zwei bis zweieinhalb Stunden im Pool. Ich schwimme auch im Meer. Am Strand sammele ich Kieselsteine und bringe sie in unser Zimmer. Die schönsten zeige ich meiner Mutter, wenn sie es will. Ich lese Bücher im Hotelgarten. Schreibe in mein Heft.

Im Speisesaal suche ich Essen aus und bringe es meiner Mutter. Sie isst fast nichts. Auf einem potthässlichen Plastiktablett bringe ich das Essen in unser Zimmer. Das Holzimitatdesign des Tabletts bemerkt sie nicht einmal. Ihre Augen sehen gar nichts.

Aber sie möchte, dass ich mein Programm fortsetze, dass ich alles pünktlich erledige. Ob ihr bewusst ist, wann ich unser Zimmer betrete und wieder hinausgehe – ich weiß es nicht.

In JENEN MOMENTEN reißt ihre Beziehung zur Zeit einfach ab. Sie zerteilt Stunden und Minuten in Stücke, in sehr kleine, sehr schmerzhafte Abschnitte. Die Zeit will einfach nicht vergehen für meine Mutter. Das spüre ich innerlich.

Also üben wir uns beide in Geduld und warten. Sie wartet darauf, dass ihr Herz leichter wird und sie wieder zum Alltag übergehen kann. Und ich warte auf meine Mutter. Darauf, dass sie ihre SCHWERMUTPHASE überwindet.

Als ich vom Pool komme, begegne ich der FRAU. »Was für ein schönes Mädchen du bist«, sagt sie und heftet ihre Augen auf meine. »Man kann sich gar nicht sattsehen an deinem Gesicht.«

Ich lächle süß. Was kann ich schon tun, um ihr so schnell wie möglich wieder zu entkommen?

Aber ich entkomme ihr nicht. Sie ist immer hinter mir her. Andauernd treffe ich sie. Während ich frühstücke, kommt sie und setzt sich mir einfach gegenüber. »Bist du allein hier, mein schönes Mädchen?«

»Mit meiner Mutter«, sage ich unsicher. Meine Mutter hat große Angst, wenn ich mit Fremden spreche.

Aber meine Mutter liegt ständig oben in unserem Zimmer, und die Frau hat keine Ähnlichkeit mit den SCHLANGENZÜNGIGEN SPIESSBÜRGERFRAUEN. Ihre Kleidung ist irgendwie nachlässiger, ärmlicher. Außerdem ist sie witzig und zu Späßen aufgelegt. Ich würde mich schämen, vor ihr zu fliehen.

Sie ist eine winzig kleine Frau. Zwischen ihren lockigen braunen Haaren gibt es ein paar weiße Stellen. Und sie hat strahlende feuchte Augen, wie Hundeaugen.

»Bist du Türkin, ist deine Mutter Türkin?« Sie ist eine gesprächige, lebhafte Frau. Sie richtet ihre strahlenden Hundeaugen auf mein Gesicht und stellt Fragen über Fragen. Meist antworte ich nicht. Sie ist aber nicht beleidigt, wenn ich nicht antworte. Sofort findet sie eine andere Frage, die sie stellen, ein anderes Thema, über das sie reden kann. Ihr Geist ist sprunghaft wie ein fröhlicher Hund.

Sie spricht so viel, pausenlos.

Auch wenn das, worüber sie redet, Unsinn ist, tut es mir doch innerlich gut.

Oben liegt meine Mutter in diesem dunklen Zimmer und kann nicht einmal ihren Mund öffnen. Manchmal tut sie so, als würde sie lesen. Aber noch nicht einmal dazu ist sie imstande. JENE MOMENTE begraben meine Mutter unter sich. Sie kann gerade noch ein- und ausatmen.

Die GESPRÄCHIGE FRAU dagegen spricht von Gott und der Welt, von dem, was sie im Fernsehen gesehen hat, und von dem, was im Hotel und in der Umgebung geschieht. Mir wird leichter ums Herz, wohler. Wenn sie mich auch stört mit ihren Fragen, mir Angst macht mit ihrer Neugier, so befreit sie mich doch von der Bedrücktheit und der Selbstzerstörung, die es bedeutet, ständig an meine Mutter zu denken und mir um sie Sorgen zu machen.

Die FRAU tut mir einfach gut. An diesen ganzen einsamen, verzweifelten, ausweglosen Tagen tut sie mir sehr gut. Obwohl sie mir Angst macht, tut sie mir innerlich gut.

Bitte sei nicht sauer auf mich, Mama. Sie ist immerhin nett und aufrichtig. Unkompliziert und immer zu Späßen aufgelegt. Genau wie ich es brauche. Versteh mich doch, Mama, bitte versteh mich.

»Ja, natürlich sind wir Türkinnen. Ich bin mit meiner Mutter hier. Sie liegt in unserem Zimmer, sie hat eine schlimme Grippe. Manchmal leben wir im Ausland. Meine Schule hat mich beurlaubt. Ich fange ein bisschen später mit der Schule an. Mein Vater ist gestorben, als ich noch klein war. Nein, ich vermisse ihn nicht.«

Sonst sage ich der FRAU fast nichts. Und auch davon ist ja sowieso mehr als die Hälfte nicht wahr.

Eines Tages schlägt die GESPRÄCHIGE FRAU vor, dass wir zusammen ins Stadtzentrum gehen könnten. Es gebe dort sehr drollige Läden. So sagt sie es.

Erst sage ich nein. Aber dann fängt sie wieder und wieder damit an. Sie sei wieder dort gewesen. Habe eine schöne Zeit gehabt. Ich sei doch wie eingesperrt, ständig in dem Hotel. Eingesperrt soll ich sein? Was soll ich sein?

»Lässt deine Mutter dich wie in einem Gefängnis leben, weil du so schön bist? Es ist, als wärest du mit einer ganz kurzen Leine an sie und euer Zimmer gekettet. Warum kannst du denn nicht mit mir in die Stadt kommen?« Andauernd reitet sie darauf herum, andauernd.

»Na gut, dann gehen wir heute eben. Natürlich sitze ich nicht im Gefängnis oder so. Meine Mutter hat sich einfach immer noch nicht erholt. Ich mache mir nur Sorgen um sie.«

Im Stadtzentrum ziehen wir lange durch die Geschäfte. Sie lässt mich alle möglichen Kleider anprobieren. Lauter verrücktes Zeug. Aber je mehr Kleider ich an- und ausziehe, desto mehr Lärm und Geschrei machen die FRAU und die

Verkäuferinnen, sodass ich nicht widerstehen kann und alles anprobiere.

»O mein Gott!«, ruft die FRAU aus und klatscht in die Hände. »In meinem ganzen Leben habe ich kein so schönes Mädchen wie dich gesehen.«

Schließlich kauft sie mir einen Rüschenminirock und eine kurzärmelige rote Bluse mit weißen Punkten und Spitzenkragen. Außerdem weiße hohe Schuhe. Das erste Mal in meinem Leben trage ich Schuhe mit Absätzen.

»Die Kleider sehen aus wie die von Minni Maus«, sage ich. Aber sie achtet gar nicht darauf.

»Du siehst heiß aus, richtig heiß!«

»Wie? Was bedeutet das, ich sehe heiß aus?«

Als wir ins Hotel zurückkehren, reiße ich mich von ihr los, um mich in einer der Umkleidekabinen am Pool umzuziehen. Aber sie kommt mir hinterher.

»Schämst du dich etwa für das, was ich dir gekauft habe? Zeigst du es nicht deiner Mutter? Wird sie dann böse?«

»Nein. Warum sollte sie böse werden?«

Ich bin jetzt erschöpft und habe genug von ihr. Ich renne vor ihr weg in unser Zimmer. Meine Mutter wird gar nicht merken, was ich anhatte. Ich werde mich gleich im Bad umziehen.

Als ich ins Zimmer komme, sehe ich meine Mutter bei weit geöffneten Vorhängen auf und ab laufen.

»Wo warst du?«, schreit sie mich an. »Ich bin fast gestorben vor Angst. Wie kannst du mir das antun?«

»Mama, es ist doch nichts passiert. Es geht mir gut. Weil es dir so schlecht ging, wollte ich mir die Zeit vertreiben und habe …«

»Was hast du gemacht, um dir die Zeit zu vertreiben? Was? Was? Und was hast du da für schreckliche Klamotten an?

Wer hat dich ausstaffiert wie eine kleine Hure? Mit wem warst du unterwegs, wo, was habt ihr gemacht? Jetzt sag schon!«

Meine Mutter brüllt aus vollem Hals und schlägt gleichzeitig mit geballten Fäusten auf ihren Kopf ein.

Ich weiß, dass sie sich selbst schlägt, um nicht auf mich einzuprügeln.

»Mama! Hör auf, Mama! Schlag dir nicht auf den Kopf, Mama. Da war … nein, da ist eben so eine Frau. Sie hat darauf bestanden, dass wir zusammen in die Stadt gehen. Ich werde sie nicht wiedersehen. Ich werde nicht mehr mit ihr sprechen. Mama, schlag dir nicht auf den Kopf, hör auf! Hör auf!«

Ich renne zu meiner Mutter und umklammere ihre Fäuste. Meine Mutter macht sich los und fängt an, ihren Kopf gegen die Wand zu schlagen. An ihrer Stirn läuft Blut herab. Ich renne ins Bad und hole ein Handtuch.

»Du sollst Angst vor ihnen haben. Du darfst dich ihnen nicht nähern. Es sind falsche Fünfziger. Erst stellen sie sich nett und freundlich, dann locken sie dich in die Falle. Sie decken unsere Geheimnisse auf. Kriegen uns zu fassen. Verkünden aller Welt, wer wir sind.«

Wer sind wir denn? Ich weiß nicht, wer wir sind.

»Zieh sofort diese Hurenklamotten aus! Und zwar schnell! Was für widerliche Sachen sie dir angezogen hat. Sie ist eine von diesen falschen Fünfzigern. Siehst du das nicht? Zieh das sofort aus!«

Meine Mutter stürzt auf mich zu und reißt die Bluse in Stücke.

Ich fange an zu weinen. Was habe ich denn getan? Ich war so allein. Ich habe es einfach nicht mehr ausgehalten. Ich war so allein, dass ich es nicht mehr ausgehalten habe, Mama. Ich wollte dich nicht traurig oder wütend machen, indem ich mich mit falschen Fünfzigern einlasse.

»Verzeih mir, Mama. Ich werde nie wieder mit falschen Fünfzigern sprechen. Ich werde ihnen nicht mehr in die Falle gehen. Verzeih mir, Mama, verzeih mir.«

Meine Mutter und ich umarmen uns fest. Wir weinen uns in den Schlaf. Gegen Morgen werden wir aufwachen und von hier weggehen. Wir werden irgendwo hingehen, wo keine falschen Fünfziger sich uns nähern können. An einen neuen, sauberen Ort werden meine Mutter und ich gehen.

Die verrückte Nonne

Ich bin mit meiner Mutter auf dem Piazzale Michelangelo. Wir schauen auf Florenz hinunter.

Meine Mutter mag Italien überhaupt nicht. Aber ich müsse es gesehen haben.

»Du musst dir Italien mal anschauen, mein Bambi. Damit du später nicht sagen kannst, deine Mutter hätte dir Italien nicht gezeigt.«

Das sage ich nicht, Mama. Du hast mir alles gezeigt. Alles, was man gesehen haben muss.

»Rom ist zwar noch ein bisschen besser, aber von Florenz sind alle begeistert. Da, Florenz aus der Vogelperspektive!«

Meine Mutter ist heute so fröhlich, so lebendig. Ein bisschen habe ich Angst. Warum, weiß ich nicht. Vielleicht, weil ich es nicht gewohnt bin, dass sie so ist. Vielleicht auch, weil sie wie auf einer Rutsche rasend schnell JENEN MOMENTEN entgegengleitet. Weil sie beim Gleiten keinen Halt findet.

Ich halte dich, Mama. Du bist so schön mit deinem pechschwarzen Haar, das über dein schwarzes Hemd fällt, und mit deinen schwarzen Augen, die vor Lebensfreude funkeln. Du bist die schönste Mutter der Welt.

»Schau, wie schön es da unten ist, wie grün, mein Baby.«

Wir gehen vom sich nach unten windenden Weg ab und tauchen ein ins Grüne. Es ist alles so grün, ein so sattes Grün.

Es ist, als würden wir in diesem Grün schwimmen. Wir fangen an, nach unten zu rennen. Ich laufe voraus. Meine Mutter kommt ein bisschen außer Atem. Meine Mutter raucht zu viel. Weil sie muss, weil sie keine andere Wahl hat, raucht sie. Die Zigaretten rauben meiner Mutter den Atem.

Weil sie meiner Mutter den Atem rauben, hasse ich Zigaretten.

Aber als wir über die Wiese inmitten von Grün nach unten rennen, sind wir glücklich. Einfach sehr glücklich.

Plötzlich schrecke ich zusammen. Seltsame Laute ausstoßend, abgehackte Schreie, wie sie kein Tier hervorbringen könnte, kommt jemand den in Serpentinen ansteigenden Weg herauf. Die Schreie lassen mir das Herz bis zum Hals schlagen. Dann sehe ich SIE, an der Grenze zwischen Wiese und asphaltiertem Weg.

Eine kleine Frau um die vierzig. Sie liest mir von den Augen ab, dass ich ziemlich erstaunt bin. Vielmehr, dass ich unheimliche Angst habe. Sie sieht es in meinem Gesicht.

Kaum bemerkt sie mein Entsetzen, meine Angst, da zieht sie eine fürchterliche Grimasse. Sie streckt die Zunge heraus und reißt die Augen auf. Sie fährt mit der Zunge hin und her. Sie rollt mit den Augen. Ihre Schreie haben sich in ein lang gezogenes Brüllen verwandelt. Sie brüllt mit einer Stimme, die keinem Menschen gehören kann.

Ich erstarre vor Angst.

Meine Angst macht sie noch verrückter. Sie verdreht die Augen. Streckt ihre Zunge heraus und zieht sie wieder ein. Ihr Brüllen reißt gar nicht mehr ab. Es reißt nicht ab. Ich habe große Angst. Sehr große Angst habe ich.

Da taucht meine Mutter hinter mir auf.

Sie macht einen Satz durch das Grün auf den Asphalt.

»Stop it! Stop it, bitch! Why are you doing this? Why are you scaring my daughter, bitch!« Meine Mutter schreit aus vollem Hals.

»You fucking crazy bitch! How can you scare a child? A baby! How dare you scare my baby?«

Die Frau hört nicht auf zu brüllen. Einen Moment lang

hatte es so ausgesehen, als meine Mutter auf sie zugestürmt war. Sie hatte auch ihre Zunge wieder eingezogen. Aber jetzt fährt sie fort, wild mit den Augen zu rollen und Schreie auszustoßen. Sie hört nicht auf. Sie rasselt wie ein Wecker, bei dem die Feder rausgesprungen ist. Sie rasselt!

Meine Mutter dreht sich zu mir um und schreit: »Schnell nach oben! Renn sofort nach oben!«

»Mama, Mama!«

»Lass mich das nicht zweimal sagen«, sagt meine Mutter. Voller Angst beginne ich durch das Grün nach oben zu rennen.

Gerade noch, gerade eben noch, als meine Mutter und ich bergab gelaufen sind, waren wir so glücklich. Wo kommt diese Frau jetzt her? Warum macht sie mir Angst? Wieso schreit sie so? Ich habe ihr doch nichts getan.

Ich kenne sie nicht einmal. Ich bin zwar inzwischen kein kleines Kind mehr. Aber groß bin ich auch nicht, ich bin immer noch ein Kind. Warum hat sie das mit mir gemacht? Was habe ich ihr denn getan? Weil ich so ängstlich geschaut habe? Warum, warum hat sie mir so einen Schrecken eingejagt?

Tränenerstickt gelange ich durch das Grün bis ganz nach oben, an die Stelle, wo wir den Asphalt verlassen haben und auf die Wiese gesprungen sind.

Ich betrete den asphaltierten Weg. Ich warte auf meine Mutter.

Ich warte auf meine Mutter.

Mama, wenn DIESE VERRÜCKTE dir etwas tut! Mama, geht es dir gut? Geht es dir gut, Mama? Ich mache mir solche Sorgen.

Meine Mutter kommt nicht durch das Grün, sondern über den in Serpentinen ansteigenden Asphaltweg. Meine Mutter kommt! Meiner Mutter ist nichts passiert. DIESE VERRÜCKTE konnte meiner Mutter nichts tun.

Als sie mich erreicht, nimmt sie mich fest in den Arm. Ich schlottere immer noch vor Angst.

Als sie meine Haare zurückstreicht, die durch meine Tränen an meinen Schläfen kleben, gerät Schmutz von ihren Händen in mein Gesicht. Die Hände meiner Mutter sind rostfarben. Und ganz klebrig sind sie geworden.

Immer wieder wischt sie sich die Hände an ihrer Jeans ab. »Zum Glück hatte ich mein *falçete* dabei«, sagt sie. »Gott sei Dank war mein *falçete* in meiner Tasche. Durchgedrehtes Miststück! Widerliche Irre!«

Weil ich nicht aufhören kann zu weinen, frage ich schluchzend: »Was heißt *falçeta*, Mama?«

»*Fal-çe-te!* Die Lumpenproletarier sagen auch *falçata*, um es an die Vokalharmonie anzugleichen. Eigentlich heißt es *falcetto*. Das kommt aus dem Italienischen, weißt du? Schau, so einen Quatsch weiß deine Mutter eben.«

»Mama. Mama.«

Ich vergrabe meine Nase am Hals meiner Mutter. Meine Mutter redet so einen Unsinn nur, damit ich vergesse, was geschehen ist, das weiß ich. Aber ich kann nicht aufhören. Ich kann nicht aufhören, zu weinen, mich zu fürchten, zu wundern, entsetzt zu sein und mich zu fragen, warum jemand so gemein zu mir war.

»Ich kann nicht aufhören. Es tut mir leid, Mama. Ich hatte solche Angst. Und ich hatte auch solche Angst, dass sie dir etwas tut.«

»Diese verrückte Nonne?«, fragt meine Mutter. »Dieses Miststück sollte mir etwas antun? Dieses durchgedrehte Miststück?«

»Das war doch gar keine Nonne«, sage ich schluchzend. »Sie hatte gar keine Nonnenkleider an.«

»Die laufen heutzutage nicht mehr alle in ihrer Uniform

rum. Meine Familie hat mich in diese schreckliche Nonnenschule geschickt. Deshalb erkenne ich die aus fünf Kilometern Entfernung. Hast du ihre Schuhe nicht gesehen? Nonnenschuhe!«

»Wie sind denn Nonnenschuhe?«

»Los, lass uns so schnell wie möglich ins Hotel zurückkehren, mein Baby. Vergiss diese widerliche Irre. Ihre Schuhe? Wie sie halt so sind: mit Schnürbändern, ohne Absätze, vorne rund, schwarz und frisch geputzt. Die würde ich unter Tausenden von Schuhen wiedererkennen. Ich wittere sie schon aus der Ferne.«

Als wir ins Hotel zurückkommen, wäscht meine Mutter ausgiebig ihr Hemd und ihre Jeans. Dann stopft sie sie in eine Tüte. Sie hat auch ihre Handtasche ausgeleert und in die Tüte geworfen. Wahrscheinlich auch ihr *falcetto*. Was auch immer das ist. Sie zeigt es mir nicht.

»Geh dich duschen, mein Bambi. Und danach drück auf den Löschknopf deines Gehirns. Wenn ich daran denke, wie sie dir Angst gemacht hat, habe ich immer noch Lust, dieser Irren ihren Mund und ihre Nase zu Brei zu treten.«

Ich gehe ins Bad und wasche mich ausgiebig. Mein Weinen, mein Schreck, meine Angst wollen einfach nicht nachlassen. Warum hat sie das getan?, zermartere ich mir das Gehirn. Ich kann diese Frage nicht zurückdrängen. Kann sie mir nicht aus dem Kopf schlagen.

Wahrscheinlich war sie verrückt, wie meine Mutter gesagt hat.

Aber war sie eine Nonne? Würde eine Nonne so etwas tun?

Sie trug eine dunkelblaue Strickjacke, ein beigefarbenes Hemd und einen langen dunkelblauen Rock. Ich habe ihr Äußeres noch immer deutlich vor Augen. Und was sie getan hat. Aber vor allem ihre Zunge. Und wie sie sie herausgestreckt hat. Ihre Zunge und ihre Augen, wie sie sie aufgerissen und gerollt hat, daran erinnere ich mich mehr als an ihre Schreie.

Woran kann meine Mutter denn eine Nonne erkennen? Wie soll sie es an ihren Schuhen ablesen können? Außerdem liebt meine Mutter Jesus sehr. Sie hat ein Kreuz, das sie in ihrer Handtasche mit sich trägt. Manchmal hängt sie es sich um den Hals. Wie oft hat sie mir gesagt, dass sie zu Jesus bete, wenn sie Sorgen habe. Wenn diese Frau eine Nonne ist, hat sie ihr Leben dann nicht Jesus gewidmet? Wieso hat sie mir Angst gemacht?

Aber ich muss sie vergessen. Meine Mutter hat mir gesagt, ich solle auf den Löschknopf drücken. Ich habe einen perfekten Löschknopf. Ich habe ihn perfektioniert. Drücke ich einmal darauf, bleibt nichts zurück.

Ich habe ihn perfektioniert? Aber warum kann ich mich dann an so viele Dinge erinnern?

Es gibt auch Sachen, an die ich mich nicht erinnern kann, Mama. An die ich mich nie erinnere. Alles Mögliche gibt es da, glaub mir. Unter Wolken, Qualm, Vorhängen, Decken. Mehreren Lagen von Decken.

Später werden wir das Hotel sofort verlassen. Meine Mutter möchte, dass wir auch aus Florenz so schnell wie möglich abreisen. Zu viele verrückte Nonnen für uns. Verschmutzt, verdorben. Zerstört.

Meine Mutter wirft die Tüte mit den nassen Sachen in einen der Abfalleimer am Flughafen.

In jener Nacht werden wir keinen Flug mehr bekommen. Wir werden am Flughafen übernachten und morgens mit dem ersten Flieger in die Türkei zurückkehren.

Manche nennen einen bestimmten Ort ihr Zuhause. »Wir

haben kein Zuhause«, sagt meine Mutter. »Wir sind Zugvögel. Wir fliegen von Hotel zu Hotel, mein Bambi. Glaub mir, so ist es viel schöner. So können sie uns nicht erwischen und dem Erdboden gleichmachen.«

Wir sind sehr glücklich in den Hotels, Mama. Und wenn keine verrückten Nonnen auftauchen, laufen wir voller Freude durchs Grün den Hang hinab.

Warum gibt es sie nur? Warum finden sie uns? Wieso machen sie dir und mir das Leben schwer, Mama? Wir haben ihnen nichts getan. Warum machen sie es uns dann so schwer, warum verletzen sie uns?

Die gesprächige Frau

Sie lehnte im Garten des Hotels mit dem Rücken an einem Baum und las ein Buch. Sie war unmöglich zu übersehen.

Ein Mädchen, ganz alleine. Fast schon eine junge Frau. So vierzehn oder fünfzehn wird sie gewesen sein. Sie trug seltsame Kleider und auf dem Kopf einen seltsamen Hut. In ganz absonderlichen Farben.

Sogar ihr Badeanzug … sogar ihr Badeanzug war hochgeschlossen. Sie war angezogen wie die Tochter einer erzkonservativen Familie. Aber einer Familie aus alter Zeit, wie in ausländischen Filmen. Sie schien keine von uns zu sein, wirkte eher ausländisch. Alles an ihr war anders.

Sie ist ja auch eine Ausländerin, habe ich gedacht, als ich sie das erste Mal sah. Welche türkische Familie würde eine Tochter in dem Alter dauernd so allein lassen?

Schön war sie außerdem, und wie schön sie war. Ich hatte ein richtig schlechtes Gewissen, wenn ich sie ansah. Ich habe immer auf Holz geklopft hinterher. Habe ein *Maşallah* nach dem anderen gesprochen.

Man lässt doch auch eine Pflanze, von der man sich nicht trennen kann, so lange in seinem Wohnzimmer, bis sie verdorrt. So hatte ich auch bei ihr Angst, dass ich ihr irgendwie schaden könnte, ohne es zu wollen. Sie war so schön. Ich konnte meinen Blick nicht von ihr wenden. Bei den anderen war es genauso. Es machte mir Angst, dass auch andere sie anschauen könnten. Mit ihren neidischen Blicken.

Und wie sie ihren Hals gebeugt hat, wie sie ihren Kopf zur Seite geneigt hat. Ihr schüchterner Blick unter ihren langen, geschwungenen Wimpern. Man ist einfach dahingeschmolzen. Sie war so außergewöhnlich. Anders als alle anderen.

Wie eine Gazelle, die sich im Wald verlaufen hat. Diesen Eindruck hat sie immer auf mich gemacht. Als wäre ihre Mutter davongelaufen, oder die Jäger hätten ihre Mutter erschossen, und sie wäre allein im Wald zurückgeblieben. Ohne zu wissen, was sie tun oder wohin sie gehen sollte. Eine schöne Gazelle. Die schönste aller Gazellen.

Man hat doch manchmal das Gefühl, jemanden einfach in den Arm und mit nach Hause nehmen zu wollen. Genau dieses Gefühl hat sie mir gegeben. Ein Katzenbaby, das seine Mutter verloren hat. So rein und schön kam sie einem vor. Ein Schatz war sie, und so süß. So aufrichtig. So wohlerzogen – ich bin dahingeschmolzen.

Später habe ich sie im Pool des Hotels gesehen, beim Training. Sie hat das so genannt. »Ich muss zum Pool, trainieren«, hat sie immer gesagt.

Sie ist immer hin und her geschwommen, wie ein Uhrwerk. Ständig war sie in dem verwaisten Hotelpool und ist geschwommen. Die Ärmste.

Wahrscheinlich hat ihre Mutter sie dazu gezwungen.

Gut, es ist mir ja nie vergönnt gewesen, ihre Mutter zu Gesicht zu bekommen. Andauernd hat sie »meine Mutter« gesagt. »Meine Mutter« hier, »meine Mutter« dort. Es war offensichtlich, dass sie Angst vor dieser Frau hatte. Und wie sie Angst hatte, diese schöne Gazelle, vor was auch immer. Das hat man sofort gemerkt. Unmöglich, das nicht zu bemerken.

Es war zum Beispiel undenkbar, dass sie mal einen Tag nicht schwimmt, dass sie mal einen Tag nicht mit einem komischen Hut auf dem Kopf stundenlang am Strand spazieren geht. Un-denk-bar. Es war wie eine Pflicht.

Man schaut doch ab und zu mal fern, man hält ein Schwätzchen, man geht ein bisschen einkaufen. Sie war doch fast schon eine junge Frau. Da schaut man sich doch mal nach Jungs um. Ist doch wahr!

Aber nein! Sie war wie in einer Art Gefängnis. Das habe ich ihr auch gesagt. Wie eine Gefangene war dieses Mädchen! Wie die Gefangene ihrer Mutter.

»Ich muss zurück in unser Zimmer«, hat sie ständig gesagt. Hat ihrer Mutter immer ein Tablett mit Essen ins Zimmer gebracht.

Sogar der kränkste Mensch kommt doch ab und zu runter in den Speisesaal, um sein Gesicht zu zeigen. Stirbst du etwa an deiner Krankheit, Frau? Ist doch wahr!

An einer ganz kurzen Leine hat die Mutter das Kind gehalten. Wenn sie mal ein bisschen was sagen wollte, sich öffnen wollte – schwupp, wurde von oben an der Leine gezogen. Dann wurde sie leichenblass und hat darauf bestanden: »Ich gehe dann mal zurück in unser Zimmer. Meine Mutter macht sich bestimmt Sorgen.«

Ständig zieht sie das Kind an der Leine. Lässt einfach nicht zu, dass sie mal ein bisschen zu sich kommt, zu sich selbst findet. Das habe ich alles gespürt innerlich, aber ich konnte ja nichts sagen.

Wem hätte ich es denn sagen sollen? Bei wem hätte ich mich beschweren sollen?

Jetzt bereue ich das natürlich zutiefst. Ich hätte da nicht lockerlassen dürfen. Wo ich das Mädchen doch so gemocht habe, sie mir so leidgetan hat – ich hätte Himmel und Hölle in Bewegung setzen sollen.

Eines Tages habe ich es nicht mehr ausgehalten, da habe ich einfach darauf bestanden, dass wir runter in die Stadt gehen. Die Kleine sollte einfach mal raus. Ich wollte, dass sie mal ein bisschen lacht, Spaß hat, sich öffnet.

Und dann die seltsamen Kleider, die sie anhatte. Was weiß

ich, sie sollte nicht herumlaufen, als wäre sie einem Schwarz-Weiß-Film entsprungen. Sie war doch so schön, es war doch unmöglich, sich nicht nach ihr umzudrehen und zu schauen, zu schauen und noch mal zu schauen. Da wollte ich eben, dass sie mal was Normales anzieht. Sachen, wie man sie heutzutage in ihrem Alter trägt. Ist doch wahr!

Die Verkäuferinnen waren begeistert: Was das Mädchen auch angezogen hat, es stand ihm, so schön hat Gott sie geschaffen. Ich habe ihr auch weiße hohe Schuhe und so gekauft. Sie sah wirklich aus wie ein Model. Wie diese Mädchen, die man in den Videoclips sieht. Sie war sogar noch schöner als die alle zusammen. Diesem Kind konnte keine das Wasser reichen.

Wir haben ihr kräftiges Haar gelöst und auf ihre Schultern fallen lassen. Wir haben sie auf und ab laufen lassen. Aber sie war auch glücklich, so richtig glücklich war sie. Meinen Sie, das hätte ich nicht gesehen? Ihre Augen haben gelacht.

Die arme junge Gazelle. Sollte sie einem nicht leidtun? Konnte sie einem etwa nicht leidtun? Sie war so mutterseelenallein im Wald. Das konnte man ihr ansehen.

Schon auf dem Rückweg zum Hotel ist sie leichenblass geworden. In dem Augenblick habe ich erkannt, wie viel Angst sie vor ihrer Mutter hat, wie sehr diese gemeine Frau sie eingeschüchtert, sie abgerichtet hat.

Ich versuche sie zu trösten. »Ich komme mit dir in euer Zimmer. Ich nehme die Schuld auf mich. Ich erkläre es deiner Mutter«, sage ich, aber sie hört einfach nicht zu.

Sie hört nicht mal, was ich sage. Vor Angst ist ein Vorhang über ihre Augen und Ohren gefallen.

Als Erstes hat sie ihre Haare zusammengebunden, als wir ins Hotel kamen. Dann hat sie angefangen, an ihrem Rock herumzuzupfen. »Hast du Angst?«, frage ich, ich sage alles

Mögliche, aber vergebens. Sie hört nicht mal meine Stimme. Sieht nicht mal mein Gesicht.

Erst ist sie zum Pool gerannt. Als ich ihr hinterher bin, ist sie nach oben gestürmt, direkt in ihr Zimmer. Zu ihrer Mutter. Was das für eine Angst gewesen sein muss! Diese gemeine Frau hat das Kind zu ihrer Gefangenen gemacht.

Als ich später das Bild von der Frau in den Zeitungen gesehen habe, ist mir natürlich alles klar geworden.

»Du blöde Kuh! Du blöde Kuh!«, habe ich mich tagelang beschimpft. Warum habe ich das schöne Kind nicht einfach entführt? Wieso habe ich sie nicht aus den Händen ihrer Mutter gerettet?

Ich hätte zumindest einen großen Aufstand machen können. Ich hätte Himmel und Hölle in Bewegung setzen und das ganze Hotel aufscheuchen können. Vielleicht hätte ich so die verletzte Gazelle aus den Händen ihrer Mutter retten können. Vielleicht auch nicht. Was weiß ich. Ist doch wahr!

Gut, am nächsten Morgen wollte ich unbedingt etwas tun. Dazu war ich entschlossen. In der Nacht hatte ich einen Entschluss gefasst, bevor ich eingeschlafen bin. Ich habe es lang und breit denen zu Hause erzählt. Die haben mir auch recht gegeben. »Mach, was du für richtig hältst«, haben sie gesagt.

Gut, sie hätten auch schlecht etwas anderes sagen können. Wenn ich es mir in den Kopf gesetzt hätte, würde ich sogar Rom niederbrennen. Das weiß jeder.

Morgens habe ich in aller Frühe angefangen, sie wie ein Scheinwerfer zu suchen. Ich bin den Strand abgelaufen bis zum Ende, da war sie nicht, beim Frühstück war sie nicht, im Pool nicht, im Garten nicht, nirgendwo.

Wie eine BSE-Kuh habe ich sie überall gesucht. Manchmal hat sie sich nämlich vor mir versteckt. Sie wollte mir nicht begegnen und Zeit mit mir verbringen – das weiß ich.

Aber am Ende habe ich sie immer irgendwo erwischt. Und wenn ich angefangen habe, mit ihr zu sprechen, war ihr Widerstand gebrochen. Sie hat ihren Hals gebeugt und mit ihrer schönen Puppenstimme so süß … na ja, manchmal hat sie auch nicht geantwortet. Hat so getan, als hätte sie gar nichts gehört.

Manche meiner Fragen waren ihr zu viel, was weiß ich, gingen ihr vielleicht zu weit. Waren ihr unangenehm, also ist sie ihnen ausgewichen. Ich bin doch nicht blöd, das merke ich doch. Ich bin dann nicht weiter darauf eingegangen. Sollte sie eben nicht antworten. Ich bin ja keine Polizistin. Wenn sie will, soll sie antworten, wenn nicht, dann nicht. Wie sie mag.

Schließlich hat's mir gedämmert. »Sie wird doch nicht mit der Kleinen abgehauen sein?«, hab ich mir gesagt.

Sofort war ich an der Rezeption. Ich hatte natürlich recht. In aller Herrgottsfrühe waren sie abgereist.

Ich wollte ihren Nachnamen wissen. Ihre Adresse. Ob sie wirklich Türkinnen seien, zu wem sie gehörten, was sie beruflich machten. Jede Einzelheit wollte ich wissen.

Der Junge an der Rezeption war die Sturheit in Person. Er könne keine Gästedaten herausgeben! Das war mir doch scheißegal!

Ich also später hoch in ihr Stockwerk, wo ich die Putzfrauen abgefangen habe. Haufenweise Kieselsteine hatten die beiden zurückgelassen auf Tischen, Kommoden und den Balkonstühlen. Die junge Gazelle hat ja ständig welche gesammelt.

Sie haben auch eine Menge Kleider dagelassen. Aber was für Kleider! Ein nagelneues Paar weiße Schuhe, einen Rüschenrock und eine zerrissene Bluse mit Pünktchenmuster.

Das, was ich der jungen Gazelle gekauft hatte, haben sie dagelassen. Das hab ich sofort erkannt.

Da ist irgendwas faul, hab ich gedacht. Hatte ich vorher ja schon. Ich hatte schon lange einen Verdacht. Aber Sie wissen ja, die Frau war mit allen Wassern gewaschen. Kaum hatte sie begriffen, dass ich mich für das Mädchen einsetzen würde – husch, war sie weg.

Hat sich die Kleine geschnappt und ist abgehauen. Dabei hätte ich sie so gerne als Tochter gehabt. Dass sie bei mir bliebe. Ich hätte mich um sie gekümmert wie um eine Prinzessin. Ganz normal hätte ich mich um sie gekümmert. Normal hätte ich sie eben gemacht.

Sie hätte sich angezogen wie alle anderen, sie hätte mit anderen getratscht, sich rausgeputzt, wäre um die Häuser gezogen. Und eine Horde Jungs ihr hinterher. Mit denen wäre ich auch noch fertig geworden, und zu gegebener Zeit hätte ich sie mit ein bisschen Glück unter die Haube gebracht …

Es hat nicht sollen sein. Es war ihr vorherbestimmt, diese Sache mit ihrer gemeinen Mutter zu erleben.

Meine unglückliche Gazelle. Ich vermisse sie, und es tut mir weh, wann immer ich an sie denke. Ich hätte sie retten können, aber ich habe sie um Haaresbreite verpasst.

Wie bitter das ist, was für ein Unglück. Es ist schwer zu verdauen, wenn ich jetzt daran denke.

Ist doch wahr, oder?

Embryo

Es waren vielleicht die schönsten Tage, die ich mit meiner Mutter je verbracht habe. Unsere Tage in Indien, in Goa.

Eigentlich sind wir immer sehr zufrieden, sehr glücklich, sehr ausgeglichen. Aber manchmal können uns eben schlimme Dinge passieren. Ihretwegen. Denn sie sind viele, und sie sind böse.

Sie können ganz plötzlich vor uns auftauchen und uns belästigen. Sie können unsere Ruhe stören und meine Mutter zwingen, zum Angriff überzugehen.

Eigentlich will meine Mutter das gar nicht. Sie will uns nicht verteidigen müssen. »Wir müssen sowieso fliehen«, sagt sie. »Es ist sowieso schon schwer genug, dass wir fliehen müssen. Wie bitter, wie schmerzhaft ist es da, dass wir uns außerdem noch gegen sie wehren müssen!«

Aber manchmal können wir uns auch in ein winziges Eckchen der Welt zurückziehen und leben, ohne dass uns irgendetwas Schlimmes passiert. Diese Zeiten sind so schön. Meine Mutter erlebt dann auch keine SCHWERMUTPHASE. Die Zeit gleitet dahin. Wir straucheln nicht jeden Tag, Mama. Du bist nicht jeden Tag gezwungen, Scherben aufzulesen.

So ist es in Arambol, diesem kleinen Stranddorf in Goa. Wir haben ein Haus aus Beton mit einem einzigen Zimmer. Wenn wir unsere Tür aufmachen, stehen wir im Sand.

Wir holen Wasser aus dem Brunnen, um uns zu waschen. Um unsere Wäsche zu waschen, holen wir Wasser aus dem Brunnen. Wir haben Plastikgefäße, um die wir eine Schnur binden und die wir in den Brunnen hinablassen. Dickbauchige Gefäße mit dünnen Hälsen, speziell zu diesem Zweck gemacht, rosafarbene und grüne, die unsere Vermieterin uns gegeben hat.

Meine Mutter wird später auf dem Markt Kupfergefäße finden, wie sie früher verwendet wurden. Wir werden zwei Stück kaufen: für mich ein kleines Kupfergefäß, für meine Mutter ein großes Kupfergefäß.

Meine Mutter nennt sie Muttergefäß und Tochtergefäß. Sie behandelt die Gefäße, als würden sie leben. Manchmal behandelt meine Mutter auch Stofftiere und Muscheln so. Wenn sie gut gelaunt ist. Manchmal.

Mit unseren Gefäßen holen wir Wasser aus dem Brunnen, und auf dem Holzbrett vor unserer Tür waschen wir unsere Wäsche mit blauer Seife. Barfuß im Sand auf so einem riesigen Holzbrett Wäsche zu waschen und sich dabei komplett nass zu machen ist so ein Spaß!

Meine Mutter erlaubt mir, dass auch ich Wäsche wasche. Ich liebe es, in Arambol unsere dünnen indischen Hosen, unsere Unterwäsche, unsere Hemden aus Musselin und unsere verschlissenen T-Shirts zu waschen, indem ich sie mit blauer indischer Seife einschmiere und reibe und reibe.

Wie die Inder waschen wir all unsere Sachen so oft, dass sie ganz dünn, abgewetzt und fadenscheinig geworden sind. Meine Mutter sitzt vor unserem Einzimmerhaus und stopft ein Loch nach dem anderen. »Meine Nähkünste haben sich hier verbessert. Schau, wie schön ich dein Hemd geflickt habe.«

Die Muscheln, die wir an der Küste von Arambol und an anderen Stränden, die wir manchmal besuchen, gesammelt haben, ziehen wir auf Schnüre. An der Tür unseres Hauses und an unseren beiden riesigen Fenstern hängen an einer Reihe von Schnüren Hunderte und Aberhunderte von Muscheln.

Direkt neben unserem Waschbrett gibt es noch unsere MUSCHELWÄSCHEREI. So nennt meine Mutter das kleinere

Holzbrett. Auf ihm waschen wir einzeln unsere Muscheln und lassen sie trocknen. Die mit Löchern sortieren wir aus und ziehen sie auf Schnüre. Das macht Spaß!

Mittwochs fahren wir immer in überfüllten Minibussen runter zum Flohmarkt von Anjuna. Ganze drei Mal müssen wir umsteigen. Zweieinhalb bis drei Stunden dauert es, bis wir in Anjuna ankommen. Aber dieser Markt mitten im Wald des Dorfes ist so aufregend, dass wir mindestens jede zweite Woche hinfahren.

Wir kaufen uns riesige, in Kaschmir gefertigte Ketten und Armbänder aus Lapislazuli. Wir kaufen mit kleinen Spiegeln bestickte Westen und Röcke aus Rajasthan, obwohl wir wissen, dass wir sie nie anziehen werden.

Wir kaufen riesige Stoffrucksäcke. Auch darauf sind eine Menge Spiegelchen und Vogelbilder. »Wir sind auch wie Vögel«, sagt meine Mutter. »Wir zwitschern und sind frei. Nicht wahr, mein Bambi?«

Ja, Mama, zu diesem Zeitpunkt in Goa sind wir so fröhlich und glücklich wie schon lange nicht mehr.

Später taucht eines Tages Embryo vor unserer Tür auf. Ein winzig kleiner, schmutzigweißer Hund mit vor Hunger aufgequollenem Bauch. Mit seinen spitzen und für sein Gesicht viel zu großen Ohren ist er so süß! Kaum habe ich ihn gesehen, kann ich nicht anders, als ihn auf den Arm zu nehmen. »Mama, soll das Hundebaby uns gehören?«

»Das ist das hässlichste Ding, das ich je gesehen habe!«, sagt meine Mutter lachend. Meiner Mutter gefällt er auch sehr. Sie ist hin und weg, das erkenne ich an ihrer Stimme.

»Er sieht aus wie ein Außerirdischer. Sollen wir ihn Außerirdischer nennen?«

»Wir nennen ihn Embryo«, sagt meine Mutter. »Als ich in der Grundschule war, haben sie uns in die Poliklinik vom

Roten Halbmond gebracht, in der Nähe von unserer Schule. Da gab es Embryos in Gläsern mit Etiketten, auf denen »Drei Monate«, »Fünf Monate« und »Sechs Monate« stand. Meine Klassenkameraden wussten vor Angst nicht, wie ihnen geschah. Jahrelang haben sie die Embryoausstellung in den Gläsern nicht vergessen können. Sie haben sogar davon geträumt.«

Ich schenke der Schauergeschichte meiner Mutter keine Beachtung. Meine Mutter hat dem Hundebaby einen Namen gegeben. Es gehört uns. Es ist unser Hund! Embryo gehört mir!

»Der ist genauso hässlich wie die Embryos in den Gläsern. Aber kümmern wir uns eben um ihn, bis er wieder zu Kräften gekommen ist.«

Embryo im Arm haltend, umarme ich meine Mutter. Meine Mutter weiß nicht, wohin mit ihren Händen. Hat sie mich nicht von sich aus in den Arm genommen, macht es sie nervös, wenn ich sie umarme.

Wir kürzen eine schöne Stoffkette, die wir in Anjuna gekauft haben, und machen daraus ein Halsband für Embryo. Wir waschen ihn gründlich. Reiben ihn mit Flohpulver ein. So ist er zum saubersten Baby der Welt geworden. Manchmal wickle ich ihn in sein Handtuch und wiege ihn wie ein Baby im Arm oder auf den Beinen. Mit seinem Hundelächeln lächelt er mich an. Er ist so intelligent, so verständig.

Manchmal kaufen wir Milch und Brot in dem Laden, der in der Nähe der Bar *Rosebud* liegt. Hundefutter gibt es da natürlich nicht. Wir bringen ihm unsere Essensreste aus den Restaurants mit und geben sie ihm gut zerkleinert in seinen Napf. Aus Eierschalen machen wir ihm Vitaminpillen.

Embryo ist so hungrig nach Liebe, so offen für Liebe. Meine Mutter möchte nicht, dass er mit uns an den Strand kommt. Es sei zu anstrengend für ihn, stundenlang in der Sonne zu sein. Wir müssten uns dann auch nicht ständig um ihn kümmern.

Aber wenn wir uns auf den Weg zum Strand machen, kommt er uns immer hinterher. Wir verstecken uns im Gebüsch und versuchen ihn abzuhängen. Manchmal rufen wir ihm auch zu, er solle nach Hause zurücklaufen.

Er ist so intelligent, mein Embryo. Immer findet er mich. Trommelt vor Freude mit seinem dünnen, langen Schwanz. Da muss ich ihn einfach auf den Arm nehmen.

»Mama, ich trage ihn. Er kann unter einem Baum im Schatten auf uns warten.«

Meine Mutter lächelt. Meine Mutter lächelt.

Ich habe noch nie jemanden gesehen, der so schön lächelt wie meine Mutter.

Meine Mutter nimmt Embryo nicht auf den Arm. »Gut, dass er nicht weiß ist. Wenigstens ist er nicht weiß und behaart.«

Mama, ich kenne dein Problem mit weißen Hunden. Und auch deinen fürchterlichen Albtraum. Aber Embryo ist noch ein Welpe. Ein winziger, haarloser Welpe. Keiner wird ihm etwas tun. Außerdem braucht er uns doch so sehr. Und ich brauche ihn so sehr. Ich bin doch so glücklich, dass er bei mir ist und ich mich um ihn kümmern kann.

»Sollen wir für immer hier in Arambol bleiben, Mama? Soll das hier jetzt unser Zuhause sein?«

»Wir können nicht bleiben, mein Baby. Wir können nicht länger bleiben, als wir es normalerweise tun. Sonst kriegen sie es heraus und spüren uns auf. Wir sind gegenseitig unser Zuhause. Wir können uns nirgendwo für immer niederlassen.«

»Wer sind die, Mama? Warum sind sie hinter uns her? Was haben wir ihnen denn getan? Und was wollen sie dir tun?«

Meine Mutter lächelt. Ich weiß, dass ich ihr wehtue. Aber dort, in Arambol, ist meine Mutter aufgetaut. Wir sitzen in einem Bambuslokal mit Blick auf den Ozean, essen Haifischpfanne und trinken Lassi.

»Schau, wie schön der Ozean ist. Was für ein endloses Blau. Iss auf, mein Bambi. Haifisch schmeckt gar nicht so schlecht. Wir haben uns schon gut daran gewöhnt hier, nicht wahr?«

Das haben wir, Mama. Ich gewöhne mich immer an alles. Das ist mein Leben. Mein Zuhause, meine Heimat, meine Welt und mein Ozean bist du.

»Embryo ist bestimmt traurig, dass er allein geblieben ist. Komm, lass uns nach Hause gehen.«

»Das ist nicht unser Zuhause. Wir haben kein Zuhause. Mein Bambi, bald werden wir auch von hier wieder fortgehen. Dann wirst du nicht traurig sein, dass du Embryo zurücklässt, und du wirst es mich nicht bereuen lassen, dass ich dir erlaubt habe, ihn bei uns aufzunehmen, nicht wahr? Ich habe doch eine große, kluge Tochter. Ich kann dir doch absolut vertrauen, nicht wahr, mein Baby?«

Du kannst mir vertrauen, Mama. Wenn ich Embryo zurücklasse und gehe, werde ich nicht eine Träne vergießen.

Du wirst es nicht bereuen, dass du mir erlaubt hast, ihn zu streicheln und mich um ihn zu kümmern.

Aber ich werde spüren, wie ich innerlich zerreiße. Wie die Trauer, von meinen Augen und meiner Nase ausgehend, immer größer wird und sich in mir ausbreitet. Dass ich nie einem so großen Schmerz ausgesetzt war.

All das werde ich spüren, aber mir nichts anmerken lassen.

Wochenlang werde ich im Schlaf Embryos Weinen hören und davon aufwachen. Zusammengekrümmt vor Sehnsucht.

Am Flughafen von Bombay wirst du meine Hand drücken und sagen: »Bravo, mein Baby. Genau so sollst du sein. Du sollst jederzeit alles zurücklassen können. Das ist die Voraussetzung dafür, dass wir beide am Leben bleiben. Damit sie dich mir nicht wegnehmen. Wenn sie dich mir wegnehmen, kann ich nicht weiterleben. Danke, mein Baby. Vielen Dank, mein starkes, kluges Bambi.«

Die Rabenmutter

»Zu unserem Haus kam man, indem man eine seltsame steile Treppe hinaufging«, sagt meine Mutter, »und über die rückwärtige Straße. Ich bin aber immer ganz außer Atem die Treppe hochgestiegen. Irgendwie war ich in unserem so genannten Zuhause immer ganz verkrampft vor Angst. Mir war immer die Kehle wie zugeschnürt: Worüber wird sich meine Mutter wohl heute aufregen, wie wird sie mich diesmal quälen, mich diesmal fertigmachen?«

Meine Mutter hat alles, was ihre Vergangenheit betrifft, vergessen. »Ich habe sogar vergessen, was ich alles vergessen habe«, sagt sie immer wieder.

Aber manchmal bringt ein Rabe – oder irgendein Zeichen eben – meiner Mutter ihre Vergangenheit zurück. Dann verändert sich ihre Stimme und auch die Farbe ihrer Augen. Ihre Augen verlieren ihren Glanz. Sie werden matt. Ihre Stimme zieht sich zusammen. Ihre wunderschön kratzige Stimme verschwindet. An ihre Stelle tritt eine karierte Stimme: eine quer und längs zerhackte Stimme.

Ihre VERGANGENHEITSSTIMME nenne ich diese Stimme. Ganz abgehackt. Ganz erstickt. Sie fängt an zu erzählen.

Nicht lang und ausschweifend. Aber auch nicht kurz und bündig. Sie erzählt, was sie in ihrer Vergangenheit erlebt hat. Wie viel Angst sie hatte, wie sie ihr Angst gemacht haben.

»Ich habe keine Vergangenheit mehr, mein Bambi. Auch die Menschen in meiner Vergangenheit sind nicht mehr da, sie sind alle weg. Trotzdem habe ich immer Angst, dass sie aus irgendeiner Grube, aus irgendeinem Loch hervorspringen und mich zurückzerren könnten in meine Vergangenheit. So ist die Angst eben. Wenn sie sich einmal in deiner

Seele festgesetzt hat, fährt sie in den unverhofftesten Momenten wieder ihre Krallen aus. Die Flecken der Angst kann man nie wieder abwaschen, sie werden nur größer und größer, ganz von allein.«

Während wir den Strand entlanglaufen, sehen wir einen Raben. Völlig schwarz. Rabenschwarz. Ich weiß, dass meine Mutter Raben mag. Einmal hat ein Rabe eine Walnuss aus seinem Schnabel auf ihren Kopf fallen lassen. Meine Mutter hat gelacht und gelacht und gesagt: »Du dummer Rabe, du. Ich dachte, du bist der klügste aller Vögel. Dann pass aber mal besser auf deine Sachen auf.«

Aber dieser Rabe, dem wir auf unserem Spaziergang begegnet sind, senkt sich wie eine Wolke des Unheils über meine Mutter. Er ist der Grund dafür, dass meine Mutter zu ihrer VERGANGENHEITSSTIMME übergeht.

»Auf dieser Treppe, die ich immer hochgestürmt bin, sodass ich ganz außer Atem kam, habe ich eines Tages ein Rabenjunges gefunden. Irgendetwas war mit seinem Flügel. Es lag am Rande einer Stufe, und seine Brust hob und senkte sich in schnellem Rhythmus. Ich bückte mich, um zu schauen, was mit dem Raben los war. Doch noch während ich mich bückte – die Rabenmutter muss irgendwo in der Nähe gewesen sein und darauf achtgegeben haben, dass niemand ihrem Jungen etwas zuleide tut –, kam sie im Sturzflug auf meine Haare herabgeschossen, dass mir Hören und Sehen verging! Ich bin aufgesprungen und die Treppen weiter hinaufgestürmt. Ins Haus meiner Mutter, wo man weniger gut auf mich aufpasste als auf ein Rabenjunges. Ins Haus meiner Mutter, die mich weniger liebte als eine Rabenmutter. Weinend und ganz außer Atem.«

Mama, jetzt bist du auch wieder außer Atem. Jetzt weinst du auch wieder. Deine VERGANGENHEITSSTIMME ist ganz verknotet. Meine Mutter zieht mich mit einem Arm an sich. Ich lehne meinen Kopf gegen ihre Brust. MUTTERGERUCH strömt in Wellen in mich herein.

»Du hast ja keine Großmutter mehr. Das einzig Mütterliche, das sie mir gegeben hat, war ihr früher Tod. Nur durch ihr Geld können wir so leben. Wir zehren ihr Geld auf. Eine Verschwenderin ist deine Mutter! Eine Maus, die das Geld ihrer Mutter frisst! Ihrer Mutter, die nie ihre Mutter gewesen ist.«

Meine Mutter lacht. Ich entspanne mich. Ihre VERGANGENHEITSSTIMME ist verschwunden. Sie hat uns endlich wieder in Ruhe gelassen. Ist abgehauen.

»Heißt das, ich habe keine Großmutter?«

»Nein, mein Bambi. Sie ist gestorben, bevor du geboren wurdest. Sie hat dich nie gesehen. Dich nie mit ihrer Bosheit brandmarken können.«

»Wenn ich keine Großmutter habe, vor wem fliehen wir dann? Ist dein Vater hinter uns her? Mein Vater? Vor wem fliehen wir, Mutter?«

»Ich hatte Angst vor den Briefen, die zu uns nach Hause kamen. Vor dem Klingeln des Telefons und der Türglocke. Davor, wie meine Mutter die Tür öffnete und schloss. Vor dem Plätschern des Wassers im Bad. Aber am meisten vor ihren Schritten.

Vor dem klackenden Geräusch ihrer Absätze, die sich meinem Zimmer näherten. Davor, wie sie vor meiner Tür losschrie: ›Hab ich dir nicht tausendmal gesagt, diese Tür wird nicht geschlossen?!‹ Vor ihrer furchtbaren Stimme, aus der ich die Kälte des Geldes, die Grausamkeit der Macht heraushörte – vor allem in diesem Haus habe ich solche Angst gehabt. Vor allem, was mit meiner Mutter und meinem Vater zu tun hatte, habe ich solche Angst gehabt, dass ich inzwischen vor gar nichts mehr Angst habe. Vor gar nichts mehr außer der Angst selbst!«

Meine Mutter ist wieder abgedriftet. Wenn ich sie nicht gefragt hätte, wenn ich sie nicht so hartnäckig bedrängt hätte, wäre meine Mutter nicht wieder in ihre unheilvolle VERGANGENHEITSSTIMME verfallen.

Dummes Kind! Du bist eben immer noch nicht groß. Du hast es nicht geschafft. Du hast immer noch nicht gelernt, deiner Mutter keinen Kummer zu machen. Ich bin so wütend über meine eigene Taktlosigkeit. Ich fange an, mir auf die Unterlippe zu beißen.

Meine Mutter hasst es, wenn ich mir auf die Unterlippe beiße. Aber ich kann nichts dagegen tun, ich beiße nur noch fester zu.

Plötzlich kommt Blut.

Das Blut tropft auf mein babyblaues Hemd. Je mehr ich wische, desto größer wird der Fleck. Wie der ANGSTFLECK meiner Mutter wird er immer größer, je mehr ich wische.

»Mein Baby! Mein Baby!« Meine Mutter hat es bemerkt. Sie hat meinen Mund gesehen. Meine blutige Unterlippe. Wie ich mir mein neues Hemd befleckt habe. Wie der Fleck immer größer wird. Sie hat es gesehen. Dabei bin ich doch aufgestanden. Habe ihr den Rücken zugekehrt. Wollte ins Meer gehen, damit sie es nicht sieht. Wollte bis zum Hals hinein.

Meine Mutter umarmt mich ganz fest.

Wir umschlingen einander ganz fest. Wir weinen.

»Verzeih mir. Verzeih mir. Verzeih mir meine Vergangenheit. Verzeih mir, dass ich von meiner Vergangenheit nicht loskomme, mein Bambi. Verzeih deiner Mutter.«

»Mama, ich liebe dich so sehr«, schluchze ich. Ich schluchze dermaßen, dass ich fast ersticke. Ich bekomme keine Luft mehr, Mama. Wie ist es nur so weit gekommen? Wie sind wir nur wieder dieser heimtückischen Trauer verfallen? Eben ging es uns doch noch so gut.

»Es ist alles, damit du nicht erlebst, was ich erlebt habe. Damit du ihnen nicht in die Hände fällst, mein Bambi. Verzeih mir, und bitte dräng mich nicht.«

»Ich dränge dich nicht, Mama. Es tut mir leid. Es tut mir leid, dass ich dir das Herz gebrochen habe, Mama. Es tut mir sehr, sehr leid, dass ich dich an deine Vergangenheit erinnert habe.« Vor Schluchzen bringe ich all das nur mühsam heraus.

Meine Mutter wäscht mir mein Gesicht mit Meerwasser. Mein blutbeflecktes babyblaues Hemd werfen wir ins Wasser. Ich habe nur noch mein Unterhemd an. Egal. Meine Mutter streift ihre Strickjacke ab und zieht sie mir an.

Wir legen uns auf die Steine.

Die Luft ist kalt. Wir kuscheln uns eng aneinander. Ich will, dass mein Schluchzen aufhört. Aber es hört nicht auf.

Ich will, dass es uns wieder gut geht. Ich will, dass wir wieder die gut gelaunten Wir sind. Die Wir, bevor wir den Raben gesehen haben. Die Wir in dem Fischrestaurant. Die, bevor wir zu dem Spaziergang aufgebrochen sind.

Jetzt liegen wir aneinandergeklammert auf den Steinen, und es geht uns schlecht. Sehr schlecht. Aber gleich werden die Wellen kommen und die Trauer in uns forttragen. Dann werden wir wieder die gut gelaunten Wir sein.

Wir werden aufstehen und in unser Hotel zurückkehren, Mama.

Wir lieben dieses Hotel, dieses Hotel in dem Küstendorf. Wir sind zum dritten Mal hier. Dabei gehen wir normalerweise höchstens zweimal in dasselbe Hotel. In die, die uns nicht guttun, nie wieder. Nie wieder gehen wir dorthin. Keinen Fuß setzen wir mehr in die, aus denen wir geflohen sind.

Im Hotel sagt meine Mutter: »Wir sind eine MONDEINHEIT, mein Bambi. Wir sind einander genug. Sie sind viele, und sie sind böse. Wir dürfen nicht auf ihre Spielchen hereinfallen. Vertrau mir, vertrau immer darauf, dass ich das Richtige tue und sage.«

»Sie sind viele, und sie sind böse, Mama. Wir sind eine MONDEINHEIT. Wir sind einander genug.«

»Mein Bambi. Weil du geboren wurdest, bin ich am Leben geblieben. Damit sie dich nicht erwischen, lebe ich, mein schönes Baby.«

Dann kämmt meine Mutter mir ausgiebig die Haare. Morgens haben wir auf dem Markt Sojamilch gekauft. Die trinke ich jetzt. Sie sieht zu, wie ich einschlafe. Sobald ich eingeschlafen bin, wird auch sie schlafen gehen.

Manchmal macht sie das so. Wartet darauf, dass ich einschlafe.

Und ich schlafe auch sofort ein. Ich bin erschöpft vom vielen Weinen. Ich schlafe sofort ein.

Der Junge mit den goldenen Haaren

»Die Zeit verstreicht, und Bambi lernt, wie fein die Grasrispen schmecken, wie zart die Blätterknospen sind, und wie süß der Klee ist. Wenn er sich an seine Mutter drängt, um sich zu erquicken, so geschieht es oft, dass sie ihn abweist. ›Du bist doch kein kleines Kind mehr‹, sagt sie. Manchmal sagt sie sogar geradezu: ›Geh, lass mich in Ruhe.‹ Es kann geschehen, dass die Mutter in der kleinen Waldkammer aufsteht, mitten am Tage aufsteht und fortgeht, ohne darauf zu achten, ob Bambi ihr folgt oder nicht. Manchmal scheint es auch, wenn sie die gewohnten Wege wandern, als ob die Mutter gar nicht merken würde, dass Bambi hinter ihr ist und brav hinter ihr her läuft. Eines Tages ist die Mutter weg. Bambi weiß nicht, wie das möglich war, er kann sich's gar nicht erklären. Aber die Mutter ist fort und Bambi zum ersten Mal allein.«

Es ist die Zeit, in der meine Mutter mir noch mit ihrer kratzigen Stimme aus *Bambi* vorgelesen hat. Ich bin also noch klein. Wir sitzen in diesem schönen Hotel im Süden auf unserem riesigen Himmelbett. Sie hält mich fest im Arm.

Bald wird meine Mutter es nicht mehr ertragen, was Bambis Mutter tut, und sie wird auf den Balkon gehen, um zu rauchen. Sie wird die Zigarette ganz schnell in sich aufsaugen und sie dann fallen lassen. Meine Mutter raucht ihre Zigaretten nicht, sie isst sie geradezu. So sieht es jedenfalls aus. So kommt es einem vor, wenn man ihr von Weitem dabei zuschaut.

Meine Mutter erträgt die Einfältigkeit von Bambis Mutter nicht. Ihre Trägheit. Sie hält es nicht aus, dass sie sich so intensiv statt mit Bambi mit anderen Dingen beschäftigt.

»Sei nicht sauer auf sie, Mama. Bambi liebt seine Mutter doch so sehr. Er wird sonst traurig.«

Ich renne meiner Mutter hinterher auf den Balkon. Dieses Hotel hat ebenerdige, nebeneinander aufgereihte Zimmer, deren Balkone sich jeweils zum riesigen Garten davor öffnen. In dem Garten gibt es Pfauen, Gänse, Enten und Fasane.

Wenn die männlichen Pfauen ihr Rad schlagen, klatsche ich vor Freude in die Hände. Sie sind so zauberhaft, so schön. Regenbogen sagen meine Mutter und ich zu ihnen. REGENBOGENVÖGEL sagen wir.

»So schöne Dinge gibt es eben auch im Leben, mein Bambi. Wenn die Pfauen ihr Rad schlagen, zum Beispiel. Wenn manchmal nach dem Regen ein Regenbogen entsteht. Wie wir beide in Allepey so lange unter dem Regenbogen spazieren gegangen sind, den Kanal entlang. Und wie uns die indischen Kinder nachgelaufen sind, erinnerst du dich? Du warst noch ganz klein. Auf dem Rückweg habe ich dich huckepack genommen, du warst eingeschlafen.«

Ich erinnere mich, Mama. Ich erinnere mich an alle schönen Sachen, die wir erlebt haben. An die erinnere ich mich am besten. An unsere glücklichen Momente, unsere schönsten Momente, die sie uns immer wegzunehmen versuchen. Ich bewahre sie alle auf. Für immer und ewig.

»Los, lass uns jetzt schwimmen gehen, mein Bambi«, sagt meine Mutter. »Die schädlichen Strahlen der Sonne sind nicht mehr so stark.«

»Bambi ist doch ein Junge! Warum sagst du Bambi zu dem Mädchen da?«, schreit er. Er ist ganz nah an unseren Balkon herangetreten. Er, das ist ein Junge, so groß wie ich und in meinem Alter!

Meine Mutter weiß nicht, wie ihr geschieht. Wo kommt dieser JUNGE MIT DEN GOLDENEN HAAREN her? Wie lange hat er uns schon zugehört? Der Junge ist so schön und lieb, dass sie gar nicht wütend werden und sich über ihn aufregen kann. Ich lese es an ihrem Gesicht ab. Du kannst ihm einfach nicht böse sein, Mama.

»Wir wohnen nebenan!«, ruft er. »Im Zimmer gleich nebenan!« Dann kommt er über den Balkon zu uns herein und stellt sich vor mich hin. »Sollen wir zusammen spielen?«

Ich habe noch nie mit Kindern gespielt. Wenn meine Mutter mich in einen Park, in einen Zoo oder auf eine Kirmes mitnimmt, sehe ich zwar andere Kinder. Es kommt auch vor, dass sie am Meer oder in den Hotelrestaurants zu mir kommen.

Aber dann verändert sich das Gesicht meiner Mutter. Ich merke, dass ihr unwohl ist, dass ihr sogar noch unwohler wird. Also laufe ich vor diesen Kindern weg. Ich weiß, so wie ich nicht zur Schule gehe, so kann ich auch nicht mit anderen Kindern sprechen oder spielen. Es bereitet meiner Mutter Unbehagen. Es macht sie unglücklich.

Außerdem müssen wir fliehen. Wir sind anders. Das wusste ich von Anfang an. Meine Mutter hat es mir beigebracht. Es macht mir auch gar nicht so viel aus. Ich bin Kinder nicht gewohnt.

»Dann mischen sich gleich auch die Eltern ein«, sagt meine Mutter. »Du kennst unsere besondere Lage, mein Bambi. Wir müssen vor ihnen fliehen. Sie sind viele, und sie sind böse. Wir aber sind eine Einheit aus zwei Personen.«

Wir sind eine MONDEINHEIT. Meine Mutter und ich. Wir brauchen niemanden sonst. Auch keine anderen Kinder.

Aber dieser Junge springt einfach in unser Leben wie eine goldene Kugel aus Licht. Genau in diesem Moment, kaum dass er auf unseren Balkon gekommen ist, fängt er an, mit mir zu reden und zu spielen.

Und meine Mutter sagt nichts. Ich suche ihren Blick. Auch

ihre Augen sagen nichts. Sie kann sich dem JUNGEN MIT DEN GOLDENEN HAAREN ebenfalls nicht widersetzen. Der Junge richtet seine zugleich schmalen und großen blauen Augen auf die meiner Mutter und stellt auch ihr Fragen. Er redet und redet. Voller Freude und Neugier.

»Ist Bambi denn kein Junge, Tante?« Diese Frage stellt er meiner Mutter immer dann, wenn sie »mein Bambi« zu mir sagt. Meine Mutter lächelt. Sie lacht.

»Du hast recht«, sagt sie. »Bambi ist ein Rehbock. Aber ich nenne meine Tochter eben auch so. Weil wir die Geschichte so lieben. Wenn man etwas sehr liebt, dann macht man schon mal eine Ausnahme im Leben.«

»Was ist eine Ausmahme?«

»Ausnahme!«, rufe ich. Von meiner Mutter kenne ich alle Wörter. Ich kenne das Türkisch meiner Mutter und das Englisch meiner Mutter. Manchmal, wenn meine Mutter spricht, verstehen die Leute nicht, was sie sagt. Sie kennen die Wörter nicht, die sie benutzt. Aber ich kenne sie alle. Von Anfang an habe ich sie gekannt. Und ich benutze sie.

Sie würden in Kanada leben. Sein Vater sei Informatiker, seine Mutter arbeite nicht. Erzählt der JUNGE MIT DEN GOLDENEN HAAREN. Sie hätten einen riesigen Hund. Jetzt würden sich die Nachbarn um ihren riesigen Hund kümmern, weil sein Vater spät nach Hause komme. »Aunt Emily – die kümmert sich jetzt um unseren Remzi.«

Remzi sei der Name seines Großvaters, und seine Mutter habe es ihm erst nicht erlaubt, seinem Hund den Namen seines Großvaters zu geben. »Aber ich habe meinen Opa doch so lieb. Ich gebe seinen Namen auch meinem Hund, weil ich ihn lieb habe. Oder, Tante? Wie bei Bambi!«

Meine Mutter lächelt. Sie lacht. Ich lache auch. Wir sind sehr glücklich, wir drei, Mama. Der JUNGE MIT DEN GOL-

DENEN HAAREN gehört nicht zu denen. Er hat Glück in unser Leben gebracht.

Er mache Urlaub mit seiner Tante und seiner Mutter. Dauernd büchst er ihnen aus und kommt zu uns. Wir verbringen fast unsere ganze Zeit zusammen. Im Hotel mit den Pfauen am Berghang. Wir sind so glücklich wie nach einem Regenguss unter einem Regenbogen.

Eines Tages hat der JUNGE MIT DEN GOLDENEN HAAREN ein Buch dabei. Er wolle es mir schenken. Das Buch heißt *Thomas The Tank Engine*. Es hat riesige Bilder und wenig Text.

Ich muss fast weinen vor Aufregung. Zum ersten Mal, zum allerersten Mal macht mir jemand anderes als meine Mutter ein Geschenk. Der JUNGE MIT DEN GOLDENEN HAAREN hat mir sein Lieblingsbuch mitgebracht! Er schenkt es mir.

Eines Abends erscheint die Mutter des JUNGEN MIT DEN GOLDENEN HAAREN, die uns bisher immer aus der Entfernung beobachtet hat, auf unserem Balkon. »Er stört Sie doch nicht, oder? Ich wollte Sie immer schon fragen, aber er hat mich nicht gelassen. Und da auch Sie uns nicht angesprochen haben…«

»Nein, nein«, sagt meine Mutter. »Wir mögen Ihren Sohn so sehr, dass wir uns über seine Besuche freuen. Er und meine Tochter verstehen sich sehr gut.«

»Ja, so ist er, er wird mit jedem schnell warm. Wir gehen heute Abend zu dem Köfterestaurant im Dorf. Dürfen wir Ihre Bambi vielleicht mitnehmen? Der Kleine hat so gebettelt, dass sie mitkommen soll! Ich würde ja auch Sie einladen, aber wahrscheinlich möchten Sie nicht.« Von irgendwoher fördert sie ein Lachen zutage. Ich glaube, aus ihrer Nase. Ihre Augen jedenfalls lachen nicht.

Der Körper meiner Mutter spannt sich wie ein Bogen. Ihre

Mimik entgleitet ihr. Doch sie versucht, sich nichts anmerken zu lassen. Ich weiß, wie traurig du bist, Mama. Ich weiß, Mama, wie sehr sie dich verletzen.

»Richtig, ich möchte nicht mit zum Köfterestaurant. Und meine Tochter sollte besser auch nicht mitgehen. Sie ist es nämlich gewohnt, abends früh schlafen zu gehen.«

Meine Mutter dreht die Karaffe, die auf dem Balkontisch steht, in ihren Händen hin und her. Ich sehe, wie sie an sich halten muss. Meine Mutter ist wie ein Drahtseil, das von beiden Seiten gespannt wird.

»Ach, bitte, Ihre liebe Bambi kann doch einen Abend mal etwas später ins Bett gehen. Lassen Sie sie doch mitkommen! Wir fressen Ihre kostbare Tochter schon nicht.« Wieder hat sie ein Lachen zutage gefördert. Man sieht ihr Zahnfleisch dabei. Sie hat ein Gesicht wie ein Nagetier.

»Meine Tochter heißt nicht Bambi! Und sie wird weder ins Köfterestaurant mit Ihnen gehen noch sonst wohin!« Meine Mutter hat es nicht länger ausgehalten. Ihre Stimme kam angeschwirrt wie Hunderte von Pfeilen. Die Karaffe ist vom Tisch gefallen. Aber sie ist nicht stark zersplittert. Nur in drei oder vier Teile ist sie zersprungen. Sie ist nicht stark zersplittert, Mama. Wir lesen alles wieder auf.

Die Frau hat einen hochroten Kopf bekommen. Sie packt den JUNGEN MIT DEN GOLDENEN HAAREN am Arm, und sie kehren zurück in ihr Zimmer, gleich neben unserem.

»Ist die verrückt oder was?«, schreit sie auf ihre Schwester ein. »Wie diese Irre mich angefaucht hat! Bambi hier, Bambi da – das hören wir doch schon seit Tagen, oder etwa nicht? Die Karaffe hat sie auch mit voller Absicht runtergeschmissen. Dieses Weib ist wirklich nicht ganz dicht!«

Von überall her hallt ihre Stimme wider. Was sie meiner Mutter nicht ins Gesicht sagen konnte, lässt sie jetzt von ihrem Balkon auf uns los. Sie will, dass wir es hören. Will uns vergiften.

Später habe ich dieses Buch wochenlang, monatelang mit mir herumgetragen. Thomas, die kleine Lokomotive, die mit ihren schwarzen Augen kullert und naiv lächelt. Das Buch ist aus dem Leim gegangen. Einige Seiten habe ich in meine Taschen gestopft. Die Seiten sind auch irgendwann zerrissen. Haben sich in alle Winde verstreut und sind verschwunden.

Genauso wie das Bild des JUNGEN MIT DEN GOLDENEN HAAREN, des einzigen Spielkameraden meiner Kindheit, aus meinem Gedächtnis verschwunden ist.

Aber seine Stimme klingt mir immer noch in den Ohren. Diese lebhafte Kinderstimme, die ihre Fröhlichkeit und Güte noch nicht eingebüßt hat.

»Ist Bambi denn kein Junge, Tante?«

Die Frau Direktor

Unser Geld wird weniger. Es wird weniger. Schmilzt dahin. Wird aufgebraucht. Geht zur Neige.

»Sei nicht traurig, mein Bambi«, sagt meine Mutter. Aber ich weiß, dass irgendwo in ihrem Kopf, irgendwo in ihrer Seele andauernd dieses Gefühl herrscht. Das Gefühl des Verlierens. Das Gefühl des Zugrundegehens. Des Nichtzurechtkommens. Der Verzweiflung.

»Ich ertrage es nicht, dass uns, dass dir die Sicherheit verloren geht«, sagt meine Mutter. »Aber unser Geld schmilzt dahin wie Gebilde aus Eis. Deine Großmutter hatte immer einige fürchterlich blödsinnige Sprüche auf Lager. ›Spare in der Zeit, dann hast du in der Not‹, hat sie dauernd gesagt. Recht hat sie gehabt, die abscheuliche Hexe. Ich fürchte, wir sind am Ende ihres unerschöpflichen Vermögens angelangt. Wir werden anderswo Geld auftreiben müssen, mein Bambi.«

Wenn ich spätnachts schlecht träume, wenn ich friere, wenn ich mich einsam fühle und aufwache, dann finde ich meine Mutter rauchend auf dem Balkon. Ich finde sie inmitten einer Rauchwolke sitzend.

Meine Mutter kann nicht richtig schlafen. Ich weiß, sie macht sich Sorgen, dass wir bald ganz ohne Geld dastehen. Das Gefühl des Verlierens raubt ihr den Schlaf.

Ständig macht sie sich Vorwürfe. Dass sie unser Geld nicht richtig eingeteilt hat. »Kaum war sie tot, habe ich alles verkauft. Dabei hätte ich den Grundbesitz nicht einfach so veräußern sollen. Von den Mieteinnahmen zu leben wäre wohl das Beste gewesen. Aber ich wollte einfach so schnell wie möglich weg aus ihrem Land und alles loswerden, was ihr gehörte. Ich wollte nicht, dass wir wie sie unsere Zeit damit verbringen, uns mit Mietern herumzuzanken. Wir hatten ja keine andere Wahl, mein Bambi. Um fliehen zu können, mussten wir auf das Geld zugreifen können. Ich wollte einfach nicht, dass wir dauernd mit jemandem in Kontakt treten müssen. Das war mir das Wichtigste, für uns beide.«

Sei nicht traurig, Mama. Schau, ich bin doch schon groß. *Ich* kann mich jetzt um uns kümmern. Ich werde arbeiten. Ich werde eine Arbeit finden.

Was kann ich denn tun? Wenn ich anfange, darüber nachzudenken, weiß ich nicht, wie mir geschieht. Ich bin traurig, wie meine Mutter. So traurig wie meine Mutter bin ich. Das Gefühl des Verlierens ist ansteckend. Es sickert auch in mich ein.

Aber ich habe nicht das Recht, so traurig zu sein. Wenn meine Mutter mitbekommt, dass ich traurig bin, macht sie das nur noch trauriger. Dann fängt sie an, viel Geld auszugeben, und unser Geld schmilzt noch schneller dahin. Dann wird meine Mutter vollkommen traurig, wird zur Trauer selbst, zerschmilzt vor meinen Augen.

»Ich habe kein Händchen für Geld«, sagt meine Mutter. »Und wir geben einfach viel Geld aus, weil wir ja fliehen müssen, mein Baby.«

Ich weiß, Mama. Andauernd kaufen wir alles neu. In letzter Zeit sind wir in seltsamen Hotels an Küsten untergekommen, die wenig frequentiert sind. Aber trotzdem sind die Hotels und die Reisen teuer. Wir sind immer auf der Jagd nach den billigsten Flugtickets. Andererseits aber auch wieder nicht. Wenn wir fliehen müssen, sind wir gezwungen zu nehmen, was sich uns bietet. Wir haben keine Wahl. Haben wir einfach nicht, Mama.

»Ich wollte nicht, dass du das Wort ›teuer‹ lernst. Ich wollte nicht, dass du irgendein Gefühl mit Geld verbindest. Deine abscheuliche Großmutter hat mich in jedem Augenblick meiner Kindheit und Jugend mit Geldgesprächen gefoltert. Vergiftet hat sie mich. Im Garten, am Esstisch, im Wohnzimmer, auf der Veranda – andauernd wurde über Geld gesprochen. Sie und mein Vater. Ihre nicht enden wollenden Geldgespräche. Mir wird immer noch schlecht, wenn jemand über Geld redet. Ich habe dann meine Mutter und meinen Vater vor Augen. Die Bilder beginnen abzulaufen wie ein hässlicher Film. Wie in einem Kino für hässliche Filme, die sich nicht anhalten lassen.«

Meine Mutter ist an diesem Morgen sehr gereizt. Ständig trinkt sie Kaffee und raucht Zigaretten. Wir müssen zur Bank. Müssen mit einem von denen in Kontakt treten.

Aber wir sind nicht an die gewöhnt.

Immer wenn wir zur Bank gehen müssen, ist meine Mutter extrem jähzornig und gereizt. Deshalb hebt sie immer große Beträge ab. Beträge, mit denen wir monatelang über die Runden kommen, ohne irgendjemandem ins Gesicht sehen zu müssen.

Als die Bankangestellte den Betrag auf dem Sparbuch meiner Mutter sieht, sagt sie: »Ich darf Sie in das Büro der Frau Direktor bitten.«

Die FRAU DIREKTOR trinkt in ihrem Büro Kaffee mit zwei Frauen, die genauso angemalt sind wie sie. Sie haben alle den gleichen roten Lippenstift. Als hätten sie nach dem Aufwachen ihre Finger in eine Schale voll Blut getaucht und es sich auf die Lippen geschmiert. Ihre toupierten Haare, die in seltsamen Gelbtönen gefärbt sind, bilden einen hässlichen Rahmen für ihre dunkle Haut.

»Schau dir nur die Form ihrer Münder an, wie sie sie rechts und links in Falten ziehen!«, sagt meine Mutter. »Bestimmt zupfen sie sich auch die Augenbrauen, sodass sie einen Bogen bilden. Zu einem widerwärtigen Völkchen gehören die. In ihrer Grausamkeit sind sie genauso uniform wie in ihrem Make-up.«

»Ja bitte, was kann ich für Sie tun?«, fragt die FRAU DIREKTOR. Mit ihrer Stimme schleudert sie uns die Tatsache ins Gesicht, dass wir in ihrem Büro nicht erwünscht sind. Eine Augenbraue hat sie erfolgreich bis in die Mitte ihrer Stirn hochgezogen. Ob wir es denn wohl verdienen, ihr Büro zu betreten? Wer sind wir denn überhaupt?

»Wir können draußen warten, bis Ihre Unterhaltung beendet ist«, sagt meine Mutter. »Vielleicht können Sie unsere Transaktion ja später vornehmen?«

Die zwei Kundinnen, die der FRAU DIREKTOR gleichen wie Blutsschwestern, setzen Gesichter auf, die deutlich ihren Unwillen demonstrieren.

»Die Einlage ist ja noch gar nicht fällig«, sagt die FRAU DIREKTOR und klopft mit ihrem Fingernagel, der die gleiche Farbe hat wie ihre Lippen, auf das Sparbuch. Sie erachtet uns ihres Büros für unwürdig. Wir gehören nicht dazu, selbst wenn wir Geld haben.

»Ich weiß«, sagt meine Mutter. »Aber ich möchte den gesamten Betrag heute abheben, um möglichst lange keinen Fuß mehr in eine Bank setzen zu müssen.«

»Aber der Betrag ist viel zu hoch«, sagt die FRAU DIREKTOR. Wir stehen noch immer, während ihre Blutsschwestern noch immer ihren Kaffee schlürfen. Sie üben stille Solidarität: Sie werden uns aus diesem Büro hinausschmeißen. Sie werfen einander vielsagende Blicke zu. Sie verziehen die Lippen. Meine Mutter gefällt ihnen nicht. Sie gefällt ihnen nicht. Mit ihren Kleidern, ihrer Stimme, ihrem Türkisch, ihrem ununterdrückbaren Hass ist meine Mutter keine von ihnen. Sie fühlen sich gestört.

»Wir stehen in Ihrem Büro, weil man uns hierhergeschickt hat. Einer Ihrer Angestellten kann diese Transaktion problemlos durchführen. Und Sie können weiter mit Ihren Blutsschwestern Ihren Blutkaffee trinken.«

»Wie bitte?«, sagt die FRAU DIREKTOR. Ihre Blutsschwestern haben angefangen, missbilligend mit der Zunge zu schnalzen. Sie sind zutiefst empört über das Verhalten meiner Mutter.

»Sie haben gehört, was ich gesagt habe«, hebt meine Mutter die Stimme.

Die Blutsschwestern verabschieden sich eilig und gehen. Nicht einmal geküsst haben sie sich. Mit ihren Blicken haben sie jedoch signalisiert, dass sie sich der misslichen Lage der FRAU DIREKTOR bewusst sind. Da ist sie ja wohl an die Unverschämtheit in Person geraten!

»Sie verstehen offensichtlich nicht, was ich sage«, schraubt die FRAU DIREKTOR ihre Stimme in die Höhe. »Ihre Einlage heute zu kündigen, das würde einen beträchtlichen Zinsverlust für Sie bedeuten, gute Frau!«

»Sie sind diejenige, die nicht versteht«, sagt meine Mutter, während sie mich auf der Türschwelle stehen lässt und auf den Tisch zumarschiert. »Es geht um mein Geld, um meine Kündigungsfrist, und es ist meine Sache, ob ich Zinsen verliere oder nicht.«

»Sie hätten zwei Tage im Voraus Bescheid geben müssen«, sagt die FRAU DIREKTOR, wobei sie vor Gereiztheit allmählich immer roter wird. »So viel Geld haben wir gar nicht in der Filiale.«

»Ich bin mir sicher, dass Sie sehr wohl so viel Geld in der Filiale haben. Außerdem habe ich zwei Tage im Voraus angerufen und den Betrag durchgegeben. Bloß meinen Namen habe ich nicht genannt.«

»Derartige Entscheidungen fälle hier ich«, sagt die FRAU DIREKTOR heftig atmend. »Ich hätte über Ihren Anruf unterrichtet werden müssen, gute Frau.«

»Sie veranstalten diesen ganzen Zirkus doch nur, weil wir Ihnen den Morgenkaffee versaut haben, nicht wahr?«, sagt meine Mutter. »Weil wir das Kaffeekränzchen mit Ihren Blutsschwestern unterbrochen haben, machen Sie mir jetzt Schwierigkeiten.« Sie fängt an, mit der Hand auf den Tisch zu schlagen. Ihre Schläge werden immer härter.

Plötzlich dreht sich meine Mutter um und sieht mich an. Ich kenne diesen Blick: Es ist der Geh-schnell-raus-und-mach-die-Tür-hinter-dir-zu-Blick. Der Was-auch-passiert-du-hörst-nichts-du-siehst-nichts-du-lässt-einfach-die-Läden-runter-Blick.

Ich hasse diese schreckliche Frau, weil sie meine Mutter wütend und traurig gemacht hat, ich hasse die FRAU DIREKTOR, die mit ihren blutroten Lippen und ihrem hässlichen Mund meine Mutter angiftet.

Sie sind überall, Mama. Immer machen sie uns Kummer. Mit ihren Grobheiten kränken und verletzen sie uns.

Den Lärm, der von drinnen kommt, höre ich nicht. Ich habe ganz schnell die Tür zugemacht. Ich habe nichts gesehen oder gehört. Genau, wie du es wolltest.

Meine Mutter hat das Zimmer der FRAU DIREKTOR verlassen. »Gehen wir raus aus dieser Bank, mein Bambi«, sagt sie. »Wir heben unser Geld woanders ab, in einer anderen Filiale.«

Als wir ans Ende der Straße kommen, erscheint ein Krankenwagen mit gellender Sirene. Er fährt in vollem Tempo in Richtung Bank. »Der Frau Direktor scheint etwas zugestoßen zu sein«, sagt meine Mutter, während sie sich umwendet und ihm hinterhersieht.

»Immer wenn ich eine Krankenwagensirene höre, erinnere ich mich daran, wie erleichtert ich war, als sie deine Großmutter geholt haben. Wie ich aufgeatmet habe, dass sie endlich aus meinem Leben verschwindet. Ein Geräusch, das sowohl unangenehm als auch angenehm ist: das rücksichtslose Geräusch von Krankenwagen, die die Bösen für alle Ewigkeit in die Finsternis bringen, in die sie gehören.«

Der Etagenboy

Wir haben ein dunkelrotes Jackett – bordeauxrot sagt man ja – aus 'nem superharten, beschissenen Stoff. Gott sei Dank dürfen wir dazu 'ne schwarze Jeans anziehen.

Das ist halt meine Uniform.

Und dann der Name, den man mir gibt: Etagenboy.

Etagenboy für 'n Arsch, sag ich mir oft. Scheiß auf Etagenboy!

Ich versuch halt, mir vom Trinkgeld 'n bisschen was zusammenzusparen. Vielleicht kann ich eines Tages mit dem Geld nach Griechenland oder so abhauen. Hier kann man ja wirklich nicht leben.

Ich meine, wir sehen ja die, die Geld haben: Die machen sich ja in unserem Hotel ein schönes Leben.

Aber unsereiner – also meinereiner – lebt doch hier wie in 'nem Hundearsch.

Meine Mutter meint immer: »Fluch nicht so viel, mein Sohn. Früher hast du nicht so unanständige Sachen gesagt.«

Tja, früher waren wir Kinder. Da haben wir doch gar nicht gerafft, dass wir mal so 'n beschissenes Leben haben würden. Jetzt in diesem Arschkartenjob kommst du auf keinen grünen Zweig, da kannst du noch so gut sein, du bist und bleibst Etagenboy.

Du putzt die Scheiße von den Leuten weg. Du trägst ihnen ihre Sachen hinterher. Du rennst ständig auf und ab. Und dann musst du noch hoffen, dass sie einen guten Tag haben und dir ein bisschen Trinkgeld geben. Tja, das ist es, daraus besteht unser Leben. Mach dir das mal klar.

Als die gekommen sind, also als diese Mutter mit ihrer Tochter im Hotel angekommen ist, war's schon fast Winter.

Also noch nicht so richtig Winter, es waren noch ein, zwei Monate bis zur Schließung des Hotels. Es waren jedenfalls nur noch wenig Gäste da. »Offseason« sagt man dazu. Die Season war aber wirklich so was von off! Ein paar reiche Russen, ein paar olle Fregatten. Und deren Geizhälse von Ehemännern – die Sorte, die nur am Wochenende kommt.

So olle Fregatten eben, die den ganzen Tag Karten spielen. Canasta oder wie das heißt, da sind die alle verrückt nach. Den ganzen Tag kriegen die ihre Ärsche nicht vom Spieltisch hoch.

Die Mutter von dem Mädchen war anders als die. Ehrlich gesagt, war die anders als alle, die ich je gesehen habe. Komisch war die.

Das Mädchen auch. Mann, war das 'ne Schönheit!

Na ja, was heißt hier »war«? Nee, Mann, was *ist* das für 'ne Schönheit, dieses Mädchen!

Die anderen im Hotel haben das auch immer gesagt. So ein schönes Mädchen hätten sie ihr ganzes Leben noch nicht gesehen. Dabei – was hier für ausländische Mädchen herkommen. Was für High-Society-Ladys!

Und dann war da natürlich noch, dass die ganz anders waren als die anderen. Es wimmelt doch nur so von verwöhnten, zickigen Mädchen. Im Sommer ist unser Hotel auch immer voll von denen. Schnatterschnatter – sogar die Stimmen dieser Tussis sind alle gleich.

Dieses Mädchen – was weiß ich, das war, als wäre Schneewittchen aus ihrem Märchen entsprungen. Als wäre Dornröschen hierhergekommen, so was.

Eine Märchengestalt! Gekommen, um uns in unserem Leben, im wahren Leben zu beehren.

Dornröschen, das passt eigentlich wie die Faust aufs Auge. Immer ganz verschlafen. Immer so, als wäre sie geistig woanders. So wie traurig, aber auch nicht so ganz. Wie im Traum ist die immer rumgelaufen. So halb im Traum, halb in der Realität irgendwie.

Aber die ist auch wie wahnsinnig geschwommen! Ja, geschwommen. Die beim Pool haben ständig erzählt, wie die geschwommen ist, was für 'ne Topschwimmerin die war. Ich hab's selber mal so eingerichtet, dass ich das Mädchen früh am Morgen beim Schwimmen beobachtet habe.

Ihre Mutter hat das natürlich sofort gecheckt und mich bitterböse angeguckt. Die Frau war wirklich 'ne Meisterin im Bösegucken! Die hat einen fertiggemacht mit ihren Blicken. Eingeäschert hat die einen! Wie auch immer die das schafft.

Im Grunde war das keine üble Frau. Allerdings sah die immer aus, als käme sie gerade von 'ner Beerdigung. Was die immer für ein langes Gesicht gemacht hat. Aber nicht weinerlich oder so. Irgendwie anders.

Das Mädchen auch. Als wären die zusammen in 'nen Brunnen gefallen. Als säßen sie da ganz alleine auf dem Grund. Als würde niemand sie hören, so laut sie auch schreien. Als kämen sie beim besten Willen nicht mehr hoch. So wirkten die.

Ihr Zimmer und so. Eigentlich ein stinknormales Hotelzimmer. Die Putzfrauen haben gesagt, dass die das Zimmer total verändert hätten. Na ja, haben die eben immer so erzählt.

Und als die dann gegangen sind … die sind halt irgendwann mitten in der Nacht plötzlich spurlos verschwunden.

Am nächsten Morgen haben die Putzfrauen mich gerufen und mir das Zimmer gezeigt.

Alles war voller Sachen: neue Lampen und Decken und so. Und lauter Kieselsteine überall. Äste und so 'n Zeugs. Zu was die dieses Zimmer gemacht haben. Als wär's kein Hotelzimmer, sondern ihr eigenes.

Auf den ersten Blick hab ich gedacht, das werden doch wohl keine Teufelsanbeter sein. Die Frau, also die Mutter von Dornröschen eben, war ja auch immer ganz in Schwarz. Schwarze Hemden, schwarze Hosen, komische Schuhe und so weiter.

Jetzt mach mal halblang, Junge, hab ich mir gesagt. Deren Problem war ja offensichtlich nicht der Teufel, sondern einzig und allein sie selbst.

Die waren eben so, als wären sie in 'nem Brunnen oder 'ner Kiste eingesperrt. Mit niemandem haben die geredet, sich mit keinem getroffen, mit keinem rumgealbert. Die waren immer für sich, immer nur Mutter und Tochter.

Später hab ich in den Zeitungen gelesen, was passiert ist … Also die Mutter von Dornröschen muss sich jahrelang so einiges geleistet haben, voll die Psychotante, scheint's, aber keiner soll was mitbekommen haben, und so weiter halt.

Junge, hättest du das von dieser Frau erwartet? Irgendwie ja, denkt man sich. Die waren doch von ihrer ganzen Art her superkomisch. Das stimmt schon.

Aber die Frau, also die Mutter, hat einem immer wieder Trinkgeld gegeben. Und nicht zu wenig. Ist doch gut so, was stört's mich, wenn sie nicht dabei lächelt? Was kann man sich denn schon kaufen von dem Lächeln dieser ganzen anderen Schießbudenfiguren? Ist doch egal, ob sie lächelt oder nicht, Hauptsache, sie ist ein Mensch! Hat Augen im Kopf. Sieht, wer ihr gegenübersteht.

Die Frau war ein Mensch. Hat einem nicht einfach so das Herz gebrochen. Klar, später haben sie gelacht, als ich das gesagt habe. So nach dem Motto: Was hat die, bitte schön, nicht zerbrochen oder kaputt geschlagen?

Mann, das ist schon 'ne komische Welt. Echt seltsam. Hierzulande genauso wie überall sonst auf der Welt – sieht man ja immer wieder an den ganzen Touristen.

Diese Welt tritt einigen von uns eben auf ihre Hühneraugen. Manche haben ganz schön zu leiden unter Grobheiten und Gemeinheiten.

Die Frau war eben innerlich verletzt. Klar hab ich gedacht, dass die anderen Leuten Leid zufügt, weil sie selber leidet. Die hat das ja nicht umsonst gemacht. Kam mir jedenfalls so vor.

Wie pervers ist das denn, haben die Jungs hier sich aufgeregt. Weil ich die Frau verteidige. Ob ich mich in deren Tochter verknallt hätte, ob ich verrückt geworden wäre – als müsste ich mich für irgendwas rechtfertigen.

Ich meine, irgendwie hat sich doch das ganze Hotel in das Mädchen verknallt.

Moment, Moment: verknallt nicht.

An denen war alles so komisch.

Als wären sie hierhergebeamt worden. Als wären sie gar nicht von hier, von diesem Planeten, von dieser Welt. So als würden sie ständig leiden, wären im besten Falle ständig schlecht drauf, hätten Sorgen oder so.

Ich hab doch vorhin gesagt, die wären in einen Brunnen gefallen. Zu denen kommen einem eben tausend Sachen in den Sinn, bloß nichts normales. Das würde gar nicht gehen.

Aus dem Grund konnte man sich denen eben auch nicht nahe fühlen. Deswegen hat sich auch keiner von uns richtig an das Mädchen rangemacht.

Wir haben die nur angeguckt wie so 'n Film. 'n ausländischen Film. 'n Film, der in irgendeinem unbekannten Land spielt, bei dem wir noch nicht mal die Handlung so richtig kapieren.

Die haben immer ausgedehnte Spaziergänge gemacht. Stundenlang sind sie die Küste entlanggelaufen. Vollkommen isoliert haben die gelebt – sogar im Hotel. Sogar in diesem besch…eidenen Hotel!

Das Mädchen soll ja ihr Leben – ihr ganzes Leben – in Hotels verbracht haben. Ihr ganzes Leben! Ohne je ein Zuhause zu haben. Ständig auf der Flucht!

Wie seltsam, habe ich später gedacht: so 'ne Art Gefängnisleben. Diese Hotels … was weiß ich, vielleicht kommt's mir ja nur so vor, weil ich hier arbeite, okay, Luxus und so, okay, der Blick, das Meer, der Pool und haste nicht gesehen … Aber, Alter, diese Hotels sind doch von vorn bis hinten wie 'n Gefängnis. Man steckt hier irgendwie fest, als könnte man diesem Elend einfach nicht entkommen, sich nicht daraus befreien.

Klar, wenn ich so darüber nachdenke, gehör ich auch zu der Sorte, die funktioniert, solange die Motoren laufen, diese ganze Welt, dieses Leben, das ist vielleicht einfach ein Gefängnis, was weiß ich.

Ich meine, egal ob Hotel oder Zuhause. Wenn du dich als Gefangener fühlst, dann kannst du nichts dagegen tun, dann bist du 'n Gefangener.

So wie ich das verstanden habe, hat die Mutter von dem Mädchen sich so gefühlt. Und ihre Tochter hat sie gleich mit ins Gefängnis gesteckt. Das ist natürlich schlimm. Aber wenn du eh denkst, es gibt kein Entkommen, dann hast du auch nicht das Gefühl, den anderen gefangen zu nehmen. Du glaubst, dass du ihn rettest, dass du ihn beschützt vor diesem miesen Leben.

Aber das ist 'ne andere Sache. Und wie man es auch dreht und wendet, es ist doch eh umsonst, jeder ist auf seine Weise verrückt. Man sieht ja auch, wie lächerlich die sind, die man nicht als verrückt bezeichnet. Es gibt solche und solche, da steigste auch irgendwann gar nicht mehr durch.

Das leere Grundstück

Ich weiß, meine Mutter hat große Angst vor dieser Stadt. Vor Istanbul.

Ich weiß, sobald wir auf dem Flughafen landen, sobald wir auf dem Flughafen dieser Stadt landen, auf dem Weg zu den Flughäfen anderer Städte, wird meine Mutter von einer großen Angst ergriffen.

»*Angst vor der Angst*«, sagt meine Mutter. »Wie der Name des Fassbinder-Films. Es ist weniger die Angst, die diese Stadt mir einflößt, als vielmehr die Angst vor der Angst. Angst vor einem Gefühl, das ich nicht gewohnt bin, Angst davor, nicht mehr loszukommen von einer Unruhe, die ich für immer überwunden geglaubt habe.«

Sie sei anders als die übliche Unruhe meiner Mutter. Anders als ihre übliche Sorge. Das Entsetzen, das diese Stadt ihr einflöße, sei etwas ganz anderes. Solche Sachen sagt meine Mutter.

Meine Mutter versteckt ihre Gefühle nicht. Sie kann es nicht. Was immer ihr gerade durch den Kopf geht, sie erzählt es mir sofort. Ich werde nie verstehen, wie jemand, der alles über sich erzählen kann, gleichzeitig so viel vor mir zu verbergen vermag.

»Aber du erzählst mir doch alles über dich, Mama.«

»Mein Bambi, manche Sachen erzähle ich dir nicht, damit es mich nicht in Stücke reißt. Um alles zusammenzuhalten. Nur wenn wir unversehrt sind, können wir vor ihnen fliehen, das weißt du doch.«

Diesmal verlassen wir die Stadt nicht sofort wieder. Es ist ein sehr lauer Herbsttag.

»Na los, komm«, sagt meine Mutter. »Ich zeige dir Karaköy und Eminönü.«

Dort sei es sehr schön. Das seien die schönsten Viertel Istanbuls. Die wirkliche Stadt sei das, das wahre Istanbul.

»Das sind die geschäftigsten Viertel der Stadt. Die lebendigsten. Dort spürt man Istanbul pulsieren wie ein Herz. Da verstehst du, dass du selbst auch leben musst. Ganz tief in dir spürst du, wie schön und notwendig es eigentlich ist, dass dein Herz schlägt.«

Aber in dem Taxi, in das wir steigen, sagt sie den Namen eines anderen Viertels. »Nach Bebek«, sagt sie. »Sobald wir in der Nähe sind, beschreibe ich Ihnen den Weg.«

Die Augen meiner Mutter werden glasig. Gläsern werden sie. Meine Mutter hat große Angst, das weiß ich. Sie hat Angst vor der Angst. Vor der Angst, die ihre Mutterstadt ihr machen wird, ihr gemacht hat. Vor der Frische, der Unversehrtheit ihrer Ängste, die sie doch überwunden zu haben glaubte.

Sie beschreibt dem Fahrer den Weg.

»Fahren wir zu der Treppe, auf der die Rabenmutter dich angegriffen hat, Mama?«

»Nein. Wir fahren zu dem leeren Grundstück. Zu dem LEEREN GRUNDSTÜCK meiner Kindheit.«

Das Taxi biegt in eine Sackgasse ein. Beim leeren Grundstück steigen wir aus.

Nur auf der Vorderseite des LEEREN GRUNDSTÜCKS gibt es eine Öffnung. Davon abgesehen wirkt es wie ein Karton, der auf drei Seiten von Felsen und kleinen Hügeln eingerahmt ist. Ein Karton, der nur auf der Vorderseite aufgerissen ist.

Wenn du es betrittst, kommst du dir vor, als beträtest du einen Karton aus Erde und Felsen. Du bist in einem Aussichtskarton.

Durch die Öffnung vorne sieht man den Bosporus.

»Schau, von hier aus sieht man die Bucht von Bebek«, sagt meine Mutter. »Wir können nicht zu der Treppe gehen, auf der die Rabenmutter mich angegriffen hat, mein Baby. Die Treppe führte hinauf zu unserem Haus. Zu meinem Mutterhaus – diesem grauenhaften Ort.«

Das erste Mal spricht meine Mutter davon, dass sie in ihrer Kindheit einen weißen Hund hatte. Einen lärmenden und verrückten Hund hatte meine Mutter.

»Du wirst in deinem Leben keinen quirligeren Hund finden, keinen, der mehr bellt, keinen mit einem stärkeren Beschützerinstinkt. Weil er so verrückt war, so quirlig und unvollkommen, liebte ich ihn nur noch mehr. Je weniger meine Mutter und mein Vater ihn mochten, desto mehr fühlte ich mich meinem Hund verbunden. Er konnte doch nichts dafür; er war einfach ein hitzköpfiger, unausgeglichener Hund sondergleichen. Vor allem hatte er Angst. Im Grunde war das der Grund für seine Wildheit: eine begründete oder unbegründete tiefe Angst.«

Meine Mutter setzt sich auf einen der Felsen mit Blick auf den Bosporus. Es geht ihr plötzlich sehr schlecht. Ihre Stimme hat sich verändert. Zuerst haben sich ihre Augen verändert und jetzt auch ihre Stimme. Ihre Stimme ist in Würfel geschnitten. Ist auseinandergefallen.

»Mama, was ist denn mit deinem Hund passiert?«

»Genau hier unter dieser Buche hat der Chauffeur meines Vaters ihn begraben. Sein treuer Gehilfe, der alle Drecksarbeit für ihn erledigt hat. Ich würde es nicht ertragen, jemandem zu begegnen, der ihm auch nur ähnlich sieht. Jemandem mit Händen wie den seinen zu begegnen, jemandem mit Augen wie den seinen, das verheißt mir noch immer einen schlechten Tag.«

»Mama, was ist denn mit deinem Hund passiert?«

»Sie haben ihn eben nicht mehr ausgehalten. Sie haben seine Unvollkommenheit nicht mehr ausgehalten. Alles in unserem Haus musste vollkommen sein. Alles musste so perfekt sein wie meine Mutter. Widerliche Kreatur! Perfektionistisches, gnadenloses, herzloses Weib!«

Meine Mutter hebt einen Zweig vom Boden auf. Ich weiß, dass sie ihren Hund vermisst. Sie vermisst ihn. Was haben sie dem Hund meiner Mutter nur angetan? Man tut doch einem Hund nichts, auch wenn er nicht ganz vollkommen ist.

»Sie haben es aussehen lassen wie einen Unfall. Aber sie haben absichtlich das Glas im Garten zerschlagen. Sie haben absichtlich die Scherben verstreut. Sie wussten, wie ungestüm er war und dass er überall herumlaufen und sich schneiden würde. Vielleicht hat es der Chauffeur auch eigenhändig getan.«

Meine Mutter wird nicht weitersprechen. Sie hat ihre Fäuste geballt. Wenn sie das tut, spricht meine Mutter nicht. Kann nicht sprechen.

In dem Albtraum meiner Mutter kommt ein weißer Hund mit zerschnittener Kehle vor.

Das haben sie meiner Mutter angetan. Sie haben ihrem Hund mit einer Scherbe die Kehle durchgeschnitten!

Nach einem Unfall aussehen lassen! Mama, wie konnten sie dir so etwas antun?

»Also los, lass uns jetzt gehen, mein Bambi.«

Zuerst läuft meine Mutter allein auf die Buche zu. Sie bückt sich und streicht über einen großen Stein. Es ist der Grabstein, den meine Mutter für ihren Hund ausgesucht und aufgestellt hat. Lange streicht sie darüber, als würde sie den Kopf ihres Hundes streicheln.

Meine Mutter sagt ihrem Hund Lebewohl. Sie wird mir den Namen ihres Hundes nicht sagen. Die Trauer würde sich fortpflanzen, wenn ich den Namen wüsste. Mit seinem Namen würde sie sich weiterverbreiten.

»Lass uns wegrennen, mein Bambi.«

Meine Mutter und ich nehmen uns bei den Händen und fangen an zu laufen. Ganz schnell haben wir das LEERE GRUNDSTÜCK verlassen. Sind am Ende der Straße angekommen. Jetzt laufen wir den schlecht gepflasterten Weg hinab. Springen die Treppenstufen hinunter auf die Straße.

Der Bosporus empfängt uns. Der Bosporus, den wir vor Kurzem noch durch die aufgerissene Hülle des LEEREN GRUNDSTÜCKS gesehen haben, strömt kraftvoll und sauber direkt an uns vorüber.

»Lass uns sofort von hier weggehen, mein Bambi«, sagt meine Mutter. »Lass uns fliehen, bevor uns die bösen Erinnerungen in die Tiefe reißen.«

Auf der Hauptstraße steigen wir in ein Taxi. »Nach Eminönü«, sagt meine Mutter. »Dort, wohin meine Mutter nie ihren Fuß gesetzt hat.«

»Wie bitte?«, sagt der Taxifahrer.

»Der zweite Teil war nicht für Sie bestimmt. Nach Eminönü bitte.«

»Meine Mutter hat sich nur in bestimmten Stadtteilen von Istanbul herumgetrieben. In Stadtteilen, die ihrer Vornehmheit und ihrem Perfektionismus nicht schaden konnten. Sie hat sich für eine Art Sultanin oder Prinzessin gehalten, diese Eishexe.«

»Aber sie ist doch tot, Mama. Sie ist nicht mehr da, weder in dieser Stadt noch auf dieser Welt.«

»Ich habe einen Traum, von dem ich dir nie erzählt habe«, sagt meine Mutter. »Einen Albtraum, der mich oft quält. Meine Mutter wäre nicht gestorben. Sie würde noch leben. Ich würde nur glauben, sie sei tot. Um am Leben bleiben zu können, hätte ich das geglaubt. Sie würde leben und mich beobachten. Mich beobachten und verfolgen lassen. Um in dem Augenblick, in dem ich sicher wäre, sie los zu sein, aus der Versenkung aufzutauchen. Um mir gegenüberzutreten und zu sagen: ›Ich lebe.‹ Um mich in diesem Augenblick zu Tode zu erschrecken. Um mich loszuwerden.«

»Mama, aber meine Großmutter ist tot. Ich bin mir sicher, dass sie tot ist. Sie ist bestimmt nicht am Leben und beobachtet dich. Sie kann dich von niemandem verfolgen lassen. Ich bin mir sicher.«

»Ich bin mir auch sicher, solange ich keine Albträume habe. Sonst hätten wir auch ihr Erbe nicht aufzehren können, mein Bambi. Glaub mir, nicht einen Kuruş hätten wir ausgeben können. Keines ihrer ganzen Besitztümer hätten wir verkaufen können. Deshalb bin ich mir sicher, dass sie gestorben ist: Weil wir seit Jahren von ihrem Geld leben können.«

»Und dein Vater, Mama? Der ist doch auch schon lange tot, oder?«

Meine Mutter blickt unverwandt nach draußen. Sie verschlingt Istanbul mit ihren Augen. Diese Stadt tut meiner Mutter nicht gut.

Ich frage nichts mehr. Ich lege meinen Kopf auf die Knie meiner Mutter und schlafe ein.

Weil sie meine Mutter so müde und traurig gemacht hat, mag ich diese Stadt kein bisschen.

Und ich werde sie auch nie mögen.

Das Schönheitsgefängnis

»Da ist der dritte Kokosnussmann, Mama!« Ich tauche aus den Wellen auf und renne auf meine Mutter zu.

Meine Mutter sitzt auf ihrem Liegestuhl im Schatten einer Palme und liest ein Buch.

Es ist die Zeit, in der wir im Winter oft nach Thailand fuhren. Wir bleiben ein, zwei Tage in Bangkok, und dann geht es direkt runter an den Ozean, auf die Inseln. Meistens nach Koh Samed. So schnell wie möglich.

Auf dieser Insel gibt es ein paar Strände, die wir mögen. Besonders einen gibt es, einen ganz kleinen. »Unser Geheimstrand«, sagt meine Mutter dazu.

Da, wo der Sand aufhört und die Felsen anfangen, am äußersten Ende des Strandes, gibt es nur zwei Zimmer. Zwei große, sehr geschmackvoll eingerichtete Zimmer. Meine Mutter hat beide zusammen angemietet.

In einem der Zimmer male ich Bilder mit meinen Pastellfarben, damit es nicht so allein ist. Ich lege sie im ganzen Zimmer auf dem Fußboden aus. Manchmal setze ich mich aufs Bett, betrachte sie und schlafe dabei ein. Die Sonne sickert durch die Vorhänge und tanzt über mich hin.

Dann kommt meine Mutter und küsst mich wach. Wir sammeln die Bilder vom Boden auf und kehren mit denen, die uns am besten gefallen, in unser Zimmer zurück.

»In unser richtiges Zimmer«, sagt meine Mutter. »Na los, mein Bambi.«

Als wir in den Garten hinaustreten, der sich vor uns ausbreitet, schlage ich Purzelbäume auf dem Rasen. Ich schlage Rad. Meine Mutter ist begeistert. Sie habe als Kind nie wie ich einen Radschlag nach dem anderen machen können.

»Vielleicht hat das Radschlagen etwas damit zu tun, wie glücklich du bist, mein Bambi. Ich habe nicht mal zwei hintereinander geschafft, sondern bin immer sofort umgekippt.«

Unser grüner, weicher Garten ist wie ein Kissen, das unverhofft einfach so auf die Felsen gelegt wurde. Er blickt hinunter auf den Ozean. Das heißt, wir blicken hinunter. Gegen Abend schaukeln wir in unseren Hängematten und betrachten die Wellen, die Felsen und die unendliche Weite des Ozeans. Als die Sonne untergeht, winken wir ihr. Sie verschwindet so langsam und schön.

Nachts geht in unserem unverhofften Garten auf den Felsen der Mond nur für uns auf. Sterne werden hingestreut. »Nach einer geheimen Ordnung«, sagt meine Mutter. »Unser Garten ist der, der dem Himmel am nächsten ist. Wir müssen ihn mit niemandem teilen, er ist einzig und allein unser Aussichtsgarten, mein Bambi. Wenn wir andere würden reden hören, bekäme seine Schönheit einen Kratzer.«

Morgens hüpfen wir die Felsen hinunter und machen es uns im Sand auf unseren Liegestühlen bequem, um dem Meer ganz nah zu sein.

»Hier ist es sehr schön, Mama«, sage ich, während ich auf die Wellen zulaufe. Ich kann dem Ozean und seinen betäubenden Wellen einfach nicht fernbleiben.

Wir haben eine Taucherbrille und Schwimmflossen gekauft in einem der Läden an dem großen Strand gleich neben unserem. Ich schaue auf den Grund und suche Muscheln. Die meisten, die ich heraushole, sind noch voll. Ich werfe sie zurück in den Ozean.

Ständig sammeln wir Kieselsteine, Korallenstücke und Muscheln. Unser Zimmer quillt über davon. Auch das leere Zimmer neben uns füllt sich mit Steinen und Muscheln, die wir gesammelt haben. So entrinnt es seiner Einsamkeit.

Kokosnussmänner kommen und gehen. Manchmal kaufen wir kleine Kokosnüsse, manchmal große.

Die kleinen sind innen ganz weich, und sie haben wenig Saft. Mit den Löffeln, die der Kokosnussmann uns gegeben hat, kratzen wir sie restlos aus. Die großen sind voller Saft. Aber dafür sind sie innen ganz hart: Wir brechen sie auf und beißen davon ab. Für die Schalen der Kokosnüsse haben wir in unserem Garten eine Ecke angelegt, da reihen wir sie auf.

Dann gibt es noch den Obstverkäufer. Der in seiner Kühlbox die Zutaten für Mangosalat mit sich herumträgt. Er serviert fein geschnittene Mangos auf einem Plastikteller. Darauf streut er scharfe Gewürze und Pistazienstücke. Ich liebe seinen scharfen Mangosalat. Ich liebe es, wie er mir beim Essen auf den Lippen brennt.

Ich liebe es auch, dem Pareoverkäufer dabei zuzusehen, wie er seine Pareos ausbreitet. An diesem Strand ist einem nie langweilig. Es gibt immer etwas zu tun.

Aber am liebsten mag ich die Momente, in denen meine Mutter und ich an den großen Strand nebenan gehen und uns dort, wo das Meer aufhört, wo es sich zurückzieht, auf den Sand legen.

Der Ozean will den Sand nicht kampflos preisgeben. Immer wieder kommt er und schlägt nach uns. Versucht uns in sich hineinzuziehen und zu verschlingen.

»Schau, wie wütend er ist, dass er uns nicht verschlingen konnte«, sagt meine Mutter. »Halt durch, mein Bambi. Uns kriegt keiner: nicht mal der Ozean.« Wir fassen uns an den Händen. Der Ozean versucht uns an den Beinen zu packen und davonzutragen. Aber er schafft es nicht. Er macht uns nur nass, schlägt nach uns, bringt uns zum Lachen. Dann gibt er auf und geht seiner Wege.

Meistens essen wir in dem Restaurant auf den Felsen in

dem Ort, in dem wir wohnen. Die Kellnerin ist sehr süß und das Essen sehr gut. Sie bringt uns bei, wie man auf Thailändisch »Guten Tag« sagt. Wie man »Wie geht es Ihnen« sagt. Wie man »Danke« sagt.

Meiner Mutter ist die zuckersüße Art des Mädchens unangenehm. »Diese zuckergussüberzogenen Thailänder!«, sagt sie und wendet ihren Blick von dem Mädchen ab. »Einerseits diese Sorte: diese Sorte von Frauen, die noch süßer sind als Zucker. Und dann die, die noch giftiger sind als Schlangen. Dragon Ladys oder Candy Girls, etwas dazwischen gibt es bei denen nicht.«

»Mama, wir sind hier so glücklich. Und uns kann auch keiner finden. Können wir nicht einfach für immer hierbleiben?«

»Nach einiger Zeit würden wir vor Langeweile platzen und in Stücke gerissen werden, glaub mir«, sagt meine Mutter. »Siehst du nicht, das hier ist ein Schönheitsgefängnis. Wir würden hier abstumpfen. Ich würde alles vergessen. Könnte keine Gefahren mehr wittern. Aber die anderen würden unterdessen keine Zeit verlieren. Sie würden uns leicht auf die Schliche kommen und uns in die Falle locken. Im Moment ist diese Insel noch ruhig, mein Bambi. Aber wenn unsere Zeit abgelaufen ist, müssen wir auch diesen Ort hier zurücklassen können.«

Dann kommt dieser Tag. Der Tag, an dem wir Koh Samed verlassen müssen.

Während wir unsere Zimmer räumen, erscheint die Dragon Lady, unsere Vermieterin, in der Tür und sagt in ihrem gebrochenen Englisch: »Wie viele Korallen Sie da gesammelt haben. Sie wissen doch, dass es verboten ist, sie von der Insel mitzunehmen, nicht wahr?«

»Die haben wir nicht aus dem Meer geholt, wir haben sie

nicht von dort fortgerissen, wo sie hingehören«, sagt meine Mutter. »Wir haben sie alle am Strand aufgesammelt.«

»Sonst steckt die Polizei Sie ins Gefängnis«, beharrt die Dragon Lady. Als sie »prison« sagt, legt sie ihre Hände zusammen wie in Handschellen und hält sie uns vors Gesicht.

»Reden Sie keinen Unsinn.« Die Stimme meiner Mutter wird lauter. »Meine Tochter nimmt nur ein bisschen Strandgut mit, zur Erinnerung.«

Ihr improvisiertes Englisch reicht nicht, um die Worte meiner Mutter zu verstehen. »Police take you to prison!« Sie hält uns das Handschellenzeichen vor die Nase. Schon wieder.

»Vielleicht geht sie sogar selbst zur Polizei und schwärzt uns an. Um die Hälfte des Bestechungsgeldes einzusacken, das wir dann bezahlen müssen. Oder einfach nur für ihre wöchentliche Übung in Bosheit. Damit die Bosheitsader in ihr nicht versiegt.« Meine Mutter will, dass die Frau aus unserem Zimmer verschwindet. Aus unserem Zimmer und aus unseren Erinnerungen an die schönen Tage, die wir auf dieser Insel verbracht haben. Sie soll verschwinden. Verschwinden.

Endlich geht die Dragon Lady.

»Unter all diesem Lächeln, dieser Süße, dieser Langsamkeit, diesem hehren Buddhismus liegen die erbarmungslosesten Gefängnisse, die schwerste Folter und die zu den größten Grausamkeiten fähigen Menschen«, sagt meine Mutter. »Ich kann ihre Verlogenheit nicht ertragen. Mir wäre es lieber, wenn sie einem ihr Gift in einer Schale auch als solches reichen würden. Nicht als geschmolzenen Zucker, wie um ein Kind zu täuschen.«

Das Wort »Polizei« kann meine Mutter ohnehin nicht ertragen.

»Diese Frau hat uns die Stimmung verdorben, mein Bambi. Lass uns nicht mehr bis zum Morgen warten. Lass uns sofort von hier weggehen.«

Wir stopfen einige Sachen in unsere Rucksäcke und gehen hinüber zu dem großen Strand nebenan. Um das letzte Motorboot noch zu erwischen, das uns von dieser Insel wegbringen kann.

»Die Steine, mit denen wir das Zimmer gefüllt haben, lässt die Dragon Lady bestimmt an den Strand zurückbringen.« Meine Mutter grinst in dem Motorboot. »Für diesen Service mussten wir ihr noch nicht mal Geld dalassen.«

In einem der Zimmer haben wir auf dem großen Bett aus Kieselsteinen, Korallenstücken und Muscheln von einem Ende zum anderen das Wort FUCKING gelegt, meine Mutter und ich.

Und auf dem Bett des zweiten Zimmers: BITCH!

»So haben wir ihr klargemacht, was sie ist«, sagt sie, während ihr Blick über das Meer schweift. »Ich bin mir sicher, dass sie nie zu dem Punkt kommen wird, an dem sie das akzeptiert, genau wie die anderen Holzklötze. Aber wenigstens haben wir ihr vor unserer Abreise klargemacht, dass wir wissen, wer sie ist.«

»Unser Schriftzug ist sehr schön geworden, Mama«, sage ich und lehne meinen Kopf an ihre Brust. Eine Mischung aus Meeres- und MUTTERGERUCH strömt in mich hinein. Ich könnte platzen vor Glück.

»Wie ein Kunstwerk, mein Bambi«, sagt meine Mutter. »Aber mein größtes und schönstes Werk bist du.«

Auf dieser Insel waren wir sehr glücklich, Mama. Sogar die Dragon Lady hat uns unser Glück nicht nehmen können. Und unser Schriftzug aus Kieselsteinen war sehr schön.

Du warst sehr schön. Unsere Tage waren sehr schön. Niemand kann sich auch nur vorstellen, wie glücklich wir waren, bis sie uns erwischt haben.

Die Geisel

Tunesien – in dieses Land werden wir nur einmal fahren.

»Ein sehr altmodisches Hotel«, sagt meine Mutter, als wir ankommen. »Schau doch, alles sieht aus wie aus den Sechzigern. Das macht es sehr angenehm, sehr beruhigend.«

Ich bin noch klein. So klein, wie meine Mutter es sich wünscht.

Jahrelang wird meine Mutter glauben, dass ich nicht weiß, mich nicht daran erinnere, was in Tunesien passiert ist. Auch ich werde das glauben. Dass ich mich nicht so genau erinnere, mich gar nicht erinnere. Fast gar nicht.

Wenn sie die Länder aufzählt, in denen wir schon waren, wird meine Mutter Tunesien nie erwähnen. Sie wird so tun, als wären wir nie dort gewesen, und es ist ihr Wunsch, dass ich das auch tue.

Und ich werde das auch tun.

Lange Zeit werde ich mich nicht an Tunesien erinnern. Werde nie daran denken. Später, Jahre später werden eines Tages alle Erinnerungen plötzlich auf mich einprasseln, wegen einer Farbe: Orange – ja, kaum dass ich diesen orangefarbenen Plastikteller gesehen habe. Ich sehe alles ganz deutlich vor mir. Bild für Bild. Szene für Szene. Schwarz-weiß. Nur der Teller ist orange.

Wir sind in Tunesien, Mama. Ich bin noch klein. So klein, dass ich auf den stoffbespannten Liegestühlen mit dem Holzrahmen auf deinem Schoß sitzen kann. Dass ich mit meinen Malbüchern herumlaufe. Den ganzen Tag über male ich.

»Das Malen hat es dir ja wirklich angetan, mein Bambi«, sagt meine Mutter lachend. »Du hebst nicht mal den Kopf.«

Damals sind meine Haare noch viel blonder und lockiger.

Ich sehe aus wie eine Puppe. Ich hebe den Kopf und lächle meine Mutter an. »Mal du das Kleid von Schneewittchen aus, Mama! Aber mal es gestreift.«

»In Ordnung, mein Baby«, sagt meine Mutter.

Meine Mutter malt die Kleider sehr schön aus. Alle möglichen Muster verpasst sie dem langweiligen, blöden Kleid, alle möglichen. Sie zeichnet Streifen, Sterne, Kreise und seltsame Formen hinein. Ganz fein bearbeitet sie sie mit den Malstiften. Jedes Kleid sieht vollkommen anders aus. Jedes Kleid sieht aus, als wäre es aus den wundersamsten, den schönsten Stoffen der Welt gewebt.

Während sie da an unserem Tisch auf dem Sand malt, sehe ich, wie plötzlich alle Lebendigkeit und Zufriedenheit aus ihrem Gesicht verschwinden. Sogar in meinem Alter spüre ich das schon.

»Was ist los, was ist passiert, Mama?«

»Es ist nichts, mein Baby. Mal du weiter. Ich gehe in unser Zimmer und hole den Eimer und das Sandspielzeug.«

»Ich will aber nicht!«

Meine Mutter rennt los in unser Zimmer. Verwundert schaue ich ihr hinterher. Meine Mutter lässt mich doch nie irgendwo sitzen und rennt einfach weg. Was ist denn nur los?

Zwei alte Frauen kommen auf den leeren Tisch neben uns zu. Die eine hat sich bei der anderen untergehakt. Sie gehen sehr langsam. Wie zwei Sandkrebse. Neugierig schaue ich zu ihnen hinüber.

Ich weiß nicht, warum, aber noch während ich von Weitem beobachte, wie sie näher kommen, spüre ich in meinem Inneren, dass *sie* meine Mutter verjagt haben.

Die alte Frau mit den schneeweißen Haaren ist blind. Deshalb hat sie sich bei der jünger aussehenden untergehakt.

Deshalb hat sie ihren Kopf in die Luft gereckt und schaut lächelnd in eine Ferne, die sie niemals wird sehen können.

Ich schaue meinerseits wie verhext diese blinde alte Frau an. Sie sieht aus wie die Großmütter in den Märchen. Der kleine Dutt an ihrem Hinterkopf, ihr schwarzes Seidenkleid mit dem weißen Kragen, ihre Elfenbeinbrosche – alles an ihr wirkt so. Alles erinnert an die sich verstellenden, gutmütig erscheinenden Großmütter in den Märchen. Bei beiden ist das so.

»Die da gerade weggerannt ist, war das nicht die Tochter von dieser einen?«, fragt die ALTE BLINDE FRAU. »Von der, die umgebracht wurde?«

»Pssst«, sagt die andere. »Da sitzt ein kleines Mädchen am Tisch.«

»Das wird ihre Tochter sein«, erwidert sie. »Als ihre Mutter umgebracht wurde, war sie schwanger. Soviel ich gehört habe, hat sie seitdem niemand mehr gesehen. Wenn du mich fragst, hat sie sich aus dem Staub gemacht. Irgendwas stimmt da nicht.«

Sie sprechen Türkisch. Die Sprache meiner Mutter und meine Sprache. Und sie reden über meine Mutter. Sie haben meine Mutter erkannt und reden über sie. Das ist sehr schlecht.

Uns kennt doch eigentlich niemand. Es redet doch niemand über meine Mutter. Tief in mir spüre ich, dass etwas Seltsames und Beunruhigendes vor sich geht. Ich sitze vor meinem Malbuch und fange an zu weinen.

»Schau, das Kind weint«, sagt die ANDERE FRAU. »Sie hat dich gehört; meine Liebe, sage ich dir nicht andauernd, dass du etwas leiser sprechen sollst? Woran willst du die Tochter überhaupt erkannt haben? Vielleicht ist sie es gar nicht. Du wirst sie verwechselt haben. Wie könntest du auch immer noch alle erkennen?«

»An ihrem Geruch«, sagt die BLINDE ALTE FRAU. »An ihrem Geruch nach Vergangenheit und Angst.« Sie gibt sich Mühe, leise zu sprechen. Aber sie hat eine so schrille, so kindliche Stimme, dass ich jedes ihrer Worte hören kann.

Jedes Wort dringt mit einer Härte in mein Herz, die ich mir nicht erklären kann. Ich schluchze.

»Hol das kleine Mädchen zu uns an den Tisch.«

Die ANDERE FRAU baut sich mit einem Furcht einflößenden Lächeln vor mir auf. Sie lächelt wie eine klaffende Wunde. Sie hat sehr blaue Augen. Fast blinde blaue Augen. Sie streicht mir beim Reden übers Haar. Ich habe große Angst vor ihr. Ihre Zähne sind so klein und weiß wie Milchzähne. Milchzähne in einem alten Gesicht. Sie sehen schrecklich aus.

»Schau, wir sind auch Türkinnen, mein Kind. Ihr seid doch Türkinnen, nicht wahr? Guck, die Frau da hat deine Mutter erkannt. Wir waren früher Nachbarinnen deiner Großmutter.«

Vom Nebentisch lächelt die BLINDE FRAU, die ihre blicklosen Augen auf mich gerichtet hat, herüber und nickt. Mit ihren zierlichen, kalkweißen, runzligen Händen macht sie mir Zeichen, zu ihr zu kommen. »Los, komm mal zu uns herüber, schönes Kind.«

»Mama! Mama! Mama!« Ich breche wieder in Schluchzen aus, da, wo ich sitze.

Wir sind jemandem begegnet, dem wir nie hätten begegnen dürfen. Wir haben jemanden gesehen, den wir nie hätten sehen dürfen. Wir stecken tief in der Patsche. Ich spüre es mit meinem ganzen Herzen. Mama, bitte komm und rette mich.

Die ANDERE FRAU fängt an, mich zu streicheln. »Weine nicht, kleines Mädchen. Wir kennen euch. Wir mögen euch sogar. Wie süß sie ist, wie schön. Komm, ich spendiere dir ein Eis. Schau nur, wie schön sie ist, Schwester!«

Mit ihren eiskalten, knochigen Händen packt sie mich und hebt mich von meinem Stuhl. Sie nimmt mich gegen meinen Willen auf den Arm und trägt mich zu ihrem Tisch. Vor Angst und Sorge krümme ich mich zusammen, mache mich ganz klein. Mama, ich habe solche Angst. Die bösen Großmütter haben mich entführt. Komm schnell, und rette mich!

Ich weiß nicht, wie viel Zeit vergangen ist. Wie im Albtraum. Sehr viel oder sehr wenig Zeit. Ich sitze an ihrem Tisch, schniefe und versuche, die Schluchzer herunterzuschlucken. Tränen, die ich nicht zurückhalten kann, kullern meine Wangen herab. Vor mir steht auf einem riesigen Teller ein Berg Eis.

Auf einem riesigen orangefarbenen Teller. Weiße und braune Eiskugeln. Schokolade und Vanille. Mit einem Löffel versucht die ANDERE FRAU, mir das Eis in den Mund zu zwängen.

»Also wirklich, jetzt schau doch, wie gut das ist. Ein ganz leckeres Eis aus Ziegenmilch. Na los, jetzt iss schon, schönes Kind. Das hat meine Schwester extra für dich bestellt.«

Die BLINDE FRAU streckt ihre Hand aus und drückt meine Schulter. »Warum weinst du denn die ganze Zeit? Jetzt iss doch dein Eis. Schau, deine Mutter ist hier nirgends. Vielleicht bist du ab jetzt *unser* kleines Mädchen. Dann gehörst du uns und gehst mit uns überallhin; was sagst du, Schwesterherz?«

Sie lachen. Sie schauen einander an und schauen einander nicht an, ihre Hände berühren sich vor Freude, meine Trauer, meine Angst, mein Weinen tun ihnen offenbar geradezu gut, so sehr lachen sie und amüsieren sich. Sie werden mich entführen! Mama, wo bist du? Komm, und rette mich. Die bösen Großmütter wollen mich dir wegnehmen.

Zwischen meinen Beinen – ich kann es nicht mehr zurückhalten – verteilt sich mein Pipi auf dem Stoff des Stuhls. Sie sollen es nicht sehen. Sie sollen nicht sehen, dass ich gepinkelt habe. Sonst werfen sie mich in den Backofen. Dann findet mich meine Mutter nie wieder. Sie werden mich verbrennen. Sie werden mich töten, bevor meine Mutter kommen kann, um mich zu retten.

Ein junger Kellner nähert sich dem Tisch und flüstert der ANDEREN FRAU etwas ins Ohr. In Panik springt sie vom Tisch auf. Sie eilt in Richtung des Gartens vor dem Hotel davon.

Die BLINDE FRAU hört auf, sich über mich zu amüsieren, und ruft ihr hinterher: »Wo läufst du hin? Hat sie dich rufen lassen? Geh nicht! Weißt du nicht, wer sie ist?«

Sie streckt ihre Hand aus und greift nach meiner. »So, ich habe dich als Geisel genommen. Für den Fall, dass deine Mördermutter meiner Schwester etwas tut. Wenn sie ihr auch nur ein Haar krümmt, kann sie was erleben!«

Plötzlich nehme ich all meine Kraft zusammen und schüttle ihre Hand ab. Ich springe von meinem Stuhl und fange an zu rennen.

»Hilfe! Rettet meine Schwester, schnell! Sie bringt meine Schwester um! Sie bringt sie um, im Garten!«, fängt die BLINDE FRAU mit ihrer fürchterlichen Mädchenstimme an zu schreien.

Meine Mutter fängt mich im Garten ab, wo ich auf sie zurenne. Sie nimmt mich in den Arm und überhäuft mich mit Küssen. »Mein schönes Baby, vergiss sofort alles. Es ist nichts passiert. Streich das alles aus deinem Gedächtnis. Wir sind nie hier gewesen. Es ist weggewischt. Schau, alles ist weg. Puff! Schau, alle Bilder und alle Stimmen sind weg. Einfach weggeflogen!«

Nach so vielen Jahren erinnere ich mich wegen eines orangefarbenen Plastiktellers von Neuem an alles. Als hätte ich auf einen orangefarbenen Knopf gedrückt. Aber ich bin inzwischen groß. Ich sage meiner Mutter nichts davon.

Ich sage ihr nicht, woran ich mich erinnere. Wozu auch?

Die Sekretärin im Büro

Okay, er war kein guter Mensch.

Er war ein schlechter Mensch: ein durch und durch schlechter Mensch.

Nichts stimmte von dem, was er sagte! Nicht mal Anfang und Ende seiner Sätze passten zusammen. Chefsätze haben wir hinter seinem Rücken dazu gesagt. Er war uns natürlich keinerlei Rechenschaft schuldig. Wir waren ja gezwungen, ihm ohne einen Mucks zuzuhören.

Aber dass jemand so wenig zu seinem Wort steht, dass es ihm so egal ist!

Jedes seiner Worte hat er so lange verdreht, bis alles so war, wie es ihm in den Kram passte. Wie es ihm gefiel. In Form hat er es gebracht.

Unsere Arbeitszeiten, unsere Arbeitsbedingungen, unsere Gehälter: Mit schönen Worten hat er uns abgespeist und übers Ohr gehauen. Es geschah immer das, was er sagte. Oder was er als Drittes oder als Fünftes sagte, denn wie ich eben meinte: Nichts stimmte von dem, was er sagte.

Aber am Ende kam es immer so, wie es ihm am besten passte. Das war natürlich so, wie es einem selbst am wenigsten passte. Das galt für alle, die im Hotel arbeiten.

Okay, er hat uns alle genervt. Er hatte auch die Angewohnheit, einem fiese Sachen zu sagen. Bei jedem hat er was gefunden, womit er einen so richtig auf die Palme bringen konnte.

Wir haben schließlich für ihn gearbeitet. Wozu war das nötig?

Er ist von irgendwo weit her gekommen und immer höher aufgestiegen. Ist erst Hotelbesitzer geworden, dann Hotelkettenbesitzer. Wie nennen sie es in den Zeitungen? Eine Erfolgsgeschichte.

Außenstehende mochten ihn sehr. Die haben ihn natürlich für absolut ehrlich und aufrichtig gehalten. Ach, was für ein wundervoller Mann, wie nett er ist, und was weiß ich! So wäre der, haben die geglaubt. Die haben einen echt verrückt gemacht. Uns hätten sie mal fragen sollen.

Wenn man jahrelang mit ihm zusammenarbeitet, begreift man das. Das laugt einen aus. Wir haben uns hinter seinem Rücken Handzeichen gegeben. Haben Songtexte von Tarkan auf ihn umgedichtet, weil wir ihn ja so unglaublich »heiß« fanden. Aber immer nur hinter seinem Rücken. Klar, wir mussten ja Angst haben, unsere Arbeit zu verlieren.

Der hat die Leute auch einfach so rausgeschmissen. Den Direktor, mit dem er eben noch ein Herz und eine Seele war, den er immer um sich hatte, setzt er eines Tages mir nichts, dir nichts vor die Tür! Der hatte keinerlei Mitleid mit einem. So gemein war der. Er hatte so viele Angestellte, aber ich glaube nicht, dass ihn auch nur eine Menschenseele gemocht hat oder wirklich mögen konnte.

Die, die er übers Ohr gehauen hat, können auch ein Lied davon singen. Am Ende waren sie schlauer, aber wozu dann noch? Der Gewinner war immer er.

Warum er sich mit der Frau gestritten hat, was da zwischen den beiden ablief, ich habe nicht die geringste Ahnung. Schließlich war sie ein Gast und er der Hotelbesitzer. Ich meine, keiner von uns ist sich sicher, ob die beiden sich überhaupt jemals zuvor gesehen hatten.

Unsere Jungs hier haben ständig über die Frau und ihre Tochter gesprochen.

Besonders über ihre Tochter. Sie sei so schön und so süß. Das Mädchen war noch relativ jung. Also noch kein richtiger

Teenager. Dreizehn oder vierzehn wird sie gewesen sein, schätze ich.

Die Jungs konnten sie zwar nicht anbaggern, denn sie war ja noch ein Kind. Aber sie konnten auch nicht aufhören, dauernd von ihr zu reden, wobei ihnen immer das Wasser im Munde zusammenlief. Ihre Haare seien so, ihre Augen so, ihre Beine so, ihr Arsch so!

Ich habe sie auch ein paarmal gesehen. Als sie einmal von Weitem an uns vorbeiging, haben sie sie mir gezeigt. Okay, sie war natürlich schon ein sehr schönes Mädchen. Aber ihre Mutter, ihre Kleider und das alles … Normal waren die nicht. Solche Gäste kommen normalerweise auch gar nicht hierher.

Wie Türkinnen waren sie nicht. Aber sie waren auch nicht wie Deutsche oder Russinnen. Man konnte nicht so genau sagen, wo sie herkamen. Sie wirkten, als kämen sie aus einer anderen Welt.

Dass die so allein waren und dass die so lang im Hotel geblieben sind … Dass sie trotz der schlechten Saison noch geblieben sind … Ins Meer konnte man nicht mehr. Das Wetter war schon reichlich kühl. Es gab auch keine Sonne und so. Aber sie sind lange im Hotel geblieben. Wenn sie nicht so lange geblieben wären, wären sie vielleicht nicht mal irgendjemandem aufgefallen.

Ich bin nicht als Erste ins Zimmer vom Chef. Nein. Meine beste Freundin ist rein, um sich eine Unterschrift zu holen. Die hat vielleicht einen Schrei ausgestoßen!

So einen Schrei habe ich bis jetzt noch von keinem Menschen gehört.

Als ich dann rein bin, vielleicht weil meine Freundin so sehr geschrien hat, bin ich wie angewurzelt stehen geblieben. Ich hab einfach nur geschaut. Ich hatte natürlich vorher noch nie jemanden mit durchgeschnittener Kehle gesehen. Ich hab geschaut und geschaut, bis dann auch die anderen ins Zimmer gekommen sind.

Mit dem Teppichmesser, das auf dem Tisch lag, hat sie ihm die Kehle durchgeschnitten. Sie hat ihm geradezu profimäßig die Halsschlagader zertrennt. Das haben die Polizisten später gesagt. Er hatte den Kopf nach hinten gelehnt; sein Schreibtischsessel war ja so bequem, dass man hätte glauben können, er würde schlafen, wenn man seinen Hals nicht gesehen hätte. Endlich hat er mal eine Pause eingelegt vom dauernden Lügen und Betrügen, hätte man denken können. Wenn man nur in sein Gesicht geschaut hat, wirkte er ganz ruhig.

Als würde er schlafen, so lehnte seine Leiche in dem Sessel.

Sie soll das Teppichmesser vom Tisch genommen und damit zugestochen haben. Dann hat sie es wieder genau dahin zurückgelegt, wo sie es herhatte. So soll sie es auch sonst immer gemacht haben. Das habe ich später in der Zeitung gelesen. Sie soll immer das benutzt haben, was gerade irgendwo herumlag.

Flaschen, Springmesser, Aschenbecher, Teppichmesser. Sie wird sich eben über irgendwas sehr aufgeregt haben. Irgendwas, was man zu ihr sagt oder ihr antut, kränkt sie vielleicht oder macht sie wütend. Also schaut sie sich um, was da so rumliegt. Ich meine, sie hat nicht schon irgendwas dabei, um jemanden umzubringen.

Wahrscheinlich sind ihr einfach die Sicherungen durchgebrannt. So was wurde später gesagt und geschrieben. Weil unser Chef auch darin verwickelt war, haben wir tagelang alles gelesen und miteinander darüber gesprochen.

Ach, was rede ich denn da? Darin »verwickelt« … Ob ich traurig war oder überrascht?

Natürlich war ich traurig und auch überrascht.

Ich wusste zum Beispiel gar nicht, wie viel Blut aus so einem Menschen herauskommen kann, dass ein Mensch überhaupt so viel Blut hat. Überall an ihm war Blut.

Und sogar vor dem Tisch!

Wie weit dieses Blut gespritzt ist! Und wie viel Blut so ein kleiner Mann doch hat! Er war ja nur eins sechzig oder so. Aber so klein einer auch ist, er hat offenbar doch ganz schön viel Blut in sich. Sein ganzer Sessel, der Seidenteppich auf dem Boden, alles war getränkt. Also blutgetränkt eben.

Dabei hat die Frau gar nicht für ihn gearbeitet. Ich meine, sie war doch gar nicht wie wir dazu gezwungen, seine Lügen und Gemeinheiten über sich ergehen zu lassen.

Sie war doch ein Gast! Sie hätte einfach abreisen können. Wäre sie doch einfach abgereist. Warum bringst du den Chef denn gleich um? Warum bringst du dich so in Teufels Küche?

Es war ja auch nicht das erste Mal. Sie muss ziemlich gereizt gewesen sein. Stocksauer. Irgendjemand oder irgendetwas muss ihr mächtig gegen den Strich gegangen sein.

Es soll irgendwas mit ihrer Tochter zu tun gehabt haben. So war es wohl auch. Ob er die irgendwie angemacht hat? Oder denen was getan hat? Das ist nie rausgekommen, aber es wurde halt so was gemunkelt.

Warum hat er sie eigentlich angepöbelt? Sie waren schließlich Gäste hier. Und er der große Boss.

Aber er konnte eben einfach seinen Mund nicht halten. Musste unbedingt zu allem seinen Senf abgeben. Hat sich für den König hier gehalten. Wie ein aufgeblasener Gockel ist er immer rumstolziert.

Geschieht ihm ganz recht!

Mein Gott, was sage ich denn da? So habe ich das doch gar

nicht gemeint. Natürlich ist es schade um den armen Mann. Schließlich war er mein Chef. So viele Jahre, die ich bei ihm in Lohn und Brot gestanden habe.

Gut, er hat auch nichts unversucht gelassen, einem dieses Brot zu vergiften. Der hat uns das Leben echt zur Hölle gemacht. Hat uns einfach nie in Ruhe gelassen.

Als wäre es ihm ein persönliches Vergnügen, seine Angestellten zu quälen. Ich meine, ich habe mein ganzes Leben keinen so gemeinen Menschen gesehen. Und werde auch hoffentlich bis an mein Lebensende keinen mehr sehen. Nie wieder will ich mit so einem schlechten Menschen zusammenarbeiten müssen.

Dass er gar nicht geschrien hat, dass wir gar nichts gehört haben!

Offenbar hat sie ihm ziemlich plötzlich die Kehle durchgeschnitten. Während er in seinem Zimmer thronte.

Er war so überzeugt von sich und seiner Stellung!

Dann sind sie sogar noch hingegangen und haben ausgecheckt. Also die Tochter hat das gemacht. Die Frau hat schlecht und recht ihre Sachen zusammengepackt. Sie hat noch eine Dusche genommen und sich umgezogen.

Die haben allerdings auch ziemlich viele ihrer Sachen im Zimmer zurückgelassen. Alle möglichen Kleider, Decken, Krimskrams, Zweige, Steine und so weiter.

Gerammelt voll war ihr Zimmer, als sie gegangen sind. Sie haben nur ein paar Sachen mitgenommen, sind in ein Taxi gesprungen und zum Flughafen gefahren.

Aber das sollen sie ja immer so gemacht haben. Sie mussten natürlich immer mit ganz leichtem Gepäck flüchten.

Ob ich traurig bin? Ja, schon. Immerhin wurde ja jemandem das Leben genommen. Aber wenn man mich gefragt hätte, wen auf dieser Welt ich am liebsten tot sehen würde, hätte ich schon gesagt: meinen Chef. Das stimmt schon. Wie viel Blut der hatte, wie viel Blut da überall hingespritzt ist. Also so richtig verübeln kann ich's der Frau nicht. Gewissermaßen hat sie Rache geübt für das, was wir alle über Jahre ertragen mussten.

Ich hätte mich nicht gewundert, wenn jemand von uns das getan hätte. Aber es war wohl dieser Frau vorherbestimmt. Der Mutter dieses schönen Mädchens.

Was soll man da sagen?

Der Dienstmercedes

Ich bin noch klein.

Aber nicht mehr ganz klein. Nicht so klein wie zu der Zeit, an die ich mich nicht mehr erinnern kann. Ich erinnere mich deutlich an jedes Detail.

Es ist die Zeit, als wir lange in London waren. Die Zeit, als wir in den Spielwarenhandlungen der Stadt jede Menge Spielzeug gekauft und es Tag für Tag in unser Zimmer getragen haben.

»Schau, wie breit die Bürgersteige dieser Stadt sind«, sagt meine Mutter. »So breit, dass du mit deinem Baby bequem überall hingehen kannst. Trotzdem kommt man unmöglich hinunter in die Metro. Um diese Treppen runter- und wieder raufzukommen, um den Kinderwagen runterzutragen, braucht es immer zwei Personen. Als könnte eine Frau nicht auch alleine ein Kind haben. Sie wollen, dass alle ihr Leben danach ausrichten, mein Bambi. Aber ich habe es geschafft, dich allein großzuziehen. Ich bin allein mit ihren Treppen, ihren Bürgersteigen und ihren Drehtüren zurechtgekommen. Natürlich nur, weil ich aus dir, aus dem Glück, das du mir gebracht hast, Kraft geschöpft habe.«

Hand in Hand gehen wir die Peter-Pan-Statue im Park anschauen, Mama.

Die Vögel sind sehr lebhaft heute. Und du auch.

Wir sind über die Zeiten hinweggekommen, in denen wir tagelang unser Zimmer nicht verlassen konnten. Unter unseren Decken liegend, haben wir stundenlang ferngesehen. Wochenlang waren wir in unserem Zimmer. Eingeschlossen.

Wir haben uns alkoholabhängige Hausfrauen angeschaut

und Mädchen, die ihre Mütter für ihren eigenen Alkoholismus verantwortlich machten. Sie schrien und weinten in einem fort.

Wir haben uns angeschaut, wie Männer, die mit den besten Freundinnen ihrer Frauen durchgebrannt waren, sich mit diesen Frauen und die Frauen sich untereinander stritten. Sie stießen Flüche aus, die man nicht in den Mund nehmen sollte, und machten Handbewegungen dazu.

Wir haben uns angeschaut, wie drogenabhängige Mädchen ihre Eltern beschuldigten und ihre Eltern sie anschrien. Später lagen sie einander schluchzend in den Armen.

Den ganzen Tag haben wir uns alle möglichen schrecklichen Sachen im Fernsehen angeschaut.

»Sie widern mich an mit ihren Banalitäten. Sie erinnern mich daran, dass wir uns die Welt mit ihnen teilen müssen, und sie lassen mich innerlich versteinern«, hast du immer wieder gesagt.

»Das hier ist ein sehr schlechter Ort. Gerammelt voll von Grobianen, denen vor lauter Bosheit die grundlegendsten geistigen Fähigkeiten fehlen.«

»Sie sind viele, und sie sind böse. Wir dagegen sind ganz allein, mein Bambi«, hast du gesagt.

Alles Mögliche hast du darüber gesagt, wie sehr du unter ihnen leidest. Aber du hast ihnen weiter zugeschaut, Mama. Denn zu etwas anderem warst du in JENEN MOMENTEN nicht in der Lage. So hast du es gesagt.

Aber dann sind JENE MOMENTE aus unserem Leben verschwunden.

Der Hydepark hat ein unscheinbares Tor zu der Straße hin, die direkt an unserem Hotel entlangführt. Wir treten durch dieses Tor und laufen und laufen. Wir besuchen die schöne Statue von Peter Pan.

Wir reiben mit den Händen über seine Schuhe. Dann reiben wir unsere Hände gegeneinander und wünschen uns etwas. Wir dürfen einander nicht sagen, was, damit unser Wunsch nicht verpufft. Wenn wir ihn für uns behalten, geht er in Erfüllung.

Peter Pan ist nämlich ein Glücksbringer. Ein verzauberter Glücksbringer. Genau wie seine Statue. Sie ist eine Wunschstatue.

Wir gehen in Spielwarengeschäfte. Wir gehen in Buchhandlungen. Dann wieder in Spielwarengeschäfte. Dann wieder in Buchhandlungen.

Wir sind unserem riesigen Bett, das einen Großteil unseres Zimmers einnimmt, unserer betäubenden Decke und dem Fernseher, der vor dem Fenster uns direkt gegenübersteht, entkommen.

Ich freue mich sehr, Mama. Wir laufen die Straßen Londons auf und ab. Du erzählst mir, dass die Kinderwagen, die man mittlerweile benutzt, viel besser konzipiert seien. Du erzählst mir, wie schwer du dich getan hast, bis ich zu laufen anfing, obwohl du drei verschiedene Kinderwagenmodelle ausprobiert hast. Sogar in London.

»Gott sei Dank hast du mit zehn Monaten angefangen zu laufen, mein Baby. Wenn du mich fragst, hast du es nicht mehr ausgehalten, was wir immer durchmachen mussten, und hast deshalb ganz schnell mit dem Laufen angefangen. Mein vollkommenes Baby, das seiner Mutter niemals Kummer macht.«

Keine Mutter kann ihr Kind so sehr lieben, wie du mich liebst, Mama. Ich kenne die anderen Mütter und ihre Kinder zwar nicht so genau. Ich kenne sie nur aus Filmen und Büchern. Und dann kenne ich eben noch meine Großmutter, die nicht einmal so sehr mütterlich wie eine Rabenmutter sein konnte.

Aber ich weiß es, ich bin mir sicher, Mama. Die Liebe der anderen Mütter würde nicht ausreichen, ihre Kinder allein großzuziehen. Du aber hast es geschafft. Du kannst alles erreichen, Mama. Alles.

An diesem Tag sind wir in dem größten Spielwarengeschäft Londons. »In meiner Kindheit war das hier ein ganz nobler Ort. So nobel, dass deine wundervolle Großmutter ihrer Tochter sogar eine Puppe aussuchen konnte.«

Meine Großmutter hat dich nie die Puppen kaufen lassen, die du wolltest. Es wurden immer nur die Puppen gekauft, die sie wollte. Die teuersten. Die kitschigsten. Und die kältesten.

»Die seelenlosesten Puppen hat sie mir ausgesucht und gekauft. Eisköniginnen, die genauso aussahen wie sie.«

Wir beschließen, uns auch die Spielzeugautos anzusehen. Dabei mögen wir beide keine Modellautos. Wir mögen am liebsten große, weiche Stofftiere und seltsame Puppen mit lustigen Gesichtern. Die kaufen wir.

In einer Vitrine in der Mitte stehen Modellautos *made in Germany*. Eins-zu-eins-Kopien einer sehr berühmten Marke. Man kann ihre Türen und Kofferräume öffnen. Spiegel, Scheiben, Scheibenwischer – alles an ihnen ist perfekt.

»Asscars for assholes«, sagt meine Mutter. Dann presst sie zwei Finger auf ihre Lippen.

Wie sie es immer macht nach Schimpfwörtern, von denen sie nicht will, dass ich sie höre.

Wir lachen. Meine Mutter ist so fröhlich, so ausgelassen. Meine Mutter ist anders als alle anderen Mütter. Da bin ich mir sicher.

Vor einem schwarzen Mercedes bleibt sie plötzlich stehen. »Schau, der Dienstmercedes deines Großvaters: gleiches Baujahr, gleiches Modell. Ich hasse Mercedesfahrer. Sie erinnern mich an meinen Vater. Und an die Herrschaft aller anderen arroganten Despoten auf dieser Welt.«

Meine Mutter steht wie angewurzelt vor der Vitrine mit dem Spielzeugmercedes.

»Mama, geht es dir gut? Mama, lass uns hier weggehen. Mama, geht es dir gut?«

»Warte, mein Bambi.« Sie versucht, von irgendwo aus der Tiefe heraufzukommen. Meine Mutter versucht, wieder zu mir zurückzukehren. Das weiß ich.

Sie ruft den Verkäufer. Sie lässt ihn die Vitrine öffnen und das Auto einpacken. Wir kaufen den Dienstmercedes.

Kaum haben wir das Geschäft verlassen, reißt sie das Paket auf. Wutentbrannt schleudert sie den Mercedes auf das Pflaster. Dem Spielzeugauto ist es gleichgültig. Perfekte deutsche Wertarbeit.

Meine Mutter hebt den Mercedes auf. »Komm, renn mit mir, mein Bambi.«

In der Nähe gibt es ein Luxuskaufhaus, in dem meine Großmutter damals immer ihre Kleider gekauft hat. Manchmal essen meine Mutter und ich dort in der Cafeteria. Wir schauen uns an, was für schreckliche Kleider dort verkauft werden, und machen uns darüber lustig.

In dieses Kaufhaus rennen wir und steigen hoch ins oberste Stockwerk. Meine Mutter wird den Mercedes vom Balkon der Cafeteria nach unten werfen. Das weiß ich.

»Nein, Mama. Nein. Nein! Wenn er da unten einem Kind auf den Kopf fällt?«

»Ich werde gut aufpassen beim Werfen, mein Bambi.«

»Nein, Mama. Bitte. Bitte, Mama.«

Meine Mutter nimmt mich an der Hand und schüttelt mich. »Deine Mutter krümmt niemandem ein Haar, der es nicht verdient hat. Vertrau mir, mein Bambi.«

Sie schmeißt den Mercedes hinunter. Sie schleudert ihn in Richtung Straße. Der Mercedes trägt einige Beulen davon. Und doch ist er immer noch ein Mercedes. Perfekte deutsche Wertarbeit.

Er wird von mehreren Autos überrollt, bis wir wieder unten sind. Meine Mutter lässt mich auf dem Bürgersteig stehen und holt den Mercedes von der Straße. Das schrottreife Auto bewahrt noch immer entschlossen sein Mercedestum.

Später schütten wir in unserem Bad Spiritus über ihn und setzen ihn in Flammen. Sogar in verbranntem Zustand hält er noch beharrlich an seinem Mercedestum fest. Wir stecken ihn in eine Tüte und bringen ihn nachts zu Peter Pan in den Park.

»Wir werden dieses Wrack jetzt begraben«, sagt meine Mutter. »So wie wir wollen, dass alle bösen Taten, die dein Großvater begangen hat, begraben werden, so wollen wir auch, dass dieses Spielzeugauto begraben wird. Nicht wahr, mein Bambi?«

»Ja, Mama.«

»So wie wir wollen, dass er aus unseren Erinnerungen verschwindet, so wollen wir auch, dass sein Dienstmercedes verschwindet.«

»Wir haben ihn doch schon verschrottet und verbrannt, Mama.«

»Egal, mein Bambi. Du kannst nicht wissen, wie weit die Hinterhältigkeit grausamer Menschen reicht. Und du wirst es auch nie erfahren.«

Wir vergraben den Spielzeugmercedes bei Peter Pan zwischen zwei Bäumen und trampeln die Erde über ihm fest. Meine Mutter möchte, dass wir uns die Stelle, an der wir ihn vergraben haben, gut einprägen.

»Immer, wenn wir hierherkommen, trampeln wir auf ihm

herum, und wenn keiner in der Nähe ist, pinkeln wir noch drauf.«

Ich weiß, dass sie Spaß macht. Meine Mutter sagt das mit Vöglein in der Stimme. Gut, vielleicht eher mit Raubvögeln. Aber sie zerhacken niemandem das Herz mit ihren Schnäbeln.

Das schreckliche Paar

Ich bin mit meiner Mutter in einem Skihotel.

Jeden Tag nehme ich einige Stunden Skiunterricht. Bei einem Idioten, der sich für sehr attraktiv und witzig hält.

»Das ist natürlich nicht so wichtig wie Schwimmen«, sagt meine Mutter. »Aber es ist auch nützlich, gut Ski fahren zu können, mein Baby. Beides sind Fähigkeiten, die man zum Überleben braucht.«

Als ich noch ein Kind war, haben wir manchmal den Winter in Skihotels verbracht. Damals bin ich sehr gut Ski gefahren.

»Wie ein Schneehase«, hat meine Mutter immer gesagt. »Wie mein Baby eins geworden ist mit dem Schnee, und wie es gefahren ist!«

Ich habe das Skifahren nicht verlernt. In ein paar Tagen habe ich mich wieder richtig daran gewöhnt. Dann bin ich wieder der Schneehase meiner Mutter. Aber wenn der Skilehrer nicht dabei ist, erlaubt mir meine Mutter nicht zu fahren. Ich bin den bescheuerten Witzen und seinem nie stillstehenden Mundwerk auf Gedeih und Verderb ausgeliefert.

»Mir wird ganz anders bei dem Gedanken, dass dir etwas passieren könnte, mein Bambi. Ich kann nicht im Zimmer auf dich warten und mir ständig Sorgen machen. Ob Idiot oder nicht, einer muss bei dir sein, wenn du Ski fährst.«

Meine Mutter liest oder raucht in unserem Zimmer. Vom Fenster aus beobachtet sie die Piste und raucht. Meine Mutter raucht inzwischen viel zu viel. Wenn sie morgens aufwacht, hustet sie stundenlang.

»Gönn mir doch das bisschen Trost, mein Bambi. Ich brauche diesen Mist eben. Außerdem rauche ich doch keine einzige, wenn du im Raum bist. Ich kann mich schon zurückhalten, wenn es sein muss.«

Nur wenn ich im Hotelpool schwimme, kommt meine Mutter nach unten. Manchmal stoppt sie meine Zeit, während sie mir zusieht. Sie hat ein schwarzes Heft, in das sie alle meine Leistungen einträgt.

»Meine Weltmeisterin! Meine heimliche Weltmeisterin. Ich glaube nicht, dass irgendeine deiner Altersgenossinnen über fünfzig Meter diese Zeiten schwimmen kann.«

Manchmal essen wir im Restaurant des Skihotels zu Abend. Bevor jemand anders nach unten gekommen ist oder wenn alle schon gegessen haben. Manchmal mache ich uns auch ein Tablett zurecht und nehme es mit hoch. Meine Mutter isst in letzter Zeit sehr wenig. Sie habe auf nichts Lust. Sie habe alles satt und vom Essen die Nase voll.

Manchmal scheint es, als würde meine Mutter wieder in JENE MOMENTE abgleiten. Ich habe unheimliche Angst, dass meine Mutter sich in JENEN MOMENTEN verliert. Aber sie entkommt ihnen um Haaresbreite.

»Ich bin um Haaresbreite entkommen, mein Bambi. Mir geht es gar nicht so schlecht. Für meine Verhältnisse geht es mir sogar ziemlich gut.«

Als sie »meine Verhältnisse« sagt, fängt sie an zu lachen. Sie verschluckt sich. Sie hustet und hustet. Der Körper meiner Mutter erträgt ihre Nähe zu den Zigaretten nicht mehr.

Später wird das Skihotel plötzlich rappelvoll. Nicht so, wie es sich an Wochenenden füllt. Es sind Schulferien: Urplötzlich ist das Hotel so voller Kinder, Eltern und Betreuer, dass wir keine Luft mehr bekommen.

Ich sehe, wie meine Mutter allmählich keine Luft mehr bekommt angesichts dieser Menschenmenge. Wie meine Mutter vor meinen Augen Tag für Tag mehr von ihrer Kraft einbüßt. Ich sehe es.

»Ich muss erst wieder ein wenig zu mir kommen, dann fliehen wir von hier. Sie haben mir mit ihrem Reichtum den Atem genommen. Woher hätte ich denn von den Schulferien wissen sollen?«

Es gibt eine junge Frau, die sehr viel Wert darauf legt, ihre beiden unsympathischen kleinen Söhne mit den dürren Beinchen und den fransigen Haaren im Pool schwimmen zu lassen. Mit ihren kurz geschnittenen, blondierten Haaren, ihrer Stupsnase und ihren riesigen braunen Augen sieht sie aus wie eine der Frauen aus diesen idiotischen Filmen.

»Hollywoodkreatur!«, sagt meine Mutter. »Extrem freundlich, extrem gesprächig, extrem aktiv. Furchtbar! Ich frage mich, ob sie die Zeiten abpasst, zu denen du in den Pool gehst. Je weniger ich ihr begegnen will, desto häufiger taucht sie auf!«

Sie grüßt meine Mutter. Versucht, mit mir zu sprechen. Sie redet mich mit »schönes Mädchen« an und bringt meine Mutter damit zur Weißglut, ich sehe es.

»Ah! Schaut, das schöne Mädchen ist wieder im Pool. Aber überfordert ihre Mutter sie nicht?«

Das fragt sie mit ihrer glockenhellen Stimme und starrt meine Mutter an. Irgendwie schafft sie es, ihre ohnehin schon riesigen Augen noch weiter aufzureißen. Ihr ganzes Gesicht besteht nur noch aus Augen.

»ShirleyTempleMegRyan hat wieder ihre Freundlichkeit auf uns abgeschossen«, sagt meine Mutter. »Sie wird gleich platzen vor Selbstbewusstsein. Ob wir jetzt wohl gezwungen sind, mit ihr auszukommen und uns ihrer Nettigkeitsoffensive zu beugen?«

Immer, wenn wir zum Pool runtergehen, habe ich Angst, ihr zu begegnen. Je mehr sie an uns klebt, desto mehr nervt sie meine Mutter. Und je mehr sie meine Mutter nervt, desto hartnäckiger läuft sie uns immer wieder über den Weg.

Manchmal treiben sie und ihre Söhne mich auch auf der Piste in die Enge. In ihren Unterhaltungen geht es immer um meine Mutter. Irgendetwas an dem Widerwillen, den wir ihr gegenüber empfinden, scheint ihr zu gefallen. Ich kann nicht glauben, dass wir sie so faszinieren.

Als wir unsere Schlüssel an der Rezeption holen, steht sie an jenem Tag plötzlich vor uns. »Die Mutter dieses schönen Mädchens hat ihre Tochter wohl nicht gut genug eingecremt. Wie verbrannt ihre Nase und ihre Wangen sind!«

»Ja, ganz genau«, sagt meine Mutter mit gläserner Stimme. »Die Mutter des schönen Mädchens vernachlässigt ihre schöne Tochter andauernd.«

Sie kann unmöglich nicht sehen, wie sehr sich meine Mutter belästigt fühlt. Und ich auch. Sie sieht und spürt, wie viel Angst es mir macht, dass meine Mutter sich durch sie belästigt fühlt. Sie muss es einfach sehen. Aber warum lässt sie uns dann nicht in Ruhe?

»Die Mutter des schönen Mädchens hat etwas gesagt!«, ruft sie aus und klatscht in die Hände. Ihre Stimme klingt begeistert. Es schwingt wirklich ein großer Triumph in ihrer Stimme mit.

»Nun, vielleicht bleiben Sie uns ja im Rausch dieses Erfolgs endlich vom Hals«, sagt meine Mutter.

»Was wollen Sie damit sagen? Ich finde sowohl Ihre Tochter als auch Sie sehr sympathisch. Meiner Meinung nach sind Sie zwei sehr ausgefallene, interessante Menschen.« Das erste Mal höre ich ihre glockenhelle Stimme gebrochen, matt.

»Gute Frau«, sagt meine Mutter, »ist es möglich, dass Sie noch nicht gemerkt haben sollten, wie lästig uns Ihre Anwesenheit ist?«

»Mein Gott, wie unhöflich Sie sind! So hat mein ganzes Leben noch niemand mit mir gesprochen. Ich mag jeden, und jeder mag mich. Was habe ich Ihnen denn getan?« Sie beginnt zu weinen. Richtig bitterlich zu schluchzen. Ein Kleinmädchenweinen, von dem man sich fragt, wo sie es so plötzlich herhat.

»Das ist einfach unmöglich«, sagt meine Mutter. »Sie bringen uns hier gegen unseren Willen in eine absolut peinliche Situation. Sie sind wirklich schrecklich.«

»Schrecklich? Sie nennen mich schrecklich?« Sie steigert sich in einen lautstarken Weinkrampf hinein. Den lautesten, den ich je gehört habe!

»Liebes, was ist, was haben sie dir getan?« Plötzlich baut sich ein schrecklicher Mann vor uns auf. Ein irgendwie unechter Mann, dessen kleine rollende Augen aussehen, als seien sie nachträglich über seinem riesigen Mund und seiner riesigen Nase befestigt worden. Auch seine sehr weißen, sehr künstlichen Zähne wirken so. Ein KÜNSTLICHER MANN, der mit seinem angeberischen, viel zu ordentlichen Skianzug aussieht, als sei er einem teuren Schaufenster entsprungen.

»Sie haben mich be-be-beleidigt. Weil sie so allein sind und niemanden haben, habe ich versucht, sie gu-gu-gut zu behandeln, Schatz. Sie ha-ha-haben mir leidgetan. Du kennst mich doch, Schatz.«

»Sie sind offenbar eine schwere Soziopathin«, sagt meine Mutter. »Eine pathologische Lügnerin, die mit ihrem Nettigkeitszirkus die Leute belästigt.«

»Wer bist du denn, dass du so mit meiner Frau sprichst?«, fängt der KÜNSTLICHE MANN zu brüllen an.

Der Page, der immer am Eingang des Hotels steht, die Etagenboys, die Mädchen, die sich im Büro zu Tode langweilen, die unsympathischen Söhne und ihre philippinische Betreuerin – alle eilen sie herbei.

»Wofür hältst du dich, du Irre! Weißt du eigentlich, wer

ich bin? Wie kannst du es wagen, so mit der Mutter meiner Kinder zu sprechen?«

Meine Mutter weiß nicht, wie ihr geschieht. Der KÜNSTLICHE MANN hebt einen Arm in die Luft. Er erweckt den Anschein, als hätte er sich nur noch mühsam unter Kontrolle und könnte meiner Mutter jeden Moment eine runterhauen.

Einige der Herbeigeeilten gehen mit den Worten »Mein Herr, bitte, mein Herr! Sie haben ja recht, aber sie ist doch eine Frau« dazwischen.

»Ich weiß, wer du bist«, zischt meine Mutter. »Nur weißt du selber nicht, dass du ein strunzdummer Hornochse bist.«

Der SCHRECKLICHE MANN fängt an zu brüllen: »Lasst mich los, lasst mich los, verdammt!«

ShirleyTempleMegRyan stößt Schreie aus und klammert sich an ihren Mann: »Schatz, Schatz, du siehst doch, sie ist verrückt. Bitte, Schatz.«

Meine Mutter drückt meine Hand und schaut mir tief in die Augen. »Ich gehe hoch in unser Zimmer. Sie sollen uns die Rechnung ausstellen, und lass auch so schnell wie möglich ein Taxi für uns rufen, mein Bambi.«

»Okay, Mama«, sage ich und werfe dem SCHRECKLICHEN PAAR einen hasserfüllten Blick zu. Wenn ich in dem Moment irgendwo ein Messer gesehen hätte, hätte ich es nehmen und Hunderte, Tausende von Malen auf das SCHRECKLICHE PAAR einstechen können. Ich hätte ihnen die Hälse durchschneiden können wie zwei kranken Hühnern.

Ich könnte sie beide umbringen dafür, dass sie mit ihrem ganzen peinlichen Theater meine Mutter und mich so bloßgestellt haben.

Ich könnte sie umbringen, ohne mit der Wimper zu zucken.

Der windige Ort

Es ist sehr windig.

Die Sonne scheint – die Wintersonne. Jeden Tag wachen wir bei strahlender Wintersonne auf. Aber es ist sehr windig. Der Wind mache so viel Lärm. Er pfeife so laut, der Wind.

Meine Mutter kann wegen des Lärms, den der Wind macht, nicht schlafen. Weil der Wind so pfeife, komme sie nicht zur Ruhe, sagt meine Mutter.

»Meine Seele ist in Alarmbereitschaft, mein Bambi. Sie könnten ganz in unserer Nähe sein. Sie könnten uns auf die Spur gekommen sein. Es ist nicht gut, dass der Wind so laut ist. Eigentlich ist es ja ein schöner Wind. Wenn er mir nur nicht so schlecht bekäme.«

»Leg dich auf die Luftmatratze, Mama. Die Wellen sollen dich in den Schlaf wiegen.«

Das mit der LUFTMATRATZE hat meine Mutter mir beigebracht. Wenn ich traurig bin, also wenn auch ich mich schlecht fühle, weil meine Mutter traurig ist, wenn meine Mutter spürt, dass sie ganz in unserer Nähe sein könnten, wenn wir Angst haben, erwischt zu werden, wenn wir unruhig sind, dann beruhigt mich die LUFTMATRATZE, die meine Mutter mir beigebracht hat, und wiegt mich in den Schlaf.

»Lass das Leben dich wiegen wie ein Ozean. Du bist auf deiner Luftmatratze. Du schaukelst ganz sacht. Es hat keine Bedeutung, wo es dich hinträgt. Lass die Zeit an dir vorüberfließen. Treibe auf deiner Luftmatratze den schlechten Zeiten davon. Lass dich durch das Schaukeln beruhigen und davontreiben.«

Ich bin immer noch klein. Aber nicht mehr ganz klein. Ich kann nicht mehr ganz klein sein.

Was ich auch anziehe, wie wir mir auch die Haare frisieren, welche Babyfarben mir meine Mutter auch aussucht – ich kann einfach nicht so klein sein, wie meine Mutter es will. Nicht mehr.

»*Bambi versuchte zu denken. Aber der tobende Lärm, den Er nun höher und höher anschwellen ließ, zerriss jeden Gedanken. Bambi hörte nichts anderes als diesen Lärm, von dem man betäubt wurde, und mittendrin in allem Heulen, Grölen und Krachen hörte er sein eigenes Herz pochen. Er fühlte nur Neugierde und wusste gar nicht, dass er an allen Gliedern zitterte. Von Zeit zu Zeit sagte ihm seine Mutter ins Ohr: ›Bleib nur bei mir.‹ Sie schrie, doch im Getöse war es Bambi, als ob sie flüstern würde. Dies ›Bleib nur bei mir‹ bot ihm eine Stütze. Es hielt ihn fest wie an einer Kette, sonst wäre er ohne Besinnen drauflosgerannt, und er hörte es immer gerade in dem Augenblick, wenn er die Fassung verlieren und fortlaufen wollte. Er blickte um sich. Es wimmelte von allerlei Volk, das blind durcheinander irrte. Ein paar Wiesel rannten vorbei, dünne, schlängelnde Streifen, denen man kaum mit den Augen folgen konnte.*«

Die rauchige Stimme meiner Mutter schneidet unser Zimmer in Vierecke. Ihre Stimme, die längs und quer voller Kratzer ist. Wo sich die Kratzer überschneiden, entstehen Vierecke.

»Ich kann *Bambi* auswendig, Mama. Diese Stelle und alle anderen Stellen auch.«

»*Bambi* ist dir inzwischen zu langweilig, nicht wahr? Du bist mittlerweile groß geworden und willst es nicht mehr hören.«

»Nein, so ist es nicht. Aber ich kenne doch eh schon alles.«

»Du hast recht, mein Bambi.« Meine Mutter zieht meinen

Kopf an ihre Brust. Sie schnuppert an meinen Haaren. Küsst mich. »Ich werde dir *Bambi* nicht mehr vorlesen.«

»Ich kann es sowieso auswendig, Mama.«

»Gut, mein Baby. Gut, du hast recht.«

Eine Träne rinnt meiner Mutter aus dem Auge. Sie fängt sie auf ihrer Wange ab. Aber ihre Augen sind feucht. Dort akzeptieren meine Mutter und ich, dass ich groß geworden bin, groß werden muss. In dieser antiken Stadt, durch die der Wind pfeift und über die sich die Wintersonne erhebt.

Wenn wir das Meeresufer entlanglaufen, gelangen wir in fünfzehn Minuten von unserem Hotel zu der antiken Stadt. Meine Mutter kauft einen Wegwerf-Fotoapparat. Sie schießt eine Menge Bilder zwischen den Säulen. Ich posiere für sie auf den Trümmern.

Eigentlich hat meine Mutter Angst vor Fotos. Genauer gesagt hat sie große Angst davor, dass jemand uns fotografieren könnte. Aber sie kann der Schönheit dieser antiken Stadt am Meeresufer nicht widerstehen.

Sie hat auch Angst davor, dass ich groß werde. Auch deshalb macht sie so viele Fotos von mir. Das weiß ich. Sie will mich mit den Fotos festhalten, bevor ich endgültig groß geworden bin.

Ich weiß, du willst mich hier und jetzt festhalten, Mama. So wie vor dem Pfeifen des Windes hast du auch Angst davor, dass ich größer werde. Du fürchtest dich sehr, dass deine kleine Tochter groß wird.

»Es ist, als würde das Risiko, erwischt zu werden, steigen. Je größer du wirst, desto leichter können sie uns finden, habe ich das Gefühl. Ich kann nichts dagegen tun, mein Bambi. Ja, ich habe Angst davor, dass du groß wirst. Aber ich werde mich natürlich daran gewöhnen. Hab ein bisschen Geduld mit mir.«

Ich will auch nicht groß werden, Mama. Deine Ängste sind auch meine Ängste.

Du glaubst, dass du dich immer vor mir verbirgst. Alles für dich behältst. Ein Buch mit sieben Siegeln bist.

Mama, wir sind beide in diesem Buch. Im selben Buch. Mittlerweile.

Wenn du wegen des Windes unruhig bist, dann bin ich es auch. Wenn du nicht schlafen kannst, dann kann ich zwar schlafen, aber es ist ein seltsamer Schlaf, während du wachst. Ein zur Hälfte wacher Schlaf.

Jetzt sind wir am Meeresufer in dieser schönen antiken Stadt. Wir sind in einem Hotelzimmer, und ich werde groß. Du machst ein letztes Kindheitsfoto nach dem anderen von mir. Du willst hier für uns die Zeit anhalten.

Auch ich möchte hier die Zeit anhalten.

Und ich will nicht mehr größer werden, damit du keine Angst hast.

Aber das ist eben einfach nicht möglich, und wir beide befinden uns mitten in dieser Unmöglichkeit. Gemeinsam.

Der Wind will nicht abflauen. Auch das macht dir Sorgen. Dass der Wind uns bedroht. Uns beunruhigt.

»Er könnte sich legen, mein Bambi. Er könnte ein bisschen leiser und ruhiger werden. Aber er wird sich nicht legen. Er wird mir nicht erlauben, mich zu erholen. So wie die Tatsache, dass du groß wirst. Vielleicht ist es ja diese Unausweichlichkeit, die er hinausposaunt. Hinauspfeift, denn er scheint gut gelaunt zu sein.«

Meine Mutter macht jeden Tag stundenlang Fotos von mir. Beim Posieren treibt mir der Wind manchmal etwas ins Auge. Wenn wir eine Pause einlegen, wird meine Mutter unruhig. Als hätte sie Angst, dass ich im nächsten Bild plötzlich als großes Mädchen erscheine.

»Na los, stell dich auch mal neben die Säule dahinten. Wie konnten wir nur übersehen, wie schön die ist?«

»Vorgestern hast du doch schon jede Menge Fotos von mir mit dieser Säule gemacht, Mama. Du hast mich mit jedem Stein in dieser Stadt fotografiert.«

»Ist das nicht wie mit *Bambi*? Wie dass du *Bambi* auswendig kannst?«

Meine Mutter hebt den Fotoapparat hoch und wirft ihn auf den Boden. Er zerspringt in mehrere Plastikteile.

Ich renne auf meine Mutter zu. Meine Mutter bricht auf den Steinen zusammen.

Dann lässt sie sich plötzlich auf den Rücken fallen. Prallt hart mit dem Kopf auf die Steine.

»Mama! Geht es dir gut? Geht es dir gut, Mama?«

Ich nehme den Kopf meiner Mutter auf meinen Schoß. Die Wintersonne verbirgt sich hinter einer Unzahl von Wolken. Als wollte noch nicht einmal die Wintersonne uns guttun.

»Hier läuft alles schief«, sagt meine Mutter.

»Lass uns irgendwo hingehen, wo es sonnig ist, Mama. Wo es warm ist. Wo wir sicher sind vor dem Wind.«

»Der Wind versucht es mir einzubläuen. Du wirst größer. Du wirst groß werden.«

»Bitte, Mama.« Ich fange an zu weinen. Ich habe Angst, dass meine Mutter ihren Kopf gegen die Steine schlägt, auf denen sie liegt. Vor Angst fange ich an zu weinen. »Bitte, Mama, bitte tu dir nichts.«

Meine Mutter richtet sich auf. Sie zieht mich an sich. »Mache ich dir so viel Angst? Verzeih mir, mein Bambi. Mein schönes Baby, vergib deiner Mutter.«

Sie springt auf und hebt mich hoch. Bis zum Hotel rennen wir.

Meine Mutter hat den Wind besiegt! Sie hat jetzt auch keine Angst mehr davor, dass ich größer werde. Meine Mutter ist zu sich gekommen. Nie wieder wird sie mir aus *Bambi* vorlesen.

Und ich werde jetzt groß. Kann groß werden. Ganz ohne meiner Mutter Kummer zu machen.

Ohne meiner Mutter Kummer zu machen, kann ich ganz in Ruhe groß werden.

Das Auge des Aushilfskellners

Sie war eine ganz Nette. Humorvoll und fröhlich. Wirklich.

Sie hat einen zum Lachen gebracht, mich hat sie zum Lachen gebracht. Sie hatte Sprüche drauf, die einem nie einfallen würden. Vergleiche, auf die nie jemand kommen würde. Aber ganz unterschwellig. Wenn man es doch verstanden hat, musste man lachen. Und sie hat dann mitgelacht. Wie zur Belohnung. Wie um zu sagen: Hast du es also doch verstanden.

Ich war immer in deren Nähe.

Damit ich, wenn sie 'n Witz macht oder was Lustiges sagt, mitlachen kann. Um einen guten Tag zu haben oder den Abend gut ausklingen zu lassen.

Ich mochte diese Frau wirklich sehr. Die Mutter dieses schönen Mädchens.

Sie selbst war auch schön. Mir kam sie sehr schön vor. Eine schlanke, sehr hochgewachsene Frau. Ihre Haare und so. Sie hatte volles schwarzes Haar mit grauen Strähnen. Sie hatte sie hinten so zusammengebunden.

Aber es kam auch vor, dass sie ihre Haare offen getragen hat. Dann sah sie sehr schön aus. Sie war eine sehr nette Frau. Ich bin immer um ihren Tisch herumgetigert, damit sie auch mit mir mal sprechen.

Ich will ganz ehrlich sein: Ich war eifersüchtig auf das schöne Mädchen. Was würde ich darum geben, so eine Mutter zu haben. Ich meine, diese Frau als Mutter zu haben.

Die sollen über sie sagen, was sie wollen. Was wissen die schon? Wovon wissen die überhaupt irgendwas? Die haben sie doch gar nicht kennengelernt. Was wissen die schon über sie, dass sie jetzt hinter ihrem Rücken über sie ablästern?

Sie war so gut zu mir. »Blondschopf« hat sie mich immer gerufen. Und sie hat ständig gelacht. Wenn sie von ihrem Tisch aufgestanden sind, hat sie mir manchmal über den Kopf gestreichelt. Und einmal hat sie mich direkt auf den Kopf geküsst. Ich musste mich zurückhalten, um sie nicht zu umarmen.

In den alten türkischen Filmen ist das doch immer so. Ich habe mich wirklich zurückhalten müssen, um nicht meinen Kopf an ihre Brust zu drücken und zu sagen: »Mama, Mama.« Klar, ich hätte mich lächerlich gemacht. Aber jetzt bereue ich es. Ich hätte ihr zumindest gerne gesagt, wie sehr ich sie mag.

»Tantchen, du bist die Beste«, hätte ich gerne gesagt. Ich wollte, sie hätte gehört, dass es wenigstens einen gibt, der erkannt hat, was für eine nette Frau sie ist.

Was passiert ist, interessiert mich nicht. Ich wollte, sie wäre meine Mutter. Und wie ich das wollte!

Das Essen bei uns im Feriendorf ist eigentlich immer ein Büfett. Teller abräumen, neue hinstellen. Gläser bringen, dreckige mitnehmen. Manchmal hat sie Rotwein bestellt. Nicht immer, alle zwei bis drei Abende. Und das schöne Mädchen hat ein paarmal Bier getrunken. Wenn sie Wein bestellt hat, wusste ich, dass sie guter Laune ist. Ich habe immer darauf bestanden, dass *ich* ihn ihr bringe.

Damit sie mit mir redet. Sie hat zwar immer mal wieder mit mir geredet, aber je öfter ich ihr nachfüllen würde, desto häufiger wäre ich in ihrer Nähe und desto mehr würde sie mit mir reden. Wenn sie meine Mutter wäre, hätte ich keine anderen Wünsche im Leben. Aber nur mit Wollen geht das natürlich nicht.

Sie wohnten in einem großen Zimmer. In einem von denen, deren Vordertür zum Garten rausgeht. Wie die das

Zimmer eingerichtet haben! Es war so was von schön. Später hab ich in ihrem Zimmer gestanden und einfach nur noch gestaunt. Als die Polizei kam, mussten sie mich mit Gewalt wegzerren.

Diese dicke Putzfrau soll die Leiche des Arztes im Kleiderschrank gefunden haben. Sie hätte in mehreren Müllsäcken gesteckt, damit das Blut nicht sofort raussickert. Darunter hatten sie ein Tuch nach dem anderen um die Leiche gewikkelt. Die haben 'ne Mumie aus dem Arzt gemacht.

Als sie die Kleiderschranktür aufmachte, hat die Putzfrau sie eben gefunden. Das Wort »Mumie« kannte sie nicht, da hat sie eben »wie ein Wickelbaby« gesagt.

Ein Wickelbaby in einer Blutlache!

War schon ziemlich lange her, dass die gegangen sind. Das Blut ist gerade so eben durch die Tücher zum Plastik vorgedrungen. Aber am Ende ist es halt doch durchgesickert. Als sie den Arzt gefunden haben, war er nur noch 'ne blutige Mumie.

Das ist denen alles nur passiert, weil das schöne Mädchen krank geworden ist. Sonst wäre gar nichts gewesen.

Das schöne Mädchen ist nämlich plötzlich krank geworden. Sie konnten nicht mehr zum Essen runterkommen. Und auch nicht an den Strand. Sie konnten gar nicht mehr raus aus ihrem Zimmer.

Davor sind sie und ihre Mutter ja immer stundenlang geschwommen. Dieses schöne Mädchen ist so oft im offenen Meer geschwommen. Man hätte sie für so 'ne Art Fisch halten können. Wie 'ne Meerjungfrau. Sie war auch wirklich vom Typ her so was wie 'ne Meerjungfrau.

Aber ich mochte das schöne Mädchen, weil ihre Mutter sie ja auch mochte. Okay, ich war gleichzeitig eifersüchtig, aber ich konnte nichts dafür. Guck dir mal meine Mutter an und dann ihre.

Die hat ihre Tochter so was von geliebt. Wenn sie sie angeschaut hat, haben ihre Augen geglüht wie Kohlen. Vor Liebe, aber vor was für 'ner Liebe. Eine Mutter, die ihr Kind so sehr liebt … In Filmen tragen die ja immer so voll dick auf. Ich meine, nicht mal im Film hab ich so was gesehen.

Als das Mädchen so schwer krank geworden ist, hab ich von den anderen Jungs gehört, sie würde zittern, als hätte sie Malaria. Sie würde unter Fieber leiden. Ihre Mutter würde sich ganz schlimme Sorgen machen.

Unser Feriendorf ist ja auch ganz oben auf dem Berg. Und dann waren sie auch noch auf diesen Trottel von Arzt angewiesen.

Den Arzt kenne ich aus eigener Erfahrung. Einmal hab ich mir in der Küche böse in die Hand geschnitten, das wollte der nähen. Auf jeden Fall war da damals noch diese alte Krankenschwester. »Wieso nähen? Wozu das denn?«, hat die gesagt. Wenn's nach diesem Quacksalber gegangen wäre, hätte der mir mit Nadel und Faden oder was der sonst noch so gefunden hätte die Hand vollkommen ruiniert.

Das war echt der letzte Trottel. Und wo der schon überall rausgeflogen ist. Ein Verwandter von ihm oder so, irgendwas in der Art – der hat den hier zum Arzt gemacht. Dass er sich hier an der Küste auf die faule Haut legen konnte. Das war so offensichtlich, dass der mit Medizin nix am Hut hatte.

Erstens hat der die Krankheit dieses Mädchens nicht heilen können, und zweitens hat er sich auch noch an sie rangemacht oder so. Ständig soll der irgendwelche Mädchen belästigt haben. Ich bin halt nicht so gut über alles informiert wie die, die am Strand arbeiten.

Aber später haben sie andauernd über die schmutzigen Geschichten von diesem Arzt geredet. Und sie reden immer noch. Der war echt der letzte Dreck.

Was ist das bitte für ein mieses Feriendorf?

Aber die hatten sich mehr auf die Frau eingeschossen. Sie sei ja so böse, so teuflisch, so hinterhältig, hätte jemanden auf dem Gewissen.

Okay, der Arzt wurde umgebracht. Von wem auch immer.

Sagen wir, sie war's.

Etwa ohne Grund? Warum soll sie denn den Dorfarzt umbringen? Warum soll sie ihr eigenes Leben in Gefahr bringen? Am Ende vergammelt sie noch in irgendeiner Zelle.

Das heißt doch, dass der Arzt irgendwas Schlimmes mit dem Mädchen machen wollte. So wütend und verletzt, wie sie war. Die hat es einfach nicht mehr ausgehalten.

Sie ist ausgerastet. Richtig ausgetickt. Als hätte der Arzt versucht – wie soll ich das sagen? –, ihr das Mädchen wegzunehmen. Oder ihrer Tochter was wegzunehmen. Und die war ja eh schon krank. Anstatt sie gesund zu machen, sozusagen.

Was genau passiert ist, weiß doch keiner von uns.

Ich auch nicht.

Aber ich mochte diese Frau wirklich sehr. Hier kommen und gehen so viele Leute – mit keinem von denen hatte sie irgendwie Ähnlichkeit.

Soll sie auch gar nicht.

Die hatte manchmal so Sprüche drauf. Später hab ich auch angefangen, die zu verwenden. So Sprüche, so Vergleiche.

Die schaut sich zum Beispiel was an, was alle anschauen, und sieht darin was ganz anderes. Also die sieht was, was andere nicht sehen.

Und gesagt hat sie solche Sachen auch.

Zu ihrer Tochter hat sie so was immer gesagt. Die haben dauernd geredet. Und dauernd miteinander gelacht. Die wirkten, als wären sie zusammen in 'ner Kiste eingesperrt.

Als würden die alles, was draußen abläuft, durch diese Kiste sehen und beobachten.

Als wäre die Außenwelt, die sie durch ihre Kiste sehen, ganz anders und ganz verschieden von der, die wir so sehen.

So waren die.

Und ich hab versucht, mit Gewalt in deren Kiste reinzukommen. Um wenigstens mal einen oder zwei ihrer Sprüche zu hören. Oder so zu sehen, wie sie sehen.

Ich wäre echt gern der Sohn von dieser Frau gewesen.

Damit sie mich auch in so ’ne schöne Kiste sperrt. Damit ich die Außenwelt auch mal so sehe wie sie. Damit ich Gespräche auch so höre wie sie.

Hat sie den Arzt eben umgebracht, na und?!

Der war eh der letzte Dreck. Der hatte so einiges auf’m Kerbholz. Ganz sicher. Der hat garantiert versucht, dem schönen Mädchen was Schlimmes anzutun.

Warum sollte sie sonst den Arzt eines Feriendorfs umbringen?

Sie hätten ja auch einfach gehen können. Wieso sollte sie sich so was aufhalsen? Die war bestimmt so wütend und verletzt, dass sie einfach ausgerastet ist.

Ich fand diese Frau sehr nett. Und ich werde sie nie vergessen.

Wer sind die überhaupt? Man mag doch einen nicht einfach so.

Wenn man jemanden so sehr mag, meine ich.

Das Gefühl, unterzugehen

Seit Tagen wäscht meine Mutter sich nicht.

Ihre ganze Schwermut, ihr ganzer innerer Schmutz müsse raus.

»Wenn ich mich wasche, wenn ich mir die Haare kämme oder die Zähne putze, dann tue ich mir etwas Gutes. Dann fühle ich mich vielleicht zu Unrecht gut. Dabei bin ich in einer miserablen Verfassung, und so muss es bleiben, mein Bambi. Ich bin in den Fängen eines Gefühls der absoluten Niederlage. Ich habe alles zerstört. Ich bin schuld daran, dass wir ohne Geld dastehen. Ich habe nicht aufgepasst. Wir könnten immer noch im Geld schwimmen. Ich habe den Besitz deiner Großmutter viel zu schnell aus der Hand gegeben.«

Diese Tage sind schrecklicher und finsterer als alle anderen.

Schlimmer als die SCHWERMUTPHASEN und auch als JENE MOMENTE. Da ist meine Mutter nämlich immer, in Unglück und Verzweiflung versunken, ohne es zu wollen. Sie konnte nichts dagegen tun.

Aber jetzt bestraft meine Mutter sich willentlich. Sie glaubt felsenfest daran, dass sie sich bestrafen muss. Sie macht sich absichtlich schwer, möchte im wahrsten Sinne des Wortes untergehen, keine Luft mehr bekommen. Sie erzählt lang und breit davon. Erklärt mir alles haarklein.

Die Abhängigkeit meiner Mutter von dem GEFÜHL, UNTERZUGEHEN, macht mir große Angst. Ich fürchte mich vor ihrer Überzeugung, ihrer Entschlossenheit, sich mit diesem Gefühl selbst strafen zu müssen.

Ich weiß nicht, was ich tun soll.

»Wenn ich so richtig untergegangen bin, mein Bambi, wenn ich mich zwinge, wie ein Taucher, der vor Gier verblendet ist, in die tiefsten Tiefen hinabzutauchen, dann bringe ich ganz sicher einen Ausweg wieder mit nach oben, wenn ich auftauche. Wenn ich es schaffe, aufzutauchen. Ich könnte natürlich auch von der Taucherkrankheit befallen werden, und nur meine Leiche wird an die Wasseroberfläche gespült. Noch am Taucherseil hängend, quasi.«

Das wirkt alles so bewusst kalkuliert, Mama.

Ich kann es weder ertragen, dass meine Mutter all diese Pläne für ihr eigenes Inneres macht, noch, dass sie mir Schritt für Schritt davon erzählt.

All das macht mich fertig. Ich bekomme keine Luft mehr. Ich habe das Gefühl, nicht mehr an die Wasseroberfläche zu gelangen.

Mama, in JENEN MOMENTEN hast du nie irgendwelche Pläne gemacht. Du hast nie darüber nachgedacht, was wir erreichen werden oder erreichen müssen. Du wurdest ohne jeden Anlass traurig und hast dich nach außen abgeschottet. Du konntest einfach nichts dagegen tun.

Jetzt hingegen versuchst du fast, deine reale Traurigkeit zu imitieren, um etwas Bestimmtes zu erreichen.

Mama, was ist los mit dir? Wo bist du hin? Dir war doch Berechnung in allen ihren Formen immer zuwider. Wieso bist du so geworden? Meinetwegen? Weil ich groß geworden bin?

»Ich habe geglaubt, das Gefühl, etwas erreicht zu haben, das ich durch deine Geburt hatte, würde ewig andauern. Ich habe geglaubt, die Zufriedenheit darüber, nicht zuzulassen, dass sie dich erwischen, würde uns für immer reichen. Ich war blind vor Liebe und Freude. Ich habe geglaubt, uns würde das Geld nie ausgehen. Ich habe falsch kalkuliert. Besser gesagt, ich habe gar nicht kalkuliert, ich habe keine derart gezielten Entscheidungen treffen können.«

Meine Existenz reicht meiner Mutter nicht mehr. Die Freude darüber, mit mir auf der Flucht zu sein, die Flucht jedes Mal wieder zu schaffen, reicht ihr nicht mehr. Sie hat einfach nicht darüber nachgedacht, welche Probleme Geldmangel auslösen kann.

Jetzt erhofft sie sich Hilfe von ihrer wohlkalkulierten Traurigkeit. Sie hofft, dass wir alles zurückspulen können, das, was wir verloren haben, mühelos wiedererlangen können. Indem sie sich selbst bestraft, will sie sich zwingen zu glauben, dass sie es schaffen kann.

Sie verlässt unser Zimmer fast gar nicht mehr.

Das Essen, das ich ihr bringe, rührt sie nicht an, als wollte man sie damit vergiften. Sie trinkt reichlich Wasser und nimmt Hände voll Vitamintabletten.

»Du nimmst doch auch deine Vitamine, schwimmst mindestens zwei Stunden am Tag und vernachlässigst nicht deine Pflichten, nicht wahr, mein Bambi?«

Ich vernachlässige sie nicht, Mama. Während du mich notgedrungen vernachlässigst, komme ich all meinen Pflichten nach.

Ich setze mein übliches Leben fort, damit du mich so vorfindest, wie du es immer willst, wenn du am Ende deiner neuesten Erfindung, wie du mich retten kannst, angekommen bist, wenn du das GEFÜHL, UNTERZUGEHEN, überwunden hast.

Genau wie du es willst. Auch wenn du jetzt so wirkst, als würdest du sogar auf das Wollen verzichten. Auch wenn du einfach nur um des Fragens willen fragst.

Ich laufe regelmäßig am Strand. Ich schwimme drei, manchmal vier Stunden täglich.

Meine Arme sind jetzt lang, muskulös und stark. Und meine Beine auch.

Wenn ich sie mir anschaue, kann ich nicht glauben, dass es meine sind. Diese langen, muskulösen Beine sollen mir gehören? Ich habe das gemacht?

Morgens fange ich an zu laufen, noch bevor irgendjemand aufgewacht ist. Ich kann nicht glauben, dass ich nicht vorher darauf gekommen bin, zu laufen, als jemand, der so oft spazieren geht.

Laufen ist ganz anders als schwimmen. Wenn ich am Strand laufe, steigen Glücksballons in mir auf. Ganz viele Ballons.

Ich weiß, dass meine Mutter jeden einzelnen zum Platzen bringen wird, sobald ich in unser Zimmer zurückkehre. Dass mein Glück auf einen Schlag verschwinden wird.

Mama, ich habe Angst davor, zu dir zurückzukommen. Es ist mir unangenehm, dein wohlkalkuliertes Leid mit anzusehen. Komm endlich frei, und kehr zurück in unsere Welt.

Als ich an jenem Abend in unser Zimmer zurückkomme, empfängt mich meine Mutter mit einem seltsamen Leuchten in ihren Augen. Mit einem Leuchten, das das GEFÜHL, UNTERZUGEHEN, eigentlich nicht zulassen dürfte.

»Ich habe dir noch gar nicht beigebracht, woran du Zivilpolizisten erkennen kannst. Ich habe dir nicht beigebracht, wie leicht es ist, jemanden mit dem erstbesten Gegenstand, der einem in einem Zimmer in die Finger kommt, auszuschalten.«

»Aber das weiß ich doch.«

»Eigentlich sind Zivilpolizisten noch uniformierter als die uniformierten. Man sieht ihnen schon von Weitem an, dass sie Polizisten sind …«

»Ich weiß, Mama.«

»Ich habe dir das nie beigebracht, weil ich es nicht für nötig hielt. Dabei hätte ich es tun sollen. Ich hätte dir nach und nach alles beibringen sollen, was ich weiß, was ich gezwungenermaßen gelernt habe.«

»Mama, du wolltest nie, dass wir über diese Dinge reden. Du willst es auch jetzt nicht.«

»Zivilpolizisten sind viel eckiger. Viel ordentlicher. Und wenn sie versuchen, ungepflegt auszusehen, wirken sie einfach nur komisch. Durch ihre Ausdrucksweise schreien sie förmlich heraus: ›Polizei! Polizei! Ich bin bei der Polizei!‹ Und dann natürlich ihre Blicke. Immer dieser Blick eines Menschen, der Angst hat, ertappt zu werden. Furchtsam. Auf der Hut.«

»Ist es, weil ich groß werde? Erzählst du mir das, weil ich groß geworden bin, Mama?«

»Ich weiß nicht, mein Bambi. Es hat noch nie eine Zeit gegeben, in der ich mit dem Leben so wenig klargekommen bin. Es ist nicht wie in den Momenten, in denen ich einfach nicht anders konnte. Inzwischen will ich gar nicht mehr klarkommen. Ich bin wirklich am Boden. Aber ich bin so weit gefestigt, dass es mir nichts mehr ausmacht. Du hast recht, vielleicht ist es, weil du groß geworden bist. Du wirst selbst mit allem weitermachen. Du kannst jetzt allein vor ihnen fliehen.«

»Du hast mir aber immer noch nicht gesagt, vor wem ich fliehen soll.«

»Mein Bambi, komm mal her.«

Ich stelle mich vor meine Mutter. Ich bin größer als sie. Mindestens zehn Zentimeter größer.

»Es wäre besser, wenn du nicht so groß wärst. So erkennen sie dich schneller und erinnern sich besser an dich. Als würde deine Schönheit nicht schon genügend Aufmerksamkeit erregen. Sogar in einer riesigen Menschenmenge fällst du noch auf. Man bemerkt dich sofort, mein schönes Bambi.«

Meine Mutter berührt meine Haare. Sie flicht sie mittlerweile nicht mehr. Sie kämmt sie auch nicht mehr. Sie macht mir keinen Pferdeschwanz mehr, keine Zöpfe, keinen Dutt. Sie plagt sich nicht mehr mit meinen Haaren ab. Auch mit mir plagt sie sich nicht mehr ab.

»Vielleicht färben wir deine Haare eines Tages. In einer Farbe, die weniger auffällt: Braun.«

»Du hast meine Haarfarbe doch immer so gemocht. Du, du magst mich nicht mehr, oder, Mama?« Ich werfe mich aufs Bett. Gleichzeitig schäme ich mich dafür, dass ich mich wie ein Kleinkind benehme. Aber ich kann es nicht ertragen, dass meine Mutter, wie ich sie kenne, sich aus jeder Ecke meiner Seele zurückzieht.

Meine Mutter verlässt mich. Sie versucht mit Gewalt, sich in eine neue Mutter zu verwandeln. Gewaltsam. Ich weiß es.

»Ich muss dir Freiraum verschaffen, mein Bambi. Erst muss ich viel Geld für dich auftreiben, und dann muss ich dir so viel Freiraum verschaffen, wie du brauchst.«

»Nein! Nein! Nein! Nein!«

Meine Mutter bückt sich und nimmt meinen Kopf in ihre Hände. »Ich bereue nichts. Du bist das Schönste, was ich hervorgebracht habe. Das einzig Schöne. Ich habe für dich gelebt, und es ist gut, dass ich gelebt habe, mein Baby.«

Meine Mutter ist dem GEFÜHL, UNTERZUGEHEN, entkommen. Ich hätte es an dem Leuchten in ihren Augen erkennen müssen. Sie ist von ganz tief unten wieder aufgetaucht. Mit einer neuen Erkenntnis, das weiß ich. Aber sie wird sie mir nicht mitteilen. Meine Mutter muss mir nicht sagen, was sie weiß. Meine Mutter und ich sind eine Einheit. Wir sind die MONDEINHEIT. Alles, was eine von uns zweien erfährt, weiß im selben Moment auch schon die andere.

Das bedeutet es also, eine MONDEINHEIT zu sein. Ich habe alles verstanden, Mama.

Der blutrote Lippenstift

Plötzlich wache ich auf.

Ich hatte einen schrecklichen Traum.

Mama, ich hatte einen schrecklichen Traum. Ich habe es nicht ausgehalten, so schrecklich war er. Da bin ich eben aufgewacht.

Ich rücke näher an meine Mutter. Ich möchte sie umarmen, ohne sie aufzuwecken. An ihr riechen und dem Entsetzen, das der Traum in mir hervorgerufen hat, entkommen. Du wirst mich aus den Fängen dieses Traums retten, Mama. Du wirst mir sofort guttun.

Aber meine Mutter ist nicht da!

Meine Mutter ist nicht im Bett. Ich richte mich auf, rufe. »Mama! Mama!«

Meine Mutter ist weg. Wo kann sie nur sein, nachts, um diese Zeit?

In meinem Traum hatte sich innen in meinem Bein etwas wie ein Geschwür gebildet. Ich strecke die Hand aus und fühle. Es ist kein Geschwür, sondern eine Spinne, und ich ziehe sie aus meinem Bein heraus. Aber es sind noch andere da. Andere Spinnen. In meinen Beinen und meinem Bauch wimmelt es von Spinnen. Kaum habe ich eine herausgezogen, bemerke ich die nächste. Dann noch eine und noch eine. Mein ganzer Körper scheint übersät mit Spinnengeschwüren. Sie krabbeln immer höher. Auf meinen Hals zu. Je mehr Geschwüre es werden – je mehr Spinnen also –, desto deutlicher wird mir bewusst, dass ich nicht mit ihnen fertig werden kann.

So viele Spinnen ich auch herausreiße, so viele neue kommen hervor. Sie sind überall. Ich bin schweißgebadet. Aber wo ist meine Mutter? Mama, wo bist du?

Ich fürchte mich davor, hinaus in den Hotelflur zu gehen und nachzusehen.

Ich habe Angst vor diesem Hotel. Und auch vor dieser Kleinstadt.

Die Stadt hat eine riesige Mole. Meine Mutter und ich laufen über diese Mole. Schließlich steigen wir hinunter, setzen uns auf die mächtigen Felsbrocken und sehen den Wellen zu. Es regnet ohne Unterlass. Verregnete Kleinstadt.

Ich möchte, dass wir so schnell wie möglich gehen.

Bitte, Mama, lass uns hier weggehen.

Meine Mutter sagt: »Es ist billig hier, mein Bambi. Lass uns noch ein bisschen bleiben.«

In letzter Zeit hat meine Mutter angefangen, das Wort »billig« zu gebrauchen. Ich weiß, wie sehr sie dieses Wort hasst. Genauso wie »teuer«.

Wenn meine Mutter diese Wörter benutzt, weiß ich, wie schlecht es ihr geht und wie niedergeschlagen sie sich fühlt.

»Ein Gefühl der absoluten Niederlage«, sagt meine Mutter. »Ein Gefühl absoluter Schuldigkeit, mein Bambi. Ich habe es nicht geschafft, mit unserem Geld hauszuhalten.«

Meine Mutter fühlt sich wie eine Verliererin, weil unser Geld weniger wird. Weil sie diese Wörter benutzen muss.

In dieser Kleinstadt zu wohnen kommt uns eben billig. Und wir werden versuchen, so lang zu bleiben wie möglich. Billig und lang. In der billigen Kleinstadt.

Noch dazu regnet es pausenlos.

Dabei sind wir früher nirgendwo geblieben, wenn es zu regnen anfing. Sind immer sofort an Orte geflüchtet, wo kein Regen fiel.

In dieser schrecklichen Kleinstadt gibt es nichts, das wir tun könnten, außer die Mole auf und ab zu laufen. Ich hasse diese Mole, die riesigen Felsen, auf denen wir sitzen, und das düstere Meer, das immer in Aufruhr ist. Habe Angst davor.

Dass wir nicht von hier fliehen können, dass wir gezwungen sind, noch ein wenig hierzubleiben, macht mich ängstlich und traurig. Das sage ich dir nicht, Mama. Du fühlst dich ohnehin schon schlecht, weil du das Wort »billig« benutzen musst.

»Als würden sie mir die Kehle zudrücken«, sagst du. »So erstickt fühle ich mich. So betäubt.«

Wegen der Spinnengeschwüre bin ich also plötzlich aufgewacht. Und du bist nicht bei mir. Du bist nicht in unserem Bett, nicht in unserem Zimmer. Wie kannst du mich nur einfach so allein lassen in diesem Hotelzimmer? Wie kannst du mich einfach allein lassen und gehen? Ich bin wütend auf dich, aber gleichzeitig mache ich mir Sorgen. Geht es dir gut? Wo bist du nur?

Ich nehme all meinen Mut zusammen und steige aus dem Bett. Ich bin ins Bad gegangen und habe das Licht angeschaltet. Sei doch wenigstens im Bad, Mama. Ich habe sogar Angst zu frieren, außerhalb des Bettes. Sei dort. Du hast dich einfach da versteckt, um mir einen Streich zu spielen.

Meine Mutter ist nicht im Bad. Sie ist auch nicht auf dem Balkon. Meine Mutter ist nirgendwo.

Ich überwinde mich und öffne die Tür unseres Zimmers. Unser Zimmer liegt ganz am Ende eines ellenlangen Flurs, in der Ecke. Ich werfe einen schnellen Blick in den Flur. Dann schließe ich die Tür sofort wieder. Es macht mir Angst, in den Flur zu schauen. Am Ende des Flurs hat sich etwas bewegt. Jedenfalls kam es mir so vor. Es kam mir so vor, als wäre dort jemand.

Ich schließe unsere Tür ab. Dann drehe ich den Schlüssel wieder in die andere Richtung. Sonst kann meine Mutter nachher nicht mehr herein, wenn sie wiederkommt. Sie kehrt sicher gleich zurück. Du kommst doch gleich wieder, oder, Mama?

Du lässt mich doch nicht irgendwo sitzen und gehst einfach weg. Wo bist du? Wo bist du hingegangen?

Ich laufe wieder ins Bad. Vor dem Spiegel liegt ein roter Lippenstift. Meine Mutter benutzt doch gar keinen Lippenstift. Sie hat nie einen besessen.

Ich öffne ihn und schaue ihn mir an. Er ist sehr rot. Sogar noch roter als das Plastik drum herum. Blutrot. Die Lippenstiftfarbe, die meine Mutter am meisten hasst.

Ohne recht zu wissen, was ich tue, führe ich ihn über meine Lippen. Ich kämme fünfzigmal meine Haare. Das Zählen soll mich beruhigen. Fünfzigmal habe ich mich gekämmt. Dann beuge ich mich nach vorn und lasse meine Haare nach unten hängen. Ich hebe meinen Kopf wieder. So sehen meine Haare viel voller aus.

Mit meinem vollen Haar und meinen geschminkten Lippen sehe ich im Spiegel wie eine andere aus. Ich lächle eine andere an. Und sie lächelt zurück.

Plötzlich habe ich Angst vor dem Mädchen mit den vollen, langen Haaren. Vor ihrem blutroten Lippenstift. Ich wische mir den Lippenstift mit dem Handrücken ab und flüchte mich in unser Bett.

Aber das Licht kann ich nicht löschen. Wenn ich das täte, wäre mein Körper sogleich wieder übersät mit Geschwürspinnen.

Das ist natürlich Unsinn. Aber ich kann nichts dagegen tun. Ich habe Angst. Ich habe große Angst, Mama. Früher hast du mich nie in einem Hotelzimmer allein gelassen. Mama, in dieser verregneten Kleinstadt kann man doch nirgendwo hingehen. Wo bist du, nachts, um diese Zeit?

Ich nehme all meinen Mut zusammen und öffne die Tür unseres Zimmers ein weiteres Mal. Ich bin barfuß. Habe mir meine Schuhe nicht angezogen. Ob ich ein ganz kleines Stück den Flur hinunterlaufen und mich umsehen soll? Vielleicht ist meine Mutter ja dort irgendwo. Raucht eine Zigarette.

Mama! Mama!

Vom Ende des Flurs höre ich ein Frauenlachen. Das Lachen einer Frau. Es kommt mir vor, als würde ein Mann »Pssst« zu ihr sagen.

»Mama, bist du das?«

Menschen bewegen sich am Ende des Flurs. Ich sehe ihre Schatten und höre ihre Stimmen.

Ob ich hingehen und nachsehen soll? Wer sind diese Leute? Wo ist meine Mutter?

Aber ich habe zu große Angst. Die Frau lacht abermals. Ihr Lachen hallt durch den Flur zu mir herüber.

Entsetzt schlage ich unsere Tür zu und sperre hinter mir ab. Mein Herz klopft mir bis zum Hals.

Ich höre ihre Schritte. Sie nähern sich unserem Zimmer.

Jetzt flüstern sie vor unserer Tür miteinander. Die Frau versucht, ihr Lachen zu unterdrücken. Oder es kommt mir nur so vor. Aus lauter Angst weiß ich es nicht. Sie unterdrückt ihr hässliches Lachen und flüstert mit dem Mann. Was sagen sie? Haben sie mich gesehen? Haben sie meine Stimme gehört?

Neben der Karaffe am Kopfende des Bettes meiner Mutter liegen ihre Schlaftabletten. Sie wechselt immer mal wieder die Marke. Aber ich weiß, dass meine Mutter ohne Schlaftabletten nicht schlafen kann. Dass sie überhaupt sehr wenig schläft.

Ich nehme schnell drei Tabletten in meine Hand. Ich werde sie schlucken und schlafen. Ich habe solche Angst. Ich habe mehr Angst, als ich ertragen kann.

Zu wissen, dass da diese Leute im Flur sind. Zu wissen, dass sie dort stehen, ohne zu wissen, wer sie sind, das halte ich nicht aus. Vor lauter Angst habe ich mich im Bett ganz klein zusammengerollt.

Sprich ein Gebet, sage ich mir. Los, sprich ein Gebet, mein Bambi. Mit der Stimme meiner Mutter habe ich mir das gesagt. Als wäre sie hier. Als würde sie direkt neben mir liegen und versuchen, mich zu beruhigen.

Bambi ist unser Gebetbuch, Mama. Ich fange auswendig an zu rezitieren.

»Bambi blieb noch oft allein. Doch er ängstigte sich nicht mehr so arg darüber wie die ersten Male. Die Mutter verschwand, und dann mochte er rufen, so viel er wollte, sie kam nicht. Aber unversehens erschien sie wieder.

Eines Nachts ging er wieder ganz verlassen umher. Nicht einmal Gobo und Faline hatte er gefunden. Der Himmel wurde schon fahlgrau, und es begann zu dämmern, sodass über dem Unterwuchs des Strauchwerks die Wölbungen der Baumwipfel sichtbar wurden. Da rauschte es im Gebüsch, ein langer Streifen von Brausen fuhr durch die Blätter hin, und die Mutter stob vorüber. Dicht hinter ihr drein fegte ein anderer. Bambi wusste nicht, wer es gewesen war. Tante Ena oder der Vater, oder sonst jemand. Die Mutter aber hatte er sogleich erkannt, so geschwind sie auch an ihm vorbeigerast war. Er hatte ihre Stimme vernommen. Sie schrie, und Bambi schien es, als ob das im Scherz gewesen sei, doch es kam ihm vor, dass auch ein wenig Furcht mitgeklungen habe.«

Die Luftmatratze

Dort ist das Meer so sauber und so schön.

Meine Mutter und ich schwimmen den ganzen Tag. Im Laden des Hotels haben wir eine riesige LUFTMATRATZE gekauft. Eine LUFTMATRATZE für zwei Personen. Durchsichtig. Mit ihr stechen wir immer in See.

Meine Mutter streckt auf einer Seite ihren Arm hinaus, ich strecke auf der anderen Seite meinen Arm hinaus.

Das Wasser ist sehr ruhig und türkis. Wir können die LUFTMATRATZE schon durch kleinste Handbewegungen steuern. Stundenlang können wir uns auf dem Meer treiben lassen.

»Wie gehorsam unsere Luftmatratze ist«, sagt meine Mutter. »Erst bringt sie uns weit nach draußen, dann ganz brav wieder zurück. Noch dazu ist sie absolut ehrlich; nichts von dem, was im Meer ist, verbirgt sie vor uns.«

Sie lacht, während sie unsere LUFTMATRATZE lobt. Ich kichere. Das Kopfende unserer LUFTMATRATZE ist wie ein Kissen geformt. Manchmal legen wir entspannt unsere Köpfe darauf und schließen ganz fest unsere Augen. Dann legen wir noch unsere Hände darüber und pressen sie zu.

Vor unseren Augen beginnen rote Sprenkel herumzufliegen. Rote Schmetterlinge, schwarze Schmetterlinge. Wenn wir unsere Augen fest zupressen, werden die Schmetterlinge mit der Zeit immer mehr. SCHMETTERLINGSANGRIFF sagt meine Mutter dazu.

»Wir sind einem Angriff ausgesetzt, mein Bambi. Farbenschmetterlinge fallen über uns her.«

Dann öffnen wir jäh unsere Augen. Wir liegen da, und unsere Köpfe hören nicht mehr auf, sich zu drehen.

Wir lehnen uns hinaus und schauen in die Tiefe. Je tiefer das türkisfarbene Wasser wird, desto mehr verfärbt es sich dunkelblau.

Später wird meine Mutter zu mir sagen: »Als ob du auf unserer Luftmatratze wärst, mein Baby. Lass dich auf unsere Luftmatratze fallen. Stell dir vor, wie sie dich wiegt. Wie das türkisfarbene Wasser dich wiegt. Mich wiegt. Genauso wie ich dich gewiegt habe, als du ein Baby warst. Lass nicht zu, dass irgendetwas dich dieses Glücks und dieses Friedens beraubt.«

Meine Mutter ist sehr glücklich auf unserer LUFTMATRATZE.

So glücklich sei sie auch gewesen, als sie mich gestillt habe.

»Achtzehn Monate lang habe ich dich nicht aus den Armen gelegt. Wir beide haben uns in ein Zimmer eingeschlossen. Während du an meiner Brust gesaugt hast, warst du so glücklich, mein Baby. Heute noch suche ich dieses Glück in deinem Gesicht. Du hast immer so genüsslich die Augen verdreht, wenn du an meiner Brust warst. Du warst wie ein Junkie. Das ist es wohl, was absolute Abhängigkeit bedeutet. Das Sich-Verlieren in genau der Dosis, die man benötigt.«

Meine Mutter hätte mich gerne noch länger gestillt. Zwei Jahre hätte sie gerne vollgemacht. Sogar drei Jahre hätte sie gewollt.

»Aber ich habe es nicht mehr ausgehalten. Vielleicht auch deinen dermaßen intensiven Glückszustand. Das war für mich etwas so Ungewohntes, dass ich mir gesagt habe, entweder stille ich dich jetzt ab oder nie. Irgendetwas habe ich mir eben gesagt. Ich habe genauso viel geweint wie du, als du abgestillt wurdest.«

Meine Mutter erzählt lang und ausführlich davon, wie ich

meine winzige Zunge herausgestreckt und Schnuller, Fläschchen, Löffel und Gläser immer wieder zurückgewiesen habe. Wie ich nichts akzeptiert habe außer ihrer Muttermilch. Wie sie es nicht geschafft hat, mich auszutricksen.

»Nicht einen einzigen Tag hast du an einem Schnuller genuckelt, mein Bambi. Nicht einen einzigen Löffel Wasser konnte ich dir einflößen. Anderthalb Jahre lang hast du dich nur von Muttermilch ernährt. Deshalb bist du so klug und so schön. Mein Baby.«

Meine Großmutter habe meine Mutter nie gestillt. Um ihren Brüsten nicht zu schaden. Um sich nicht genieren zu müssen. Aus gesellschaftlichen Gründen. Aus Rücksicht auf ihren Ehemann.

»Einen Haufen Gründe hatte die Eiskönigin. Natürlich ist auch ihre Milch versiegt. Allen versiegt die Milch, wenn sie ihre Babys nicht stillen wollen. Nie konnte sie zugeben, dass sie nicht genügend Mutter war. Konnte nicht zugeben, dass sie mich nicht liebte, mich nicht wollte. Wenn sie wenigstens ehrlich gewesen wäre. Dann hätte ich sie vielleicht ein Fitzelchen lieben können. Hätte akzeptieren können, dass sie meine Mutter ist.«

»Und dein Vater, Mama? Was war er für einer?«

»Lass uns nicht von ihm sprechen«, sagt meine Mutter. »Er war eine falsche Schlange. Aber er hat sein Gift nicht nur mir und den anderen im Haus injiziert wie deine Großmutter. Er war eine große und bedeutende Schlange! Zehntausende hat er vergiftet von seiner Amtsstube aus. Für so viele Menschen reichte sein Gift.«

Meine Mutter kann nur von ihnen sprechen, wenn es ihr sehr gut geht. Auf unserer LUFTMATRATZE sind wir so glücklich, dass sie von meinen Großeltern erzählen kann, ohne in Stücke zu fallen. Ohne in die Tiefe gerissen zu werden.

Eines Tages verspricht sie sogar, mir ihre Namen zu sagen. Aber später überlegt sie es sich anders. Nie wird sie mir die Namen meiner Großeltern sagen. Wenn ich ihre Namen nicht erführe, könne mir ihre Bosheit nichts anhaben.

»Am besten ist es, so zu tun, als gäbe es sie nicht. Nicht nur jetzt. So zu tun, als hätte es sie nie gegeben, das ist das Beste. Dann haben sie keinen Einfluss auf uns. Kommen nicht an unsere Seelen heran.«

»Vor wem fliehen wir, Mama? Ist mein Vater hinter uns her? Wer ist mein Vater? Ist er auch blond, wie ich? Sehe ich ihm ähnlich? Was macht er, wo lebt er? Ist er Türke?«

»Mein Baby, mein Bambi!« Meine Mutter zieht mich an sich. Sie drückt meinen Kopf an ihre Brust.

»Genau so hast du mit deinen großen ozeanblauen Augen in meine geschaut, wenn ich dich gestillt habe. Wenn ich dich ansehe, jetzt oder auch wenn du im Bett liegst, kommst du mir immer noch vor wie ein Baby. Immer noch steigen mir die Tränen in die Augen, wie in dem Moment, als sie dich in meine Arme gelegt haben. Ich bin dir dankbar für das Glück, das du in mein Leben gebracht hast.« Meine Mutter küsst mir die Hände. Ganz schnell. Ganz sacht.

»Aber du fliehst meinetwegen, Mama. Wenn ich nicht wäre …«

»Pssst.« Meine Mutter verschließt mir mit ihren dünnen, langen Fingern die Lippen. »Sag so was nicht. Dann hätte ich nicht leben können. Ich hätte ihre Welt nicht ertragen können. Ich lebe für dich, mein Bambi. Und ich bin sehr glücklich, sehr, sehr glücklich, glaub mir.«

»Ich bin auch sehr glücklich, Mama. Ich kenne zwar keine anderen Kinder, aber ich weiß es trotzdem: Ich bin das glücklichste Kind der Welt. Ich liebe dich sehr, Mama. So sehr, wie kein anderes Kind seine Mutter lieben kann.«

Auf unserer LUFTMATRATZE sind wir so glücklich, dass wir platzen könnten.

Außerdem passiert tagelang nichts Schlimmes. Die BÖSEN GEISTER unternehmen keinen Versuch, uns Schaden zuzufügen. Niemand bringt meine Mutter durch seine Gemeinheit und Ungezogenheit zur Weißglut. Meine Mutter ist nicht gezwungen, uns zu verteidigen. Wie schön!

Auf unserer LUFTMATRATZE fühlen wir uns so unbeschwert, so froh. Wir lassen uns schaukeln. Wir dösen.

Ich tauche ins Wasser, um eine Muschel herauszuholen, die ich am Grund gesehen habe. Es ist tiefer, als ich angenommen hatte. Mit der Muschel in meiner Hand klettere ich, nach Luft schnappend, wieder auf unsere LUFTMATRATZE.

»Guck, Mama, sie ist riesig, und es ist Perlmutt drin.«

»Du bist ja wie mein kleiner weißer Hund, so ganz außer Atem. Wenn er musste, wenn ihm langweilig war, wenn er wollte, dass ich mit ihm Gassi gehe, dann hat er sich immer neben mich gestellt und laut gehechelt. Wie um zu sagen: Ich halte es nicht mehr aus, geht mit mir Gassi. Auf alle möglichen Arten hat er mit mir gesprochen, und nur ich habe ihn verstanden.«

»Dein Hund, dem mit einer Scherbe die Kehle durchgeschnitten wurde?«

»Ihm wurde nicht mit einer Scherbe die Kehle durchgeschnitten. Er war alt und zu dick. Er ist einfach gestorben. Wer ist schon so böse, dass er einem kleinen weißen Hund mit einer Scherbe die Kehle durchschneidet? Ist das überhaupt möglich?«

»Er ist doch unter dieser Buche begraben. Wir sind doch auf dieses leere Grundstück gegangen in Istanbul.«

»Ich habe ihn sorgfältig in meine Kuscheldecke gewickelt. Zusammen mit dem Chauffeur meines Vaters habe ich ihn auf das leere Grundstück gebracht und dort unter der Buche begraben. Habe ich dir das gezeigt?«

»Ja, hast du, Mama. Du hast doch einen großen Stein genommen und daraus einen Grabstein für deinen Hund gemacht.«

»Niemand auf dieser Welt kann so krank und bösartig sein, dass er einem kleinen weißen Hund mit einer Glasscherbe die Kehle durchschneidet. Das wollen wir doch hoffen. Du sollst das immer hoffen. Dass diese Welt kein so schlechter Ort ist oder jemals sein wird, dass man nicht im ihr leben kann. Nicht wahr, mein Bambi?«

»Ist gut, Mama.« Hatte meine Mutter nicht gesagt, man habe es aussehen lassen wie einen Unfall? Hatten sie ihren Hund sich nicht absichtlich selbst die Kehle aufschlitzen lassen? Habe ich das damals falsch verstanden, weil ich noch zu klein war? Ist es meiner Mutter nur herausgerutscht, und jetzt hat sie Angst, mir wehzutun oder mich dieser Welt zu entfremden?

Oder hat meine Mutter mir ihren Traum erzählt, als wäre er Wirklichkeit? Verwechselt sie ihre Albträume mit der Realität? Kann sie manchmal nicht mehr unterscheiden zwischen dem, was sie erlebt, und dem, was sie in ihren Träumen sieht?

»Los, lass uns einen Schmetterlingsangriff machen.«

Wir liegen rücklings auf unserer LUFTMATRATZE. Wir pressen unsere Augen fest zu. Die Schmetterlinge greifen an. In Schwarz und in Rot. Sie fliegen und flattern umher.

Ich werde nicht nach der Wahrheit fragen.

Diese Welt macht meiner Mutter schon genug Kummer.

Ich werde dir niemals Kummer machen, Mama. Du bist um meinetwillen hiergeblieben. Und ich werde auch nicht zulassen, dass *sie* dir Kummer machen.

Der Herr Direktor

Später ist es meiner Mutter wieder eingefallen. Dass wir irgendwo an der Küste ein mehrere Hektar großes Grundstück besitzen. Das letzte, das wir von meiner Großmutter geerbt haben. Ein Grundstück, das meine Mutter noch nicht verkauft hat. Das sie vergessen hat. Vor dessen Verkauf sie sich auch ein bisschen gedrückt hat. Den sie immer wieder hinausgeschoben hat.

Dorthin – also in diesen Ort im Süden – müssten wir fahren und uns um den Verkauf kümmern. Noch dazu sei es ein ziemlich überfüllter Ort.

»Es ist immer sehr überlaufen dort, mein Bambi. Die Menschen fahren dorthin, um wie die Ölsardinen am Strand zu liegen.«

Die Lust der Türken an einem derartigen Gedränge widert meine Mutter an. Sie macht ihr Magenschmerzen, ich weiß das.

»Aber ich glaube, die Saison ist schon vorüber. An solche Orte ziehen sie immer alle gemeinsam und kehren gemeinsam wieder zurück. Wie die Zugvögel.«

Wir fahren hin, auch wenn es uns sehr schwerfällt. Auch wenn meine Mutter überhaupt keine Lust hat. Dabei dürfe meine Mutter sich zu nichts zwingen, nichts tun, was sie nicht wolle. Sonst fielen die Dinge, die sie unter Zwang getan hat, als Fluch wieder auf sie zurück. Schadeten mehr, als dass sie nützten.

Aber mittlerweile ist unser Geld zur Neige gegangen, sagt meine Mutter. »Wir sind am Ende, mein Bambi. Wir haben keine andere Wahl. Wir werden an diesen Scheißort gehen und das Grundstück verkaufen. Bestimmt hat es inzwischen auch einiges an Wert gewonnen. Mit dem Geld kommen wir bequem ein paar Jahre über die Runden, es ist ein Geschenk des Himmels. Wenn auch über den Umweg deiner Großmutter.« Meine Mutter lacht gezwungen. Sie streichelt sanft meine Haare.

Meine Mutter hat so große Angst, es könnte mir schlecht gehen, dass sie sich deshalb vielleicht vor nichts anderem fürchten kann. Auch jetzt tut sie so, als wäre es ein Leichtes, dorthin zu fahren, das Grundstück zu verkaufen und die Formalitäten zu erledigen.

Wir brechen so bald wie möglich auf. Unter den Einheimischen dort finden wir sofort einen Makler. Meine Mutter erklärt ihm, dass wir schnellstens verkaufen müssen.

»Ob über oder unter Wert interessiert mich nicht«, sagt sie. »In zwei Tagen müssen wir wieder weg sein.«

»Sie sind also die Tochter?«, fragt der MAKLER, während er den Grundbuchauszug studiert.

»Das tut nichts zur Sache. Kümmern Sie sich darum, dieses Grundstück so schnell wie möglich zu verkaufen.«

Einige Stunden nachdem wir in unser Hotel zurückgekehrt sind, ruft der MAKLER an. Einem reichen Kunden, den er vertrete, könne er das Grundstück sogleich verkaufen. »Und zu einem sehr guten Preis noch dazu, meine Dame«, sagt er. »Sie haben Glück. Genau so ein freiliegendes, schönes Grundstück hat er gesucht, um einige Villen für seine Familie darauf zu bauen.«

»Dann soll er sie bauen«, sagt meine Mutter. »Er kann tun und lassen, was er will. Mir ist nur wichtig, dass ich morgen nach Abschluss der Formalitäten das Geld in der Hand halte.«

Am nächsten Morgen sind meine Mutter, ich und der MAKLER beim Grundbuchamt. Der MAKLER muss dauernd hin und her rennen. Hier eine Steuer bezahlen, dort eine Gebühr.

Meine Mutter und ich warten bei dem Teeverkäufer am Meeresufer. Später gehen wir zurück ins Amt zum Unterschreiben. Dann wieder zum Teeverkäufer. Der MAKLER rennt weiter hin und her. In unserem Beisein ruft er die Bank an. Das Geld sei gekommen. Es warte auf uns.

»Es ist viel Geld«, sagt meine Mutter. »Wir haben das Joch des Geldmangels abgeschüttelt, mein Bambi. Um leichter fliehen zu können, ist es Voraussetzung, dass wir Geld haben. Damit wir uns bequem verstecken können, brauchen wir eine Menge Geld.«

Meine Mutter ist so fröhlich. »Nur noch ein paar Schritte. Sobald wir den Grundbucheintrag überschrieben und das Geld von der Bank abgehoben haben, sind wir auch schon am Flughafen. Zwei oder drei Stunden noch, dann haben die Strapazen ein Ende. Mein schönes Baby. Schau, deine Mutter hat uns wieder einmal gerettet im Wald.«

Du hast uns wieder einmal gerettet, Mama. Die Jäger und die wilden Tiere werden uns beide niemals erlegen. Du bist nicht so achtlos und unaufmerksam wie Bambis Mutter. Du würdest mich nie vernachlässigen. Du wirst es immer schaffen, uns zu retten.

Als wir ins Grundbuchamt zurückkehren, werden wir ins Zimmer des HERRN DIREKTOR gerufen. Das Gesicht meiner Mutter wird aschfahl. Meine Mutter kann Amtspersonen nicht ausstehen. Ich sehe, wie vor Anspannung ihre Beine zu zittern beginnen.

In die Akten vor sich blickend, sagt der HERR DIREKTOR: »Es gibt hier ein Problem, gute Frau. Um das zu lösen, ist ein Gerichtsentscheid nötig.«

»Was für ein Problem?«, fragt meine Mutter, wobei sie versucht, ihre Stimme unter Kontrolle zu halten.

Über seine Brille hinweg schaut der HERR DIREKTOR meine Mutter an. Ihre Stimme gefällt ihm so wenig wie ihr Äußeres. Wäre sie eine andere Frau, würde er nicht einmal daran denken, ihr diese Gemeinheit anzutun. Ich weiß das. Inzwischen weiß ich das.

»In dem Grundbuchauszug fehlt im Namen der Mutter eines der beiden Y. Woher soll ich also wissen, ob du ihre Tochter bist? Vielleicht ist es jemand anderes; bei uns ist es unumgänglich, dass Namen korrekt geschrieben werden.«

»Sie sehen doch mein Geburtsdatum, meinen Namen, den Namen meines Vaters. Meinen Sie, das alles stimmt bei jemand anderem haargenau überein? Wieso machen Sie mir jetzt aus so einem blödsinnigen Grund Probleme, von wegen es fehle ein Y?«

»Was Blödsinn ist und was nicht, hast du nicht zu entscheiden! Ich bin nicht umsonst zum Direktor gemacht worden, klar?« Er ist fest entschlossen, meiner Mutter Probleme zu bereiten. Meine Mutter fertigzumachen! Er hat einen langen Schnurrbart. Den zwirbelt er, wie um sich selbst zu beglückwünschen oder sich etwas Gutes zu tun.

»Und duzen Sie mich gefälligst nicht!«, sagt meine Mutter. Ich sehe, wie sehr sie an sich hält.

Ich schaue auf deine Schultern und weiß es, Mama. Warum tut er dir das auch an?

»Ihre Autorität so zu missbrauchen, jemandem mit so einem unlogischen bürokratischen Gefasel Schwierigkeiten zu machen, das mag Ihnen ja kurzfristig zugutekommen. Aber schauen Sie, ich muss diese Formalitäten wirklich hinter mich bringen. Bitte, ich flehe Sie an, helfen Sie uns.«

»Ob ich dich duze oder sieze, ist meine Angelegenheit! Geh doch vor Gericht, und beweis mir, dass das der Name deiner Mutter ist und ob der falsch geschrieben ist oder was! So sind die Vorschriften.«

Während er meine Mutter anschreit, tritt ihm der Schweiß auf die Stirn. Er ist puterrot angelaufen. Er setzt seine Brille ab und beginnt, sie mit einem Stück Stoff zu putzen.

»Aber Herr Direktor«, schaltet sich der MAKLER ein. »Solche Dinge haben wir doch schon oft intern geregelt.«

Meine Augen auf die Beine meiner Mutter geheftet, die vor Anspannung gegeneinanderschlagen, spüre ich, wie ich in Stücke springe. Um fliehen zu können, um am Leben bleiben zu können, müssen wir das Grundstück verkaufen, brauchen wir das Geld. Wie hat dieser Mann uns gefunden? Wieso bestraft er uns? Wer sind diese Leute, Mama? Warum stellen sie sich uns immer wieder in den Weg, diese BÖSEN GEISTER?

Der HERR DIREKTOR haucht gegen seine Brillengläser. Er gibt sich den Anschein, als wäre er dermaßen ins Putzen vertieft, dass er dem MAKLER einfach keine Beachtung schenken kann. Er möchte uns hinhalten und damit noch mehr kränken und zermürben.

»Sieh mich an, du Ungeheuer!«, zischt meine Mutter. Sie greift nach einem der Füllfederhalter, die in einem schwarzen Marmorständer auf seinem Tisch stehen.

Ich weiß nicht genau, wie es passiert. Alles geschieht in einem Anfall blinder Wut.

Ich springe hinzu und greife nach dem zweiten Füllfederhalter.

Im selben Moment bohren sich zwei Füllfederhalter in die beiden Augen des HERRN DIREKTOR. Irgendwo aus dem HERRN DIREKTOR dringt der hässlichste Schrei, den ich in meinem Leben je gehört habe.

»Schnell, mein Bambi«, sagt meine Mutter.

Während sich das Zimmer des HERRN DIREKTOR mit Menschen füllt, stürmen wir die Treppen hinunter, immer zwei bis drei Stufen auf einmal nehmend, und erreichen die Tür.

Auf der Straße vor uns halten wir das erste vorüberfahrende Taxi an und sagen wie aus einem Mund: »Zum Flughafen!«

»Mama, wir haben es nicht geschafft, das Grundstück zu verkaufen. Was machen wir denn jetzt?«

»Wir finden schon irgendwo Geld, mein Bambi. Aber du …« Meine Mutter dreht ihren Kopf zum Fenster. Sie will nicht, dass ich sie weinen sehe.

»Der HERR DIREKTOR war ein sehr schlechter Mensch, Mama. Warum hat er uns das auch angetan? Sie sind viele, und sie sind böse. Wir dagegen sind ganz allein.«

»Ich wollte nicht, dass es so kommt, mein Baby«, sagt meine Mutter und sieht mir tief in die Augen. »Dass du erfährst, was für ein böser Ort diese Welt ist, dass du der Bosheit den Kampf ansagst …«

Sie zieht ein Päckchen Erfrischungstücher aus ihrer Tasche. »Wisch dir die Hände ab. Und mach sie dir ja nie wieder schmutzig. Meine sind schon schmutzig genug.«

»Ich bin doch schon groß! Ich kann dich nicht allein lassen. Wieso sollst du ihnen denn ganz allein entgegentreten?«

»Ja, du bist groß geworden, mein Bambi.« Die rauchige Stimme meiner Mutter dringt mühsam über ihre Lippen.

»Mama, das ist doch schön. Wir zwei gegen die.«

Ein Päckchen Erfrischungstücher reicht gerade aus, um uns beiden die Hände zu säubern. »Ich bin erschöpft, mein Bambi.« Meine Mutter legt ihren Kopf auf meine Beine. Sie rollt sich zusammen.

Mit dem Kopf auf meinen Beinen schläft sie ein. Sie schläft, wie ich immer schlafe.

Meine Tränen lecken meine Wangen. Bedächtig hebe ich die Hand und wische sie weg. Ich weine vor Glück, Mama. Schlaf schön weiter.

Die entfernte Verwandte

Erst habe ich sie nicht erkannt.

Nein, so kann man das eigentlich nicht sagen; ich habe gehofft, dass sie es nicht ist.

Ich glaubte ja, sie sei gestorben. Besser gesagt, die ganze Gemeinde hat das geglaubt. Denn sie ist ja mir nichts, dir nichts vom Erdboden verschwunden.

Sie hat nicht einmal an der Beerdigung ihrer Frau Mutter teilgenommen, stellen Sie sich das einmal vor! Der Moscheeinnenhof war so voll, dass man eine Nadel hätte werfen können, sie wäre nicht zu Boden gefallen. Aber es war eine auserlesene Gruppe von Trauergästen, kein ordinärer Pulk, dass Sie mich da nicht falsch verstehen.

Ihr Mann hatte Mühe, sich auf den Beinen zu halten. Dieser ehrenwerte Herr hatte sich bei seinem Chauffeur untergehakt und konnte sich nur mühsam beherrschen. Aber ihre Tochter, ihre einzige Tochter, war nicht zugegen. Es ist mir unerklärlich.

Wenn Sie mich fragen, war alles sonnenklar. Da bestand nicht der geringste Zweifel: Für den Tod ihrer Mutter war definitiv sie verantwortlich.

Erst haben wir gehört, sie sei schwanger; das hat die Familie zu vertuschen versucht. Dann haben wir erfahren, dass sich regelrechte Gewaltszenen abgespielt haben. Sie waren ja ohnehin eine sehr geheimniskrämerische Familie, absolut nach innen gekehrt. Von dem, was nach außen drang, über Dienstmädchen, Butler oder den Chauffeur, haben wir nur dieses kleine bisschen erfahren.

Ihre Mutter war eine Dame, die dieser Bezeichnung noch alle Ehre machte. Eine wirkliche Dame, die sich noch an

Grundsätze gehalten hat, wie den, seine dreckige Wäsche nicht in der Öffentlichkeit zu waschen und Privatangelegenheiten nicht nach außen zu tragen.

Aber sosehr etwas auch vertuscht wird, manches hört man eben doch. Später plötzlich ... Gott hab sie selig! Stellen Sie sich vor, eine rüstige Frau ohne jedes Gebrechen.

Und das Mädchen hat niemand je wieder gesehen. Weder auf der Beerdigung noch als ihr Vater ins Krankenhaus eingeliefert wurde, noch als ihr prächtiges Haus versiegelt wurde.

Es wurden Vermutungen laut, sie habe sich im Ausland niedergelassen. Vermutungen, sie sei geflohen und verstecke sich.

Die Wahrheit können wir freilich nicht wissen. Letzten Endes ist doch jede Familie ein Buch mit sieben Siegeln.

Aber ihre Mutter und ihr ehrenwerter Vater, das waren noch leibhaftige Entsprechungen der Begriffe »Dame« und »Herr«, das versichere ich Ihnen.

Ihr Vater war eine überaus bedeutende Persönlichkeit. Jemand, der unserem Land unzählige Dienste erwiesen hat, der unsere Gesellschaft geformt hat mit seinen Ideen, seinen Artikeln und seinen Aktivitäten. Ich bin mir sicher, Sie haben gehört, welch bedeutende Stellung er innehatte.

Ich habe weder damit gerechnet, dass sie mir im Leben noch einmal begegnen würde, noch hätte ich mir eine solche Begegnung jemals auch nur gewünscht.

Ob sie sich verändert hatte? Einerseits sehr, andererseits überhaupt nicht. Die Augen sind das Geheimnis.

Sosehr man auch verfällt, altert und kaputtgeht, auch wenn man vom Scheitel bis zur Sohle zu jemand anderem wird – die Augen, die Augen bleiben immer dieselben, die Augen verraten einen. Schließlich sind doch die Augen das Tor zu unserer Seele, nicht wahr?

Ich bin mit zwei sehr engen Freundinnen in dieses wundervolle Hotel gefahren. Wenn ich gewusst hätte, dass dieser tragische Zwischenfall sich ereignen würde, meinen Sie, dann hätte ich mich auch nur auf den Weg gemacht?

So ist meine Natur: Ich kann keine Geschmacklosigkeit sehen, hören und ertragen. Wenn ich gewusst hätte, dass ich ihr dort begegnen würde, dann wäre ich bis zum Tag des Jüngsten Gerichts nicht dorthin gefahren. Wir sprechen hier von einer Tochter, die für den Tod ihrer Mutter verantwortlich ist!

Es sei ja nur ein Verdacht, man könne es ja nicht beweisen – vergessen Sie das Geschwätz. Es war alles so offensichtlich. Die späteren Ereignisse geben mir schließlich recht. So eine jahrzehntelange Flucht geschieht doch nicht umsonst. Der jahrelange Versuch, von niemandem entdeckt zu werden. Es war so klar. So sonnenklar.

Erst ist uns das kleine Mädchen aufgefallen.

Ich sage es Ihnen ganz ehrlich, schon ihre Anwesenheit war mir unangenehm. Schließlich ist doch im Leben das Durchschnittliche schön, das Wohlproportionierte.

Aber dieses Kind, wie soll ich sagen, war so übermäßig schön, das war schon beunruhigend. Aus der Entfernung schauen meine Freundinnen und ich also dieses Kind an, es ist ja auch unmöglich, es nicht anzuschauen, es ist den ganzen Tag im Meer. Wie eine Art Fisch. Wann immer man aufs Wasser hinausschaut, sieht man das Kind und die Mutter.

Eine solche Schönheit ist schon beunruhigend, wie alles Übertriebene. Wie gesagt: Wenn ich ehrlich sein soll, war mir der Anblick dieses Mädchens regelrecht unangenehm.

Von Weitem habe ich auch die Mutter beobachtet. Dunkler Teint, abgemagert, wirres Haar. Nicht das kleinste bisschen Sorgfalt, nichts Weibliches. Wie die Tochter einer Frau mit rabenschwarzen Haaren von einer solch rosigen Schönheit sein kann, mit diesen strahlend blauen Augen und diesem goldblonden Haar – selbstverständlich haben wir darüber gesprochen untereinander.

Aber ich habe sie tagelang nicht aus der Nähe gesehen. Deshalb war da immer ein Zweifel in mir. Wenn ich ihre Augen gesehen hätte, dann hätte ich sie natürlich sofort erkannt.

Meine Freundinnen waren entzückt von dem Mädchen. Ob man jemals ein so schönes Kind gesehen hätte, so wohlerzogen, so herzlich, so damenhaft. Ich versichere Ihnen, sogar das Wort »damenhaft« war ihnen für dieses kleine Mädchen nicht zu schade.

Auch davon, dass ihre Mutter sich nie in unsere Nähe gewagt hat, haben sie gesprochen. Ob diese Frau die Mutter dieses schönen Mädchens sei, wie das denn sein könne. Ich habe einfach dagelegen und mir das angehört. Habe mich gar nicht erst eingemischt. So ist meine Natur.

Wenn ich gesagt hätte, dass mir das kleine Mädchen unangenehm ist, hätten sie mich sicher getadelt, und wir hätten uns in einen sinnlosen Streit verstrickt; vielleicht bin ich vor alldem zurückgeschreckt, ich weiß es nicht.

Dann eines Tages – das war aber auch Pech – spielen Mutter und Tochter am Meer Ball. Das kleine Mädchen wirft den Ball ihrer Mutter zu, die Mutter wirft zurück und immer so weiter. Ein Spiel, für das einen Allah mit Geduld gesegnet haben muss. Aber immerhin hat sie das Kind so den ganzen Tag wunderbar beschäftigt. Da will ich ihr gar nicht Unrecht tun. Aber was heißt bei der schon Unrecht?

Ich gehe also gerade ins Wasser. Da ist der Ball gekommen und vor mir liegen geblieben. Natürlich musste ich ihn aufheben.

In dem Moment kam sie auf mich zugerannt.

Ich habe ihr den Ball hingehalten.

Als sie sagte: »Vielen Dank für die Mühe«, traf mich der Schlag, das kann ich Ihnen versichern.

Denn diese Augen! Die Augen, die Spiegel der Seele, verändern sich doch nicht. Wie sehr sich auch das Gesicht und der Körper verändern, die Augen bleiben gleich. Die Jahre, die Erlebnisse hinterlassen keine Spuren in den Augen. Die Augen sind immer dieselben.

»Sie?«, habe ich mühsam hervorgebracht. Und das habe ich auch nur gesagt, weil ich nicht wusste, was ich sonst sagen sollte.

Sie hat mich garantiert erkannt.

Wenn auch nur entfernt, so bin ich ja doch ihre Verwandte. Außerdem bin ich so oft bei ihnen ein und aus gegangen. Nicht ein einziges Mal habe ich es versäumt, ihrer geschätzten Mutter und ihrem ehrenwerten Vater meinen Respekt, meine Liebe und meine Achtung zu erweisen.

Sie hat sich den Ball geschnappt und ist davongelaufen. Und das kleine Mädchen ihr hinterher: »Mama! Mama! Mama!«

Soweit ich gesehen habe, hat sie zu dem Kind nichts gesagt. Ich vermute, sie hat ihr beigebracht, ihr wie ein hilfloses Hündchen hinterherzulaufen, wenn sie so davonrauscht.

Ich bin ganz verdattert am Strand zurückgeblieben.

Ihr Vater war ein ausgesprochen gutaussehender Mann. Pechschwarzes Haar, strahlend grüne Augen, Zähne wie Perlen; ein vollendeter Herr. Wie sehr ich ihn geschätzt habe; jedes seiner Worte habe ich mir angehört, ohne meinen Blick von ihm abzuwenden. Dieser Ideenreichtum, diese Beredsamkeit, diese Persönlichkeit, diese Stimme!

Mir kamen die Tränen, als ich mich an diesen außergewöhnlichen Herrn erinnerte. Ich ballte meine Hand zur Faust und presste sie gegen meinen Mund. Ich musste mich zwingen, ihr nicht hinterherzurufen: »Mörderin! Ich weiß es, du bist ihre Mörderin!«

Ich muss mir in die Finger gebissen haben während dieses plötzlichen Gefühlsausbruchs. Mein Mittelfinger blutete. Stellen Sie sich das vor, so fest muss ich zugebissen haben, um ihr nicht hinterherzurufen.

Ich wünschte, eines Tages würde alle Welt ihr das hinterherrufen, musste ich unwillkürlich denken.

Wenn man das verfluchen nennt, dann habe ich sie wohl verflucht, auch wenn das gar nicht meine Art ist. Sie und ihre kleine Tochter, beide miteinander. Ich vermute, dass ich den Schmerz über den Verlust dieses außergewöhnlichen Herrn einfach nicht mehr ertragen habe.

Ich habe da einfach für einen Moment die Kontrolle über mich verloren. Was eigentlich wirklich nicht meine Art ist, das versichere ich Ihnen.

Der Strandeimer

Ich weiß nicht einmal, an der Küste welchen Landes wir sind. Ich bin noch sehr klein. So klein, dass ich meiner Mutter noch auf den Schoß klettere und lange weine und schluchze.

Meine Mutter wird sich immer daran erinnern, was wir an diesem kleinen Strand erlebt haben. »Vergiss den Strandeimer nicht, mein Bambi«, wird sie später sagen. »Vergiss nicht, dass sie dich wegen eines kleinen Strandeimers zum Weinen gebracht haben. Ich habe es nie vergessen. Deine Tränen brennen mir noch immer auf der Brust.«

Dort gibt es einen kleinen Strand. Es sind nicht viele Menschen da. Aber der Strand ist sehr schmal und sehr kurz, zumindest in meiner Erinnerung. Sie haben Beton über die Steine gekippt und Duschen und so angebracht. Alle gehen von dort aus ins Meer.

Außerdem gibt es einen winzigen Abschnitt mit Sand. Dort sind die Boote. Und Enten. Dort gehen die Enten ins Meer. Sie schwimmen die ganze Zeit. Ganz ruhig und gemächlich schwimmen sie.

Den lieben langen Tag beobachte ich die Enten. Ich zeige die Enten meiner Mutter. Meine Mutter zeigt die Enten mir. Ich bin noch ganz klein. Ich mache den lieben langen Tag dieselben Sachen. Und meine Mutter macht mit.

Mittags legt meine Mutter mich schlafen. Wir ziehen uns in unser Zimmer direkt am Meer zurück. Sie schläft mit mir ein. Während sie mir aus unserem Buch vorliest, schläft sie ein. Aber als ich aufwache, ist sie nicht mehr neben mir.

Als ich aufwache, finde ich meine Mutter auf unserem kleinen Balkon, wo sie auf einem der weißen Plastikstühle sitzt, ihre Beine ausgestreckt auf einem anderen, ihr eigenes

Buch lesend und ihre Zigarette rauchend. Ich klettere auf ihren Schoß. Die Haare meiner Mutter riechen nach Zigaretten und nach Mutter.

Sowohl die Stimme meiner Mutter als auch ihr Geruch sind von Zigaretten geprägt. Zigaretten stehen meiner Mutter so gut. Nur dass sie ihre Finger und ihre Zähne gelb machen, gefällt mir nicht. Aber die rauchige Stimme meiner Mutter ist auch der Zigaretten wegen rauchig. In ihrem Geruch ist, sogar wenn sie frisch aus dem Bad kommt, Zigarettengeruch. »Mamazigarette«, sage ich einmal zu ihr.

»Nein, mein Bambi«, sagt meine Mutter, »reib mir meine Fehler nicht unter die Nase. Sonst werde ich ganz traurig.«

Sie geht zum Zahnarzt und lässt sich ihre Zähne säubern. Die Zähne meiner Mutter werden strahlend weiß. Ich reibe meiner Mutter ihre Fehler nicht unter die Nase. Außerdem hat meine Mutter gar keine Fehler. Meine fehlerlose Mutter.

Ich habe einen violetten Badeanzug, den wir in London gekauft haben. Er ist mit lauter Minni-Maus-Köpfen bedruckt. Ich habe noch einen anderen Badeanzug, mit blauen Streifen. Ich habe auch Bikinis, damit ich nicht am Bauch friere. Aber ich bin ganz vernarrt in meinen violetten Minni-Maus-Badeanzug. Ich will immer nur ihn anziehen. Und ich ziehe auch immer nur ihn an.

Eines Tages finden wir ein Paar Minni-Maus-Flip-Flops. Die kaufen wir auch. »Sie passen zusammen«, sagt meine Mutter. »Dein Badeanzug und deine Flip-Flops passen zusammen, mein Baby.«

Meine Mutter hat so einen Tick. Wenn sie will, dass etwas zusammenpasst, dann suchen und suchen wir danach. Aber schon bald wird uns das wieder zu langweilig. Besser gesagt, sobald das passende Teil gefunden ist, gehen wir über zu anderen zueinander passenden Dingen.

Als meine Mutter damals an jenem Strand sieht, wie sehr ich meinen violetten Minni-Maus-Badeanzug liebe, hat sie es plötzlich mit Minni Maus. Als sie im Dorfladen einen Minni-Maus-Eimer findet, klatscht sie vor Freude in die Hände. »Schau, jetzt haben wir auch noch einen passenden Eimer zu deinem Badeanzug gefunden, mein Bambi.«

»Aber dieser Eimer ist zu klein, Mama. Ich will den anderen Eimer.«

Auf dem Eimer, den ich möchte, sind Pu der Bär, Tiger und Ferkel. Einerseits mag ich auch die sehr, andererseits will ich einfach einen größeren Eimer. So groß, dass ich mich draufstellen kann. So groß, dass ich den größten Turm damit bauen kann.

»Aber er passt zu deinen Flip-Flops und deinem Badeanzug«, sagt meine Mutter. »Wir könnten hier auf dem Markt sogar ein Minni-Maus-Badetuch finden.«

»Ich will den großen Eimer.«

»Willst du nicht, dass dein Eimer zu deinem Badeanzug passt? Entscheide dich schnell.«

»Na gut, dann eben der.«

Ich ziehe ein leicht mürrisches Gesicht. Aber ich mag auch die Schwäche meiner Mutter für Sachen, die zusammenpassen. Ich finde das witzig. Na gut, Mama, dann eben der, den du möchtest.

Nach dem Mittagsschlaf gehen wir hinunter an den kleinen Sandstrand. Zusammen mit meiner Mutter baue ich mit meinen Förmchen Gebilde aus Sand. Einen Seestern, ein Auto, ein Schiff, einen Fisch, eine Ente. Eins mit jedem meiner Förmchen. In die Mitte werden wir einen riesigen Turm stellen. Aus Kieselsteinen werden wir eine Straße machen. Meine Mutter und ich arbeiten mit Feuereifer.

Zwei kleine Mädchen in meinem Alter gesellen sich zu

uns. Eins hat einen rosafarbenen Rüschenbikini an. Ihre Fußnägel sind rosa lackiert. Das andere kleine Mädchen trägt Schlappen mit Absätzen und jeweils einer riesigen Blume darauf. Ich kann meinen Blick nicht von den beiden wenden. Sie unterhalten sich tuschelnd, während sie zu uns herüberschauen. Zeigen mit den Fingern auf uns.

»Ich gehe im Schatten einen Kaffee trinken. Du kannst mit ihnen spielen, wenn du willst, mein Bambi«, sagt mir meine Mutter ins Ohr.

Ja, Mama. Ich will mit den kleinen Mädchen spielen. Mit diesen Mädchen, die so komische Sachen anhaben. Ich möchte den Turm und die Straße mit ihnen zusammen bauen.

Vielleicht kann ich auch mal ihre Schlappen mit den Absätzen und den Blumen anziehen. Und fragen, wie sie ihre Fußnägel rosa gefärbt haben.

Erst tue ich so, als würde ich meinen Turm allein bauen. Dabei schaue ich ständig zu ihnen hinüber. Wollen sie mich nicht zu sich rufen?

Nein. Sie schauen nur und tuscheln miteinander. Sie lachen. Ich fühle mich ein bisschen unwohl, aber ich möchte trotzdem mit ihnen spielen. Schließlich halte ich es nicht mehr aus und gehe zu ihnen.

»Ah, da kommt ja Prinzessin Rockzipfel«, sagt die mit den rosafarbenen Fußnägeln.

»Ich heiße nicht Rockzipfel. Und ich bin auch keine Prinzessin.«

Sie fangen an zu kichern.

»Dumme Prinzessin«, sagt die mit den Absatzschlappen. »Versteht nicht mal einen Spaß.«

»Sollen wir zusammen einen Turm bauen?«, frage ich, ohne eine Miene zu verziehen. Meine Unterlippe beginnt zu zittern. Aber egal. Vielleicht sprechen Kinder eben so. Ich weiß doch nicht, wie andere Kinder sind.

»Mit deinem kleinen Eimer?«, sagt die mit den Schlappen mit den Absätzen und den Blumen. Sie hebt ihren eigenen Eimer hoch und schwenkt ihn. »Schau, unsere Eimer sind riesig, klar? Wir spielen nicht mit Kindern mit kleinen Eimern.«

»Warum nicht?«

»Warum nicht?«, äfft mich das Mädchen mit den rosa Fußnägeln nach. »Oje, sie ist verwöhnt und dumm, und ihr Eimer ist zu klein, und, und, und …« Sie fangen an zu lachen.

Jetzt halte ich es nicht mehr aus. Vor Traurigkeit und Scham beginne ich zu weinen. Ich verstehe nicht, warum sie so böse zu mir sind. Sie tun mir weh.

»Buhuuuu«, äfft das Mädchen mit den rosa Fußnägeln mich nach und wischt sich die Augen.

»Wa-wa-warum nicht?«, bringe ich schluchzend hervor.

»Weil dein Eimer zu klein ist, haben wir gesagt! Hast du nicht zugehört?«, kreischt das kleine Mädchen mit den Schlappen mit den Blumen und den Absätzen. Sie stemmt eine Hand in die Hüfte. Die andere Hand hebt sie drohend in meine Richtung.

Jetzt habe ich Angst vor ihnen. Ich renne weg, ohne meinen Eimer und meine Förmchen zusammenzupacken.

Meine Mutter sitzt im Restaurant am Betonstrand und trinkt ihren Kaffee.

»Was ist, mein Bambi?« Sie springt entsetzt auf.

»M-m-mama!« Ich ersticke fast an meinen Tränen. Ich kann einfach nicht erzählen, was passiert ist.

»Bitte komm zu dir. Was haben sie dir getan? Wer hat dir was getan, mein schönes Baby?«

»Sie ha-haben nicht mit mir gespielt, Mama. W-weil mein Eimer zu klein ist. Sie haben Prinzessin gesagt. Sie haben gesagt, dass ich dumm bin.«

Meine Mutter nimmt mich auf den Schoß. Meine Tränen wollen einfach nicht versiegen. Den Kopf an der Brust meiner Mutter, weine und weine ich.

»Denk an die Kinder, die gelernt haben, ein kleines Mädchen wegen ihres Eimers zu demütigen«, wird meine Mutter Jahre später sagen. »Denk daran, wie versessen ich an jenem Tag darauf war, ihren Eltern eine Lektion zu erteilen. Deine Tränen haben sich durch meine Brust gebrannt. Du hast direkt auf mein Herz geweint. Sie haben dich unnötig zum Weinen gebracht. Ich habe dir nie wieder erlaubt, mit solchen Kindern zu spielen. Ich habe nicht zugelassen, dass sie dir wehtun, mein Bambi.«

Meine Mutter kann es nicht ertragen, wenn mich irgendjemand zum Weinen bringt. Nur meine Mutter kann mich zum Weinen bringen. Und ich meine Mutter. Meine Mutter erträgt es nicht, wenn andere uns traurig machen.

»Wer uns traurig macht, bekommt seine Strafe, mein Bambi. Die müssen sie bekommen. Dafür ist deine Mutter da. Dafür ist sie hiergeblieben. Um es denen, die dich traurig machen, zu zeigen. Um sie für ihre Grobheit und Bosheit zu bestrafen.«

Ich weiß, Mama.

Ich weiß, dass du sie bestrafen musst.

Fliehen

»Mein Bambi«, sagt meine Mutter inmitten des Klatschmohnfeldes, »wenn wir eine Stecknadel dabeihätten, würde ich dir beibringen, wie man aus diesen Mohnblumen Brautpuppen macht. Mohnblumenpuppen. Meine Großmutter hat mir das beigebracht.«

»Hattest du eine Großmutter, Mama?«

»Natürlich hatte ich eine, und ich hatte sie sehr lieb. Jedes Kind hat doch eine Großmutter, nicht wahr, mein Bambi?«

»Ich habe keine Großmutter. Und auch keinen Großvater und keinen Vater. Ich habe niemanden im Leben.« Ich setze mich ins Gras. Mache ein trauriges Gesicht. Ich kann nichts dagegen tun; plötzlich fühle ich mich sehr schlecht. Meine Mutter hatte alles, ich aber habe nur meine Mutter. Nur sie!

»Aber meine Großmutter ist tot. Sie ist gestorben, als ich zehn war. Wenn sie länger gelebt hätte, wäre ich zu ihr gezogen. Dann hätte ich ein glücklicheres Leben gehabt. Hätte nicht so viele Verletzungen einstecken müssen.«

»Aber du hattest eine Großmutter! Wenn auch nur, bis du zehn warst, aber du hattest eine. Werde ich niemals jemanden haben außer dir, Mama? Kann ich nicht eines Tages meinen Vater sehen?«

Meine Mutter setzt sich auch auf den Boden. Sie hat einen Baldrianzweig in der Hand. Sie fängt an, den Stängel zu brechen. Bei der Hälfte angekommen, nimmt sie ihn in den Mund. Sie beginnt, daran herumzubeißen. Sie isst den Rest des Stängels beinahe auf. Sie kaut und kaut, und sie spuckt. Ich weiß, dass sie das tut, um mir nicht antworten zu müssen.

»So gut es uns zu zweit auch geht, Mama, trotzdem …«

»Als sie dich im Krankenhaus in meine Arme gelegt haben, mein Bambi, da warst du so hässlich. Die Ärzte und Krankenschwestern aber waren hin und weg. Ständig haben sie gesagt, so ein schönes Baby hätten sie noch nie gesehen. Dabei hattest du ein knallrotes Gesicht. Und ganz verschrumpelt. Dein Hals – du hattest gar keinen. Du warst ein Ding ohne Hals. O weh, hab ich gesagt.«

»Hattest du Angst, dass ich hässlich wäre? Hättest du mich weniger geliebt, wenn ich hässlich gewesen wäre?«

»Du warst hässlich. Du warst ein seltsames Ding. Ich sah zum ersten Mal in meinem Leben ein Baby. Also so direkt vor der Nase. Es war etwas, das ich nicht kannte, nicht verstand. Du hast dich sofort auf meine Brust gestürzt. Ich war fasziniert von deinem Selbstvertrauen. Wie selbstbewusst sie ist, habe ich gestaunt. Als wäre meine Brust ihr Privatbrunnen. Ganz unbefangen fährt sie mit ihrer winzigen Hand über meine Haut! Wirklich, mein Bambi, ich wusste nicht, was ich tun sollte. Du warst etwas, was für mich absolut unbekannt und ungewohnt war. Aber in deinem winzigen, hässlichen, unbewussten Zustand hattest du so viel Vertrauen in deine Stellung. Du wusstest so gut, dass meine Brust nur dir gehörte.«

Ich gehe zu meiner Mutter und setze mich neben sie. Ich nehme ihre Hand in meine. Die rauchige Stimme meiner Mutter dringt von überall in mich ein. Meine Mutter erzählt etwas. Für uns wichtige Dinge erzählt sie. Vielleicht kann ich ihr deshalb nicht zuhören. Ich höre nur ihre Stimme. In der Luft teilt sich ihre Stimme in waagerechte und senkrechte Linien. Verwandelt sich in Vierecke. Die rauchige, karierte Stimme meiner Mutter.

»Dann haben sie dich genommen und weggebracht. Sie haben einen speziellen Schaum aufgesprüht und meine

Brustwarzen gereinigt. So müsse ich das jedes Mal tun, damit du keinen Mundpilz bekommst. Sie haben mir genau beigebracht, wie man es machen muss. Sie wollten mir auch beibringen, wie ich deinen Po sauber machen muss. Er würde sonst wund. Sie haben mir eine Creme gezeigt, die unter anderem auch Fischöl enthielt. Mit der cremen Sie ihren Po ein, und so weiter.«

»Du wolltest mich nicht, oder?« Ich habe geglaubt, dass ich zwar die Stimme meiner Mutter höre, aber nicht das, was sie sagt, dass ich sie nicht verstehe.

Ich weiß nicht, warum ich das gerade gesagt habe. Es ist, als wären wir in einem Traum für zwei Personen. Wir träumen beide gleichzeitig denselben Traum. Ich spreche, während ich glaube, dass ich schweige, ich verstehe ihre Worte, während ich glaube, dass ich ihr nicht zuhöre.

»Nein, ich wollte dich nicht. Was soll ich denn mit ihr, habe ich mir gesagt. Ihr Mund, ihr Po, ihre Milch. Sie hält meine Brust für ihren Brunnen, sie nimmt meinen Körper in Besitz. Sie wird auch meine Seele wollen. Sie wird mich vollkommen in ihre Gewalt bringen. Außerdem werde ich mit ihr zusammen fliehen müssen. Dabei kann man allein viel besser fliehen. Mehr noch: Wenn sie nicht wäre, müsste ich vielleicht gar nicht fliehen. Dann könnten sie mich nicht jagen, würden mich sogar vergessen, habe ich mir gesagt. Das habe ich gedacht, während ich dagelegen habe.«

»Das hast du gedacht, Mama?«

»Das alles habe ich gedacht, mein Baby. Sie haben dich genommen und ins Säuglingszimmer gebracht. Mit einem kleinen Plastikarmband um dein Handgelenk. Darauf haben sie deinen Namen geschrieben, damit du nicht verwechselt wirst. Du warst eben etwas, was verwechselt werden konnte. Etwas, von dem man nicht wusste, wer oder was es war. Das

Baby von irgendjemandem. Eines von vielen Babys warst du.«

»Wolltest du weggehen?«

»Ich wollte weggehen, ja. Noch in dieser Nacht wollte ich dich im Krankenhaus zurücklassen und fliehen. Ich habe mir gesagt, sie finden schon jemanden, dem sie dich geben können. Ob ich dich jetzt großziehe oder jemand anderes … Eine unserer entfernten Verwandten wird schon kommen und sie nehmen. Dann muss ich wenigstens nicht mit ihr, sondern nur vor ihr fliehen. Aber sie kennt mich ja gar nicht. Wie schwer wird mir das schon fallen? Ich werde sie schnell vergessen, habe ich mir gesagt. All das habe ich mir gesagt. Ich wollte dich im Krankenhaus lassen und noch in derselben Nacht fliehen.«

»Wärst du doch geflohen! Hättest du mich doch allein gelassen. Hättest du mich doch im Säuglingszimmer gelassen.« Meine Stimme zittert. Genau wie meine Hände. Und meine Beine. Mein ganzer Körper zittert.

»Ich konnte nicht fliehen. Ich habe mir ausgemalt, dass sie kommen und dich mitnehmen. Dass sie aus ihren schwarzen Autos steigen, aus Türen, die ihre Chauffeure ihnen aufhalten. Dass sie voller Hass auf Stöckelschuhen durch die Krankenhaustüren treten. Dass sie ihrer Helferin, die sie mitgebracht haben, befehlen, dich auf den Arm zu nehmen. Wie kann ich ihnen dieses kleine Ding überlassen, habe ich gedacht. Dann habe ich daran gedacht, wie sehr du zu mir gehörst, wie du dich auf meine Brust gestürzt hast, wie du vertrauensvoll deine winzigen, knallroten Hände daraufgelegt hast. Ich habe daran gedacht, wie du außer dir warst vor Glück, während du deinen Hunger stilltest. Dann habe ich angefangen zu weinen. Wie verrückt habe ich angefangen zu weinen. Wir können zusammen fliehen, habe ich gedacht.

Wir können zusammen fliehen; aber ich kann nicht vor ihr fliehen. Vor diesem hässlichen, drei Kilo schweren, knallroten Ding kann ich nicht fliehen. Es wird sich in etwas anderes verwandeln. In etwas, das mich liebt. Es wird mich lieben, wie mich noch niemand geliebt hat. Und auch ich werde es lieben, wie ich in meinem Leben noch niemanden geliebt habe. Sie ist meine Tochter. Mein Baby.«

Meine Mutter weint still.

Ich liebe meine Mutter so sehr, wie ich noch nie jemanden geliebt habe oder jemals lieben werde. Meine Mutter musste mit mir fliehen. Sie wollte es nicht, aber sie hatte keine andere Wahl. Meine Mutter hat das Beste getan, was sie hatte tun können. Etwas anderes konnte sie nicht tun. Außer zu fliehen. Und mich auf ihrer Flucht mitzunehmen. Was hätte sie denn sonst tun sollen?

»Na los, steh auf, Mama. Lass uns ins Hotel zurückgehen.«

Ich halte die Hand meiner Mutter fest umschlossen. Ich führe sie an meine Lippen und küsse sie ein paarmal.

Wie ungerecht es war, von meiner Mutter Rechenschaft zu fordern. Wenn ich keine Großmutter habe, keinen Großvater, keinen Vater, dann habe ich eben keine. Wir sind eben nur zu zweit: meine Mutter und ich. Die MONDEINHEIT. Wenn wir weniger sind als die, heißt das doch noch lange nicht, dass es uns schlechter geht als ihnen.

Wir sind einander genug. Wir genügen einander. Wir sind eine Zweipersoneneinheit.

»Warte mal kurz, Mama.« Ich pflücke eine Menge Mohnblumen vom Feld. Ich fülle den Schoß meines Kleids mit ihnen.

Als wir ins Hotel zurückkehren, besorge ich mir Stecknadeln an der Rezeption. Meine Mutter bringt mir bei, die

Kapseln der Mohnblumen herauszulösen und in unterschiedliche Teile zu zerlegen. Sie lehrt mich, was sie von ihrer Großmutter gelernt hat. Aus manchen Teilen machen wir Köpfe. Aus manchen machen wir Körper. Lauter Bräute machen wir aus den Mohnblumen. Alle haben sie rote Brautschleier und pechschwarzes Haar. Mohnbräute.

Plötzlich schellt das Telefon. Wieso werden wir angerufen? Ich laufe hin und hebe ab.

Das SÜSSE MÄDCHEN von der Rezeption sagt: »Gerade eben hat jemand vom Polizeirevier angerufen. Sie haben Ihre Namen, Ihre Geburtsdaten und so weiter überprüft. Ich glaube, sie wollen sogar hier vorbeikommen, um mit Ihnen zu sprechen. Ich habe mir gedacht, für alle Fälle sage ich Ihnen mal Bescheid.«

»Vielen Dank.«

Meine Mutter hat alles gehört, was das Mädchen gesagt hat. »Lass alles stehen und liegen, unser kleiner Rucksack reicht uns, mein Bambi.«

Von unserem Balkon aus tauchen wir ein in die Finsternis des Gartens. Vorher schließen wir unsere Tür von innen ab. Türmen davor auf, was wir finden können.

»Wenn wir bis zur Hauptstraße laufen, sehen sie uns, mein Bambi.«

»Was sollen wir denn dann machen, Mama?«

»Nichts. Wir werden uns in der Lobby in eine stille Ecke setzen und ungesehen warten, bis der Morgen graut. Glaub mir, keinem Polizisten wird es einfallen, einen Blick in die Lobby zu werfen. Am Morgen werden wir in eins der Taxis steigen, die die neuen Gäste bringen, und an einen anderen Ort fahren. Der Kreis wird enger, mein Bambi. Du verstehst, warum ich dich im Krankenhaus lassen wollte, nicht wahr? Ich muss immerzu fliehen. Aber ich wollte nicht auch vor dir fliehen. Ich habe es einfach nicht geschafft, dich zurückzulassen. Wenn ich dich auf diese Welt gebracht habe, dann hat das einen Grund, am besten wird es sein, wenn ich mit ihr lebe, habe ich mir gesagt. Nicht nur für mich, sondern auch für sie, habe ich gedacht. War das ein Fehler?«

»Das war kein Fehler, Mama. Du hast mich ihnen nicht ausgeliefert. Ich bin sehr glücklich mit dir. Ich schwöre es dir, Mama.«

»Nicht schwören! Das gibt es in unserer Religion nicht. In unserer Einheit, meine ich.«

»Die MONDEINHEIT!«, rufe ich.

»Pssst«, sagt meine Mutter. »Laute Mädchen entdecken sie sofort. Laute und schöne Mädchen entdecken sie aus mehreren Metern Entfernung. Leg deinen Kopf auf meine Beine, und schlaf, mein Bambi. Morgen wird ein langer Tag werden. Die schönsten Tage aber sind immer die kürzesten.«

Der Überfall

Das ist ein sehr hässlicher Ort hier: EIN ANDERER ORT.

Sehr überlaufen. Sehr überfüllt. Sowohl am Strand wimmelt es nur so von Menschen als auch auf den Straßen.

Es gibt hier einen kleinen, hässlichen Platz. Und alle möglichen kurzen und engen Straßen, die auf diesen Platz führen.

Die Straßen sind voller Geschäfte. Sie bestehen einzig aus Geschäften. Jede Menge Geschäfte, eins neben dem anderen, eng aneinander gedrängt und winzig klein.

»Die Straßen bestehen nur aus Juwelieren und Teppichhändlern«, sagt meine Mutter. »Was sie für seltsame Dinge verkaufen. Wer kauft denn das alles und warum?«

Meine Mutter versteht vieles nicht von dem, was andere tun. Sie versteht beispielsweise nicht, warum sie Juwelen tragen. Warum sie in teure Autos steigen, sich ihre Haare färben, heiraten. Warum sie sich immer an überfüllten Orten aufhalten wollen …

»Wenn ich es verstehen würde, wäre ich vielleicht nicht so angewidert von ihnen, mein Bambi. Würde ihre Art zu leben nicht dermaßen verabscheuen. Ich habe auch gar nicht versucht, es zu verstehen. Denn ich würde es unmöglich schaffen. Ich könnte sie niemals so akzeptieren, wie sie sind.«

Aber an diesem überfüllten Ort würden wir kein Aufsehen erregen. Wir müssten uns unter sie mischen und uns unsichtbar machen. Sie seien hinter uns her. Ganz dicht.

»Sie sind ganz dicht hinter uns her, mein Baby. Ich spüre ständig ihren Atem in meinem Nacken. Aber wir werden ihnen auch diesmal entkommen. Wir müssen nur eine kurze Unaufmerksamkeit ihrerseits nutzen und ins Ausland fliehen. Aber noch nicht. Momentan stehen sie unter Dampf.«

Wir wohnen in einer Pension, in der hauptsächlich junge Touristen absteigen. Sie liegt ganz in der Nähe des Platzes, ist sehr laut und sehr schmutzig. Wir wohnen hier, weil sie nicht nach unseren Ausweisen gefragt haben.

»Wir sind nicht registriert«, sagt meine Mutter lachend. »Wir dürfen für eine Weile nicht in ihren Registern erscheinen. Wir müssen Vorsicht walten lassen, mein Bambi.«

Eigentlich sagt meine Mutter das zu sich selbst. Natürlich ist mir bewusst, wie besorgt sie ist, wie unruhig und nervös, jeden Moment, jede Sekunde.

Dauernd will sie, dass wir in diese Geschäfte gehen. Dass wir in volle Geschäfte gehen und »observieren«, ohne die Aufmerksamkeit der Angestellten zu erregen. Was nützen uns diese idiotischen Observationen? Was hat es für einen Sinn, diese Geschäfte zu observieren, die brechend voll sind mit Dingen, die meine Mutter nicht ausstehen kann? Ich hasse diesen seltsamen Ausdruck meiner Mutter – »observieren« – genauso wie alles andere, was wir an EINEM ANDEREN ORT erleben.

Wir gehen nicht einmal richtig runter ans Meer. Wenn wir nicht in Geschäften sind und observieren, sitzt meine Mutter im Hof der Pension und schreibt etwas in ein Heft, das sie neu gekauft hat.

»Ich bereite mich vor, mein Bambi. Wir haben keine andere Wahl. Wenn wir eine andere Wahl hätten, dann würde ich nicht an diesem bedrückenden Ort bleiben und dich weiter damit quälen.«

»Vor Lärm können wir nachts nicht mal schlafen. Bitte, Mama, lass uns so schnell wie möglich von diesem hässlichen Ort weggehen.«

»Es sind nur noch drei Geschäfte auf unserer Liste«, sagt meine Mutter und tut so, als hätte sie mich nicht gehört. »Der

Teppichhändler und die beiden Juweliere an der Ecke. Wenn wir deren Struktur richtig durchschauen, dürfte es nicht allzu schwierig werden.«

»Was für eine Struktur? Was für eine Liste, Mama? Was gehen uns diese Geschäfte an? Warum müssen wir dort unsere Zeit verbringen?«

»Ich hätte nie gedacht, dass wir eines Tages so viel Geld brauchen würden. Nie wäre mir die Endlichkeit unseres Geldes auch nur in den Sinn gekommen, mein Bambi.«

Ich weiß, in was für einen Strudel aus Schuld meine Mutter sich hineinziehen lässt, wenn es um das Thema Geld geht, und wie sie in die Tiefe gerissen wird. Ich frage nicht weiter nach. Ich sitze in unserem heißen, stickigen Zimmer und lese, wobei ich die Klimaanlage immer wieder ein- und ausschalte und entweder entsetzlich friere oder vor Hitze fast umkomme.

Meine Mutter ist im Hof und schreibt und zeichnet pausenlos. Ich möchte nichts von ihren »Observationen« dieser Geschäfte hören. Mir wird eng ums Herz. Ich fühle mich wie eine Verurteilte, die nur noch die Stunden zählt, bis wir diesen hässlichen Ort verlassen. Meine Tage ziehen sich wie in einem Wartezimmer. Ich weiß nur nicht, worauf ich warte. Ich will es auch nicht wissen. Und ohnehin will ja auch meine Mutter nicht, dass ich es weiß.

»Die Ladenschlusszeiten sind am geeignetsten«, sagt sie eines Morgens beim Frühstück.

»Nachts gegen halb elf, elf machen sie ihre Geschäfte spätestens zu.«

»Hast du etwa vor, dich da zu verstecken und zu übernachten?«, frage ich. »Um bis zum Morgen ungestört deine Observationen fortsetzen zu können?«

»Wenn die Geschäfte nicht so klein wären, wäre das eine

sehr gute Idee«, sagt meine Mutter. Sie muss sich durch einen Film inspiriert fühlen, den sie als Kind gesehen hat. »Ich werde mir selbst beweisen, wie man einen perfekten Plan ausarbeitet. Du wirst an der Perfektion meiner Fluchtpläne nichts auszusetzen haben.«

So sprechen wir tagelang, ohne irgendeine Sache konkret beim Namen zu nennen.

»Du musst nicht alles wissen, mein Bambi. Du weißt ja: Mir ist es lieber, wenn du nichts weißt, nichts von den schlechten Dingen, die wir erleben.«

»Ich weiß, Mama.« Du hast mich immer behütet und beschützt. Mit Knöpfen zum Ein- und Ausschalten oder einem »Vergiss das, mein Bambi« hast du mich immer in Schutz genommen. Aber jetzt ist mir alles bewusst, stecke ich in allem mit drin. Wenn ich doch nur für immer dieses kleine Mädchen hätte bleiben können, das im Schneesturm geweint hat, weil ihre Nase von ihren Tränen schmerzte. Wenn.

An jenem Abend kehrt meine Mutter freudig und aufgeregt aus dem Hof in unser Zimmer zurück. Sie zieht sich um. Sie streift ihre Flip-Flops ab und schlüpft in ihre Gummischuhe. Um ihren Kopf schlingt sie ein rosafarbenes Tuch. Sie wickelt es viele Male herum.

»An so etwas Seltsames werden sie sich erinnern und ständig davon erzählen. Mach es gut, mein Bambi.«

»Was heißt hier ›Mach es gut‹? Ich komme mit.«

»Nein, du kommst nicht mit. Du wartest hier auf mich und liest dein Buch.«

»Mama, siehst du nicht, dass ich inzwischen sogar größer bin als du? Dass ich eine ganze Menge verstehe und weiß? Tu bloß nicht so, als hättest du den HERRN DIREKTOR vergessen. Ich bin diejenige, die immer alles vergessen muss.«

»Ja, das bist du!«, schreit meine Mutter. »Ich habe nicht

zugelassen, dass irgendeine schlechte Erinnerung sich in deiner Seele festsetzt. Ich wollte keinen Moment lang, dass du mir ähnlich wirst, dass du so wirst wie ich. Du bist ein glückliches Kind! Du bist meine Tochter! Ich bin die Tochter meiner Mutter und habe die unglücklichste, leidvollste Vergangenheit der Welt. Du kannst uns nicht beide in die gleiche Waagschale werfen. Du kannst nicht die Regeln brechen, auf denen wir unser Leben aufgebaut haben! Du kannst uns nicht zugrunde richten. Das lasse ich nicht zu! Du kannst unsere Einheit nicht zerstören!«

»Na gut, Mama. Es tut mir leid.«

Vor lauter Schreien bleibt meiner Mutter die Stimme weg. Sie fängt wie verrückt an zu husten. Sie hat jahrelang so viel geraucht, dass ihr Körper nichts mehr aufnehmen kann, dass er die Zigaretten ausspeit. Sie hustet, als würde sie sich übergeben. Ihr Husten erschüttert ihren ganzen Körper.

»Soll ich dir Wasser bringen, Mama?«

»Ich bin spät dran, mein Bambi.« Meine Mutter verlässt das Zimmer und schlägt die Tür hinter sich zu. Solange sie den Flur entlanggeht, höre ich sie noch husten. Aber jetzt ist meine Mutter weg. Mit ihr hat sich auch ihr Husten entfernt.

Ich hasse es, auf sie zu warten. Jedes Mal sterbe ich fast vor Sorge. Jedes Mal mache ich mir solche Sorgen, als verließe sie mich das erste Mal. Ich weiß nicht, wieso das so ist. Schon als ich zwei Jahre alt war, habe ich mir immer entsetzliche Sorgen gemacht, wenn sie ging. Und jetzt genauso. Ich komme einfach nicht davon los, mir so große Sorgen um meine Mutter zu machen.

Nach einiger Zeit bin ich vollkommen erschöpft davon, mir Sorgen zu machen. Ich höre nicht einmal, wie meine Mutter zurückkommt. Vom Geräusch der Dusche wache ich auf.

»Mama, Mama! Geht es dir gut, Mama?«

Aus dem Bad kommt keine Antwort. Auf dem Plastiktisch direkt gegenüber dem Bett liegt ein blauer Müllsack. Auf dem Boden die Kleider meiner Mutter. Sie sind blutverschmiert. Ihre weißen Gummischuhe ebenfalls. Ist meine Mutter von Kopf bis Fuß in Blut getaucht? Ich kann nicht glauben, wie sehr ihre Kleider am Boden triefen.

»Mama, geht es dir gut? Mama, bitte!« Ich stoße die Tür auf und trete ins Bad. Meine Mutter kauert am Boden der Duschkabine wie ein Embryo und betrachtet die Farbe des Wassers, das an ihr hinabfließt.

Ich erkenne sofort, dass sie schreckliche Dinge erlebt hat. Was haben sie dir angetan, was hast du erlebt, Mama?

Ich gehe zu ihr und umarme sie unter dem strömenden Wasser. Jetzt hocken wir beide gemeinsam am Boden der winzigen Kabine, und das Wasser läuft an uns hinunter. Das Gesicht meiner Mutter ist voll mit angetrocknetem Blut. Mit meinen Händen reibe ich es sauber. Dann nehme ich die Seife und seife ihren Körper ein.

Meine Mutter ist wie ein neugeborenes Baby in meinen Händen. Ich wasche sie so lange, bis unsere Hände ganz schrumpelig werden. Egal. Meine Mutter ist jetzt blitzsauber. Ich ziehe mein nasses T-Shirt aus und wickle mir ein Handtuch um. Meine Mutter lasse ich in einen Bademantel schlüpfen und bringe sie zu unserem Bett. Meine Babymutter, geht es mir liebevoll durch den Kopf. Jetzt bist du mein Baby.

»Der Müllsack ist voll mit Geld und Juwelen, mein Bambi«, sagt meine Mutter stockend. »So viele Juwelen und so viel Geld, dass es jahrelang für dich reichen wird. Das war das erste Mal, dass ich es wegen Geld tun musste. Nicht um mich oder uns zu verteidigen. Es war schrecklich! Unerträglich!«

»Vergiss es, Mama«, sage ich. »Vergiss sofort alles, was dir passiert ist. Nicht nur heute Nacht. Du sollst alles vergessen, angefangen mit meiner Großmutter. Dann können wir wieder bei null beginnen. Als MONDEINHEIT, ganz von vorne.«

»Von Anfang an«, sagt meine Mutter. »Nein, mein Bambi. Ich werde mich erinnern, du wirst vergessen. So war es immer, und so wird es bleiben. Alles hat seinen Preis. Es ist meine Strafe, nicht vergessen zu können.«

Das Gebetbuch

»Jedem sein Gebetbuch«, sagt meine Mutter. »Unser Gebetbuch ist in keiner Weise unwichtiger oder weniger wert als ihre, mein Bambi. Nur Dummköpfe glauben, dass allein ihr Buch wertvoll sei. Dabei zählt nur, dass man überhaupt ein Buch hat. Wichtig ist, es richtig lesen zu können. Kein Gebetbuch ist bedeutender oder erhabener als irgendein anderes.«

»Aber unser Buch ist *Bambi*, Mama.«

»Ja, und? Wenn wir es aufschlagen, finden wir dann alles darin, was wir suchen?«

Ich nicke.

»Ist es gespickt mit Zeichen?«

»Ist es, Mama. *Bambi* ist unser ZEICHENFEUERWERK. Wenn wir wollen, zeigt es uns sogar, was uns alles passieren wird.«

»Wir haben uns eben dafür entschieden, mein Bambi. Für unser Leben war es das geeignete. Also haben wir es zu unserem Gebetbuch gemacht. Als ich ein junges Mädchen war, habe ich auch die Gebetbücher der anderen gelesen, eins nach dem anderen und Zeile für Zeile. Ich habe in keinem mehr Sinn gefunden als in *Bambi*, glaub mir. Jedem sein Gebetbuch.«

»Jedem sein Gebetbuch«, wiederhole ich wie im Gebet.

»Die meisten Menschen glauben, dass das Buch mit dem Tod von Bambis Mutter endet. Dabei stirbt Bambis Mutter schon nach etwa der Hälfte. Er wird groß und richtet sich sein eigenes Leben im Wald ein.«

»Ich weiß, Mama.«

»Aber es gibt eben so ein Vorurteil, nach dem das Buch mit dem Tod der Mutter endet – so enden muss, wahrscheinlich.«

»Seine Mutter stirbt nach der Hälfte des Buches. Danach lebt Bambi weiter, wird groß, heiratet, bekommt Kinder.«

»Wird groß, heiratet, bekommt Kinder«, äfft meine Mutter mich nach und lacht. Sie macht die gleiche Handbewegung wie ich. Tippt mit dem Zeigefinger einer Hand der Reihe nach an die Finger ihrer anderen Hand.

»*Bambi* ist überhaupt nicht wichtig. Es entsprach unseren Bedürfnissen, es ist uns in die Hände gefallen, da haben wir es eben zu unserem Gebetbuch gemacht. So wie andere Leute andere Gebetbücher haben. Nicht mehr und nicht weniger. Wir lieben dieses Buch, wir sind ihm verbunden. Aber nur weil unser Gebetbuch *Bambi* ist, können wir die der anderen nicht einfach herabsetzen, nicht wahr, mein Bambi?«

»Das können wir nicht, Mama. Wir können weder jemandes Gebetbuch noch irgendetwas anderes von ihm herabsetzen.«

Ich sitze auf dem Schoß meiner Mutter unter diesem sehr hohen, sehr schönen Baum. Der Baum hat große weiße Blüten. Blüten, die zwischen seinen glatten grünen Blättern hervorsprießen.

»Sie haben sich geöffnet wie Regenschirme«, sage ich zu meiner Mutter.

Meine Mutter gibt mir einen Kuss auf die Nase. »Die weißen Schirme der unsichtbaren Baumfeen«, sagt sie. »Wenn wir darunter einschlafen, zeigen sie uns vielleicht ihre schönen Gesichter.«

»Lies uns doch ein kleines bisschen aus *Bambi* vor, Mama«, sage ich mit flehender Stimme. »Lass uns einschlafen. Mal schauen, wovon wir träumen. Ob die Feen wohl hervorkommen werden?«

»Bambi vernahm Schritte und blickte zurück. Da war Er. Zwischen dem Gebüsch brach Er hervor, dort und da und wie-

der dort. Überall tauchte Er auf, schlug um sich, zerhieb die Stauden, trommelte an die Stämme und schrie mit furchtbarer Stimme.

›Jetzt!‹, sagte die Mutter. ›Geradeaus! Und nicht zu nahe hinter mir!‹ Mit einem Satz war sie draußen, dass der Schnee nur so staubte. Bambi raste hinter ihr drein. Donner schlug von allen Seiten über ihnen zusammen. Es war, als wäre die Erde mitten entzweigerissen. Bambi sah nichts. Er rannte. Die angesammelte Begierde, wegzukommen aus dem Getöse, weg aus dem Dunstbereich dieser aufpeitschenden Witterung, der angesammelte Drang zur Flucht, die Sehnsucht, sich zu retten, waren endlich in ihm entfesselt. Er rannte. Ihm schien, als habe er die Mutter stürzen sehen, aber er wusste nicht, ob sie wirklich gestürzt war. Er fühlte einen Schleier um die Augen. Den hatte ihm die endlich ausbrechende Angst vor dem Donner, der ihn umdröhnte, darübergeworfen. Er konnte nichts überlegen, nichts beachten, er rannte.«

Ich lege meinen Kopf in den Schoß meiner Mutter und nicke allmählich ein. Mit einem Zipfel der Decke, auf der wir sitzen, deckt meine Mutter mich zu. Sie lehnt ihren Kopf an den Stamm des Baumes. Meine Mutter tut so, als hätte sie die Augen geschlossen. Auch ich drücke meine Augen zu.

»Bambi sieht seine Mutter nie wieder, Mama«, sage ich schläfrig.

»Das alles passiert in der Mitte des Buches. Danach geht es mit Bambis Geschichte weiter. Er erlebt alle möglichen Sachen. Also schlaf jetzt, mein Bambi.«

»Schöne Träume, Mama. Von Feen.« Ich schlafe auf der Stelle ein.

Als ich aufwache, sehe ich meine Mutter unter einem anderen Baum sitzen und mich beobachten.

»Konntest du nicht schlafen, Mama?«

»Ich habe geschlafen. Aber ich habe schlecht geträumt und bin sofort wieder aufgewacht.«

»Dann erzähl mir deinen Traum.«

»Nein, es war ein schlechter Traum. Erzähl du mir deinen.«

»Hmmm, in meinem kamen die Baumfeen vor. Sie hatten ihre schneeweißen Schirme aufgespannt und haben getanzt. An ihrer Spitze war eine alte Fee. Der Schirm der alten Fee war ganz blau. Aber nur *ihr* Schirm war blau. Dann …«

»Dann?« Meine Mutter weiß, dass ich mir meinen Traum nur ausdenke. Ich erinnere mich nämlich nicht mehr an ihn. Aber wenn ich ihr meinen Traum erzähle, dann erzählt meine Mutter mir auch ihren. So ist es bei uns Brauch.

»Dann hat die alte Fee zu den anderen gesprochen. Sie hat drohend ihren Finger erhoben und gesagt: ›Eure Schirme sollen immer sauber sein, blitzsauber. Schneeweiß.‹« Ich runzle die Stirn, während ich die alte Fee nachahme.

Meine Mutter rollt sich vor Lachen am Boden. »Was für eine strenge, disziplinierte Imperatorin diese alte Fee ist! Und wie autoritär sie ist, eine richtige Diktatorin!«

»Was ist sie, Mama?«

»Ach, das habe ich nur so gesagt«, erwidert meine Mutter mit Tränen in den Augen. »Und, was sagt sie den Baumfeen sonst noch so alles?«

»Sie sagt noch: ›Tanzt schön. Schwimmt viel und oft im Fluss. Je mehr ihr schwimmt, desto besser. Meine Weltmeisterfeen‹, sagt sie.«

»Hat diese alte Fee vielleicht etwas von mir? Das mit dem Schwimmen erinnert mich an mich.« Meine Mutter hält sich den Bauch und lacht. Wenn sie einmal damit angefangen hat, lacht sie sowieso immer weiter.

Ich lache mit ihr. Ich lache. Ab und zu hebt meine Mutter

wie die alte Fee ihren Finger und macht mich nach. Vor Lachen tun uns die Bäuche weh.

»Na los, lass uns in unser Zimmerchen gehen. Das Wetter ist ganz schön erkältet, mein Bambi.«

»Ich sage nicht mehr ›erkältet‹. Ich weiß inzwischen, dass es ›kalt geworden‹ heißt, Mama!«

»Bravo, mein großes Mädchen.« Meine Mutter sucht unsere Sachen zusammen und lässt sich in die Knie sinken. Ich steige auf ihren Rücken. Sie packt mich fest an den Händen. »Baumfeen! Aus dem Weg, wir gehen, Baumfeen!«, ruft sie und bringt mich in unser Zimmer, als wäre sie mein imaginäres Einhorn.

»Jetzt bist du dran.«

»Dran womit, mein Baby?«

»Damit, deinen Traum zu erzählen. Ich habe meinen erzählt. Wenn du dich nicht totgelacht hättest, hätte ich noch mehr erzählt. Er ging nämlich noch weiter. Eigentlich war er ziemlich lang.«

»Ich habe von deiner Großmutter geträumt. Es war ein schlechter Traum, mein Bambi. Du kennst sie nicht, selbst wenn ich es dir erzählen würde, würdest du es nicht verstehen.«

»Aber Mamaaa …«

»Also, in meinem Traum – das ist aber auch früher schon vorgekommen – sehe ich plötzlich deine Großmutter in dem Zimmer, in dem ich mich befinde, auf einem Sessel sitzen. Sie schaut mich an, besser gesagt: Sie beobachtet mich. Ich habe große Angst.«

»Warum denn, Mama?«

»Weil sie nicht gestorben ist. Sie hat allen etwas vorgegaukelt. Sie ist gar nicht gestorben. Sie hat sich versteckt, um mich zu bestrafen. Sie hat so getan, als wäre sie tot, aber in

Wirklichkeit lebt sie. Es geht mir sehr schlecht, als ich sie sehe. Weil sie mir etwas vorgegaukelt hat, geht es mir schlecht, und weil ich vor ihr Angst habe.«

»Und was passiert dann?«

»Ich spreche mit ihr. ›Kannst du mir nicht verzeihen, Mutter?‹, sage ich. ›Kannst du mich nicht wenigstens einen Tag lang lieben? Kannst du deine Tochter nicht wollen, wenigstens wie eine Rabenmutter?‹« Die Stimme meiner Mutter zittert. Sie kommt und geht.

»Das hört sich sehr traurig an, Mama. Was antwortet meine Großmutter denn, umarmt und küsst sie dich?«

»Sie hat einen ganz verschlagenen Blick. Eiskalt schaut sie mir ins Gesicht. ›Du wirst deine Strafe bekommen!‹, sagt sie.«

»Und was sagst du, Mama?«

Die Stimme meiner Mutter ist jetzt wie erstickt. »›Meine Strafe warst du, Mutter‹, sage ich. Dann wache ich auf.«

Der Gendarm

Das Hotel, in dem sie gewohnt haben, war in unserem Revier.

Wär's das ma' besser nich' gewesen, hab ich später gedacht. Wär bloß die Polizei gekommen.

Wenn statt uns die Polizei gekommen wär, wär das vielleicht nich' passiert. Vielleicht wär's nich' dazu gekommen, was weiß ich. Sag ich jetzt halt ma' so.

Unser Oberleutnant is' so 'n ätzender Typ, so voll auf seine Arbeit versessen. Die Arbeit als Gendarm halt. Der will unbedingt aufsteigen. Unbedingt!

Der hat doch den Kopf in den Wolken. Kommandant will er werden, Oberkommandant sogar. Ständig am Rumspinnen.

Nix wirste! Du bist und bleibst Gendarm! Aber sag dem das ma' ins Gesicht. Der is' auch voll leicht reizbar. Ehrlich, die Kollegen sagen das auch. »Wir haben noch nie jemanden gesehen, der so viele Strafen verhängt, der is' gestört, der Typ«, sagen die. Der macht uns fertig, weil er unser Vorgesetzter is'.

Na ja, was willste machen, is' ja eh bald wieder rum. Wenn wir mit dem Wehrdienst fertig sind, gehen wir sowieso wieder nach Hause. Da wollen wir uns nich' mehr an die Tage hier erinnern. Also ich will das jedenfalls nich'. Nich' an einen einzigen Moment.

Besonders dieser letzte Vorfall, wie soll ich sagen, der hat so 'n großes Loch in meiner Brust hinterlassen. Keine Ahnung, ob das je wieder zugeht. Also ob ich das halt vergessen kann. Wie so 'n Krater. Wenn 'ne Bombe geschmissen wird, entsteht doch so was. So stell ich mir das vor.

Soweit ich weiß, hat der Junge von der Rezeption angerufen. Die Mutter und ihre Tochter kamen ihm verdächtig vor. Okay, die Zeitungen haben das geschrieben; wenn der Junge keinen Verdacht geschöpft hätte, wenn er nich' so übereifrig gewesen wär, wenn er nich' auf der Wache angerufen hätte ...

Na ja, Kollege, solche Typen gibt's halt. Die immer gleich das Heft in die Hand nehmen. Ich könnt wetten, dass sich unser Oberleutnant gesagt hat, so, jetzt bin ich am Drücker. Dass der sich gesagt hat, das is' die Chance meines Lebens!

Hat im Osten gekämpft, der Kerl. Ständig is' er davon am Erzählen und Rumprahlen. Soundso viele Terroristen will er kaltgemacht haben. Gute Arbeit, Mann! Sei stolz drauf bis ans Ende deiner Tage. Sind doch nur Menschenleben.

Also ich würde niemanden töten wollen. Als ausgelost wurde, dass ich nich' in den Osten muss, war ich echt erleichtert. Soundso viele Leichen muss ich haben, soundso viele Männer hab ich abgeknallt – nee, Kollege, das is' nix für mich. Das würd ich doch bis an mein Lebensende nich' vergessen. Wenn ich später Kinder habe, die ich liebe, würd ich mich total schlecht fühlen. Jeder hat schließlich Eltern. Aber das muss wohl Schicksal sein, dass man sogar hier, an so 'nem schönen Ort, solche Sachen erlebt. Dass ich das sehe, was ich gesehen hab. Das werd ich jetzt bis an mein Lebensende nicht vergessen können. Ehrlich, wenn ich in der Nacht keine Schicht gehabt hätte, wenn ich einfach nur gepennt hätte. Wenn ich das nich' mit eigenen Augen hätte sehen müssen. Aber jetzt werd ich das unmöglich jemals vergessen.

Die können einem ja viel erzählen, das macht einem nich' viel aus. Die übertreiben mal wieder, sagt man sich halt. Aber das selbst zu sehen und mitzuerleben is' was anderes. Echt, vielleicht hat mich das so fertiggemacht, weil's 'ne Frau war, 'ne Mutter, weil sich alles vor den Augen ihrer Tochter abgespielt hat – ich weiß es nich'. Ich hab mich einfach nur beschissen gefühlt.

Die sind in die Dunkelheit und abgehauen. Wie die gerannt sind, mit ihren kleinen Rucksäcken auf. Die müssen kapiert haben, dass wir kommen. Die müssen vom Balkon gesprungen sein.

Im Garten hat er sie gestellt. »Halt! Gendarmerie!«, hat er geschrien. Hat voll die Show gemacht! Mit Megafon und so.

Da sind die losgerannt. Also die Mutter mit ihrer Tochter. 'nen Sprint haben die hingelegt. Lass sie doch wegrennen, in der Dunkelheit. Ich an seiner Stelle hätte das so gemacht. Was anderes wär mir ja gar nich' übrig geblieben.

Unser Oberleutnant hat nich' lange gefackelt. Der hat sofort losgeballert! Das war echt unglaublich. Der Typ hat die MG wohl für seinen Zeigefinger gehalten. Der hat geballert, als würde er mit seinem Zeigefinger rumwedeln.

Was, wenn dem Mädchen auch was passiert wär? Wenn sie auch draufgegangen wär! Schließlich war ihre Mutter die, die gesucht wurde. Ihre Mutter war die Schuldige. Wenn auch dieses schöne Mädchen gestorben wär bei dem Rumgeballer. Tack tack tack tack, so hat der abgedrückt.

Die Frau is' vor unseren Augen auf den Rasen gestürzt.

Die hat so viele Kugeln abgekriegt, mehr geht echt nich'. Ihr Körper war vollkommen durchlöchert.

Aber als sie gefallen is', hat's ausgesehen, als würde sie uns alle noch 'n letztes Mal angucken. Als würde sie uns auslachen. Als wollte sie uns sagen, wir könnten sie alle mal am Arsch lecken. So 'n Gesichtsausdruck hatte die.

Natürlich hat sie das nich' gesagt. Das waren jetzt meine eigenen Worte. Frauen sagen ja so was nich'. Aber eben so 'n Ich-scheiß-auf-euch-Blick. Kam mir jedenfalls so vor. Aber gelacht hat sie hundertpro.

Bevor sie abgeknallt wurde, bevor der Dreckskerl sie mit seiner MG abgeknallt hat, hat sie ihrer Tochter noch was zugerufen. »Du musst fliehen, mein Soundso!« Bei dem »Du musst fliehen« bin ich mir sicher, bloß das danach hab ich nich' so richtig verstanden. Hörte sich an wie »Balim« oder so. Aber »Du musst fliehen« hat sie gesagt. Da bin ich mir sicher.

Das Mädchen hatte 'n Müllsack in der Hand und auf'm Rücken 'nen Rucksack. Die hat sich nich' ma' umgedreht. Is' einfach in der Dunkelheit verschwunden.

Wir sind natürlich zu ihrer Mutter hingerannt. Unser Oberleutnant war auch dabei.

Wollte kontrollieren, ob er sie getötet hat. Mann, du hast mit der MG auf sie geballert, meinst du, die is' heil geblieben, oder was?

Okay, die Frau hatte ganz schön Dreck am Stecken. Man weiß nich' ma' genau, wie viele Leute die eigentlich umgebracht hat. Okay, er hat halt Blut mit Blut vergolten.

Aber trotzdem, weil sie doch 'ne Frau war, weil sie 'ne Mutter war … Die hat keinen Mucks gemacht, als sie die Kugeln abgekriegt hat. Nur dass sie eben »Du musst fliehen!« gerufen hat, bevor er das Feuer eröffnet hat. Vielleicht hat sie ihre Tochter auch »mein Baby« genannt. Das Wort »Balim« gibt es doch nicht. Na ja, ich hab halt nich' richtig verstanden, was sie gesagt hat.

Später hab ich ihr Foto in der Zeitung gesehen. Wow, ist das Mädchen schön, hab ich gedacht. Jetzt is' sie weg. Und die finden sie nich'. Die werden sie auch nie finden.

Wenn sie wegrennt, während ihre Mutter erschossen wird, wird sie jetzt wohl kaum plötzlich auftauchen und sagen: »Hier bin ich!« So is' sie ja schon mit ihrer Mutter groß geworden. In Hotels is' sie groß geworden, immer auf der Flucht.

Was in den Zeitungen über sie erschienen is', war nix Halbes und nix Ganzes. Das meiste war eh über die Eltern von der Frau.

Über die Frau selber und ihre Tochter weiß eigentlich niemand was. Sie soll diesen Mord begangen haben, für den sie gesucht wurde, und auch andere Morde.

Was wisst ihr schon, ey? Jetzt werden die alles Mögliche, was sie nich' aufklären konnten, der Frau anhängen. Is' ja tot, die Mutter von dem schönen Mädchen.

Und er ließ sich zwei, drei Tage als Held feiern.

Niemand hat sich gefragt, ob er sie nich' hätte kriegen können, ohne sie zu töten. Die Frau hatte noch nich' ma' 'ne Waffe dabei.

Er hätte auf ihre Beine zielen können, um sie zu stoppen. So hätte er sie gekriegt. Dann hätte sie ihre angemessene Strafe vom Gericht bekommen.

Aber er hatte sich ja im Osten ans Heldendasein gewöhnt. Der hat echt einfach drauflosgeballert. Anders kann man das nich' nennen, was er gemacht hat. Geballert. Niedergemäht hat der die Frau.

Die war von Kugeln durchlöchert.

Aber ob die gelacht hat, Kollege? Und wie die gelacht hat. Die hatte 'nen Gesichtsausdruck, als würde sie sagen: Fickt euch doch alle ins Knie!

Okay, da hab ich den Bogen wohl was überspannt. Das hab ich der Frau jetzt angedichtet.

Obwohl, wieso eigentlich nich'? Guck doch, was die für 'n Leben geführt hat! Wenn so 'ne Frau stirbt, wenn die die Kugeln abkriegt und ganz genau weiß, dass sie jetzt sterben wird, dann geht der bestimmt so was durch 'n Kopf, denk ich ma'.

Ich bin so was von scheiße drauf durch das, was ich gesehen hab, dass das vielleicht auch nur ’ne Art is’, sich das schönzureden, was weiß ich.

Ich leg ihr halt diese Wörter in den Mund, um mich selber zu beruhigen. Na ja, keine Ahnung.

Is’ ja alles schön und gut …

Ich meine, nix is’ schön und gut … Wenn die Polizei gekommen wär, wenn nich’ er für das Hotel zuständig gewesen wär, sondern die Polizei, dann wär die arme Frau vielleicht nich’ gestorben. Dann wär’ sie jetzt im Gefängnis.

Sie sollte schon ihre Strafe absitzen, Kollege.

Aber das hältste einfach nich’ aus, wenn mitten in der Nacht vor deinen Augen ’ne Frau abgeknallt wird.

Wenn das Mädchen sich umgedreht hätte, wenn sie über ihrer Mutter zusammengebrochen wär und geheult hätte und so, das wär vielleicht besser gewesen.

Ich meine, für die Frau wär das vielleicht besser gewesen. Und für uns auch.

Allerdings, was heißt schon »besser«? Als die Frau sich hingelegt hat, war sie vollkommen durchlöchert. So viele Kugeln steckt man nich’ so einfach weg.

Trotzdem, okay, Kollege, die war gesetzlos bis zum Gehtnichtmehr, wir wissen ja nich’ ma’, wen die alles auf’m Gewissen hatte. Okay, die hat den Tod schon verdient. Hat doch alles sein Gutes, kann man sagen. Kann man sagen, auch wenn’s schwerfällt.

Aber als unser Oberleutnant sich vor sie hingestellt hat und anfing, ihr gegen den Kopf zu treten, da war’s echt aus für mich.

Die Frau is’ doch eh schon tot. Du hast sie abgeknallt, du hast sie vollkommen durchlöchert. Was trittst du ihr jetzt noch gegen den Kopf?

Also diese Szene, wie er sie getreten hat, das werd ich bis

an mein Lebensende nich' vergessen. Von jetzt ab werd ich immer denken müssen, was das hier für 'n schlechter Ort is', was für 'ne beschissene Welt.

Schließlich war die, die da am Boden lag, 'ne Frau, 'ne Mutter. Sie war tot, toter ging's nich'. Warum trittst du ihr da noch gegen den Kopf? Voll dagegen? Mit so viel Hass? Wessen Hass war das? Warum? Worauf?